一寸丹心萬縷情（中）

情如浪

【摯摯　著】

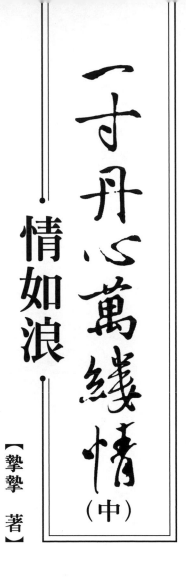

聲明和感謝

◎鄭重聲明

小說中的人物和故事全屬虛構。若有人名和情節與真實的人和事相同或相似之處，純屬巧合。間或有近代風雲人物客串，除非是史冊已載事實，其餘皆為虛構，其角色亦只反映時代背景而已。

◎感謝

感謝我的姐妹們在此書的出版過程中提供協助，特別感謝一位外甥女幫忙校稿。

目次

【第一章】守密之星　有口難言

新婚蜜月別墅，孟玉蘭躺在愛人程友義的懷裏，享受他的溫柔，感到無比的幸福和滿足。她萬萬想不到，他對她的愛情已被摻和了外在的因素。此時此刻，或許不知情便是福。

孟紹卿無意間在姪女的婚禮上覺察了新郎的秘密，知道玉蘭的一片真情被人利用了，婚姻原是一個為達成陰謀的騙局。他與姪女同齡，小時候，曾瞧見她向天上的星星訴說心事，便與她約定彼此作對方的守密之星。然而，這一回，他驚疑，惟恐剛成婚的姪女心碎，不敢向她揭露秘密，勉強選擇了靜觀其變。回家後，他終日鬱悶不安。

這天，為了排遣內心的憂愁，紹卿來到江進田的家。江家有了自耕田，家境已比以前好多了，舊屋修建過，加蓋了一房一廳，顯得寬敞明亮。

進田見了他，喜出望外，說：「哈，說曹操，曹操到。我們正在談你，你就來了。」

紹卿進屋，發現李勇也在座，便招呼道：「呀，李大哥，好久不見了。」

「紹卿，聽說你的姪女已在上海成婚了，你參加了婚禮，一定很熱鬧吧。」李勇說。

「馬馬虎虎。我覺得，還不如阿蓮和進田的婚禮熱鬧。」

「咦，你怎麼愁眉苦臉呢？難道不喜歡你的姪女婿嗎？」阿蓮覺得奇怪，問。

「老實說，到目前為止，我還不知道他究竟是好人還是壞人。」

「你想得太多了。玉蘭愛上的人，肯定是不壞的。」阿蓮說。

「新娘新郎回門時，你們家還要大辦喜宴呢，連我也被邀請了。我準備上山打獵，去活捉一對野雉給你姪女作結婚禮物。」李勇說。

「剛才，李大哥答應帶我一起去打獵，我好興奮呀。我還說，若能有紹卿一起去更好，正巧，你來了。」進田說。

「打獵，好呀，我也想去。李大哥，你能帶上我嗎？」紹卿頓時精神起來。

「你想去，當然可以。」

「我們若邀王竹清也一起去，豈不更好。」紹卿建議。

「唉，小竹子，沒良心，自從有了個劉大叔，就不要我這李大哥了。」

「劉大叔是誰？」

「他是尤家新雇用的工頭，名叫劉大成。」進田說。

「我想竹清不會忘舊的，只怕尤老爺不讓他出來。」紹卿說。

「好，我們就邀竹清一起去，由我去說，準成。明日清晨出發，在山上過一夜，後天日落前回來。」李勇說。

「什麼，你們要在山上過夜，不怕有虎狼嗎？」阿蓮驚道。

「怕什麼，若遇上隻母老虎，我就陪牠睏一覺。阿蓮，妳不會吃醋吧。」進田開玩笑說。

「去你的。我巴不得老虎吃了你。」阿蓮生氣，轉身走入房裏去了。

三個男人哈哈大笑。

他們約定，次日黎明五點鐘在李家集合。李勇關照他們只要輕裝簡束，一切露營物品他自會準備。

慧娘聽說紹卿要上山打獵，還要過夜，很不放心，說：「這幾天家裏正忙著，親戚們就快來了，你別出事才好。」

崇漢卻鼓勵他去，還拿出了一枝獵槍給他，說：「你跟李勇去，我放心。從前，我也常和他的父親一起去打獵。」

次日天沒亮，進田就來邀紹卿同行，他沒槍，只腰間掛了把刀，背上掛了個包袱。他們一起來到李勇的家門前，碰巧，王竹清也來了。

「咦，竹清，一年不見，你又長高了許多。」紹卿驚嘆道。

「是呀，我比你高了。你怎麼不長了呢？」竹清說。發覺失言，顯得有點尷尬。

「沒關係。我的侄兒女都比我高了。他們也常開我的玩笑。」紹卿笑道。

竹清感慨地說：「你真好。要是我在尤家少爺面前說錯話，準挨揍。」

正說著，李勇從屋裏走出來了。他背了一卷鋪蓋，肩上搭了支獵槍，手中另拿了兩支槍，分給了竹清和進田各人一支，即帶隊出發。

上山途中，鳥語花香，周圍一片翠綠，令人心曠神怡。竹清快樂得吹起哨子，紹卿也高唱起山歌。進田加入合唱，還不時發出長嘯。

李勇有這群快樂的年輕人作伴，心中實在高興，口中卻埋怨：「唉，你們把鳥獸都驚跑了，還打什麼獵呢。看來只有空手而返了。」

「先禮後兵嘛。我們向山上的鳥獸宣佈，獵人駕到，不快跑的就得遭殃。」紹卿說。

「李大哥，我喜歡小鹿。請你別打牠們，好嗎？」竹清說。

「我喜歡小兔子。不吃兔肉。」紹卿說。

李勇覺得又好氣，又好笑，說：「可愛的動物你們都不吃。那麼，我打隻臭鼬給你們吃吧。」

「呸，別說吃，那東西只要碰一下，阿蓮就再也不肯讓我上床。」進田立作噁心狀。

紹卿和竹清都笑彎了腰。

大家一面爬山，一面說笑笑，中午吃了些乾糧，又繼續走了兩個多小時。

「李大哥，你要帶我們到哪兒去？不如，先在這兒歇歇吧。」紹卿說。

「再走一程，前頭就是我的秘密別墅了，到那裏再歇吧。」李勇說。

「哇。原來李大哥在山上有棟別墅哩。」

他們都激起了好奇心，加快了腳步。

不料，山林盡頭竟是個斷崖，崖下是條河。四周非但不見樓宇，連一間小茅屋也沒有。

「我們受騙了。」進田失望地說。

李勇帶他們回頭走了一會兒，來到一叢樹下，在縱橫交錯的樹根上扳弄了一回，忽然掀起一大片樹根。樹下竟有一條地道，且有微光。原來這段樹根是假的，但可以假亂真，讓旁人看不出那是通往地道的門。

「請進。」李勇得意地笑道，等他三個驚訝的同伴都走下了通道，他也走入，把樹門重新關上了。

地道通往一個山洞，裏面竟佈置得像個居室，這就是李勇所謂的別墅。洞口外，別有一片天地，邊上有條山溪，周圍有不少果樹，樹上結實纍纍，紹卿等都嘖嘖稱奇。

紹卿和竹清同到桃樹下，採水蜜桃吃。

「太好吃了，我要帶些回去給爸媽吃。」紹卿說。

「我也想帶幾個回去給我的義兄姐和劉大叔吃。」竹清說。

「你說的劉大叔究竟是什麼樣的人？我聽李大哥說，你很欽佩他，是嗎？」

「他是山東人，十八歲時就當了兵，打過不少戰，後來因他所屬的部隊被打敗了，他只好走江湖，靠賣藝為生。如今他四十多歲了，想安定下來。春耕時，尤家招請工人，他就來受雇。他做事勤快又能幹，尤老爺讓他留下來當我們的工頭。我們都敬愛他，喜歡聽他講故事。」

「這個人閱歷一定很廣，我也想聽他講故事。」

「過幾天，你家要大請客。尤老爺自願提供十個家丁去幫忙你們佈置場地。我和劉大成都被指派一同去。到時，我就能介紹你們認識了。」

休息了一會，李勇便開始教他們射擊，一同打獵，打中兩隻山雞，解決了晚餐。他們還點起了營火，賞月聊天，直到累了，都躺到山洞中睡了一夜。

次日，李勇用圈套活捉了一對羽毛鮮艷的野雉，達到了上山的目地。

下山前，他警告說：「切記，絕對不許向任何人提起秘密地道和山洞的事。否則，我李勇翻臉不認人。」

紹卿、進田和竹清都摸著心，發誓保密。

黃昏時分，李勇送紹卿回家，並獻上野雉。紹卿拿了一大袋水蜜桃，說是李勇家後園採的，絕口不提山洞的事。

家中陸續來了不少親戚和朋友，紹卿忙著招待應對。不久，他的哥嫂和侄兒們也來到了，熱熱鬧鬧，一片談笑聲中，誰也不知他內心的隱憂。

爆竹聲中，玉蘭和友義進了孟家莊。她穿了件大紅繡花旗袍，他也穿錦緞長袍馬掛，仍是一對新娘新郎的模樣，招來不少看熱鬧的人們。

「爺爺奶奶，爸爸媽媽，請你們上坐，受我和玉蘭跪拜磕頭。」友義一進屋便說。

「真是孝順的姑爺。」眾親友都讚道。

於是，崇漢夫婦和紹鵬夫婦都高興地一排坐定了。玉蘭和友義雙雙跪下，向兩代長輩各磕了一個頭。大人們賞下紅包來，他們道謝了，方才站起身。

不料，忽聽得有人說：「等一等，還有我呢。你們也該拜我一拜。」他們轉首看，不知何時，紹卿已端端正正地坐在一邊。

玉蘭和友義知道他存心作弄，都很生氣。

「你要我們拜，先讓我看看你的紅包有多大。」玉蘭說。

「妳知道我學業未成，尚未就業，哪有紅包給你們？」

「沒有紅包，不拜。」玉蘭搖頭，說。

「哼，原來你們瞧不起窮親戚。罷了，以後就當沒我這個叔叔。」紹卿生氣了，站起來，就要走開。

眾親友紛紛勸阻，幫著他說話：「輩份要緊，年齡不相干，他究竟是叔叔，受小輩一拜，當得起。千萬不要鬧翻，家和萬事興呀！」

紹鵬見狀，急令：「玉蘭、友義，快向叔叔跪拜。」

玉蘭望著友義，為難地問：「怎麼辦？」

「就讓他一次吧。」友義無可奈何地說。

於是，玉蘭轉向紹卿說：「你坐好了。可別從椅子上摔下來。」

「不會，不會，你們儘管拜吧。」紹卿笑嘻嘻地歸座，說。

見他們跪下拜完，他即一個箭步，走到友義身邊，說：「姪女婿請起。」

友義脹紅了臉，羞憤地站起來，一言不發。

慧娘連忙上前，說：「友義，別理他。我們進裏面去。」

眾人一起擁著玉蘭和友義進內廳去了。紹卿收起笑容，心情變得十分沈重。

午餐後，紹卿故意將自己關在房裏裝睡，避免和友義交談。直到下午四時許，僕人們開始在院子裏搬排桌椅，他預料王竹清和劉大成都會來幫忙，便走出來。

不久，從尤家來的一批幫手到了。

「竹清，你真的來了。你說的劉大叔也來了嗎？」紹卿上前招呼。

「來了。就是他。」竹清指著身邊一個中年人說，又轉而介紹：「大叔，這位是我向你提起過的孟紹卿。」

「劉大叔，久仰，久仰。」紹卿和大成握手，說。

「孟二爺，竹清常提到你。今天有幸認識你，我很高興，但是眼下不得空閑，要幫忙佈置晚宴的場地，我們改天再聊吧。」大成說。

「沒關係，我可以和你們一起排桌椅，一邊聊。」

「想不到你這位爺沒有一點驕氣，可真難得呀。」

忽聽得僕人們發出歡呼：「姑爺來了。」

他們抬頭看，見程友義走出來和一群僕人握手寒暄。

「他就是你的姪女婿嗎？長得相貌堂堂哩。我也過去看看。」竹清興奮地說。

「不用過去，還是等他過來吧。」紹卿拉住他說。

果然，友義望見到他們，很快走過來了。他先向紹卿打招呼，說：「小叔，我還以為你在屋裏睡午覺，沒想到你在這裏幫忙。」

「早上受你一拜，現在為你的婚宴搬兩張桌椅也算是回報。」紹卿勉強笑道。

「你很風趣。我希望有機會和你談談，彼此增加了解。」

「急什麼，來日方長呢。我先為你介紹一個朋友，他叫王竹清。」

「竹清，你好。你家住哪裏？」友義親切地說。

「程姑爺，你好。我是個孤兒，九歲時被尤老爺領養了。」

「啊，我也是十歲時成了孤兒。以後你有什麼問題，儘管來找我吧。」

站在一旁的劉大成，忽然驚呼：「小義！原來是你。」

「咦，你不是劉大叔嗎？」友義也露出驚訝的神情。

原來，劉大成不是別人，正是當初友義在黨員培訓班遇到的軍訓教官李耀裝扮的，他們相逢的一幕，自然也是刻意安排的一場戲。

「怎麼，你們認識嗎？」紹卿驚愕問。

「我原是走江湖賣藝的人，十六年前流落湖南，病倒在路邊，多虧友義的父親收容了我。我在他家住了半年才離開。」

「我記得，劉大叔在養病期間常給我講故事，他病癒後，賣藝賺的錢全都交給我媽補貼家用，我們相處如一家人。他離去後，我一直很懷念他。」友義說。

「友義，你成了孟家的姑爺，還肯認我，我真太感激了。」

「俗語說，貧賤之交不能忘。大叔，你怎麼會到這裏來呢？」

「今年初春，我經過此地，聽說尤家要招工人就來應徵，結果被雇用了。」

大家圍著友義和大成，聽他們敘說舊事，都為他們的巧遇而讚嘆。只有紹卿心裏明白他們原是同黨人，而友義懷有陰謀一事已不容置疑。他既憤怒又惶恐，恨不得當場揭發真相，但缺乏證據，沒有人會相信。尤其是，他將得不到玉蘭的諒解。

他默默地離開了人群，來到大門外徘徊，正不知如何是好，瞧見秦叔拎了個包袱走出來。

「紹卿，明日是你奶娘的忌辰。照慣例，我要先到廟裏過一夜，再去奠祭。往年，老爺夫人會自動提醒我去，今日家裏正辦喜事，他們大概忘了。剛才我已告訴了林嫂，這就去了，明日我就會回來的。」秦叔說。

「啊！我跟你去，我也想祭奶娘。」紹卿立刻說。

「開玩笑。你姪女的喜宴，賓客盈門，你怎麼能走開呀？」

「我已經吃過他們一次喜酒，不想再吃第二次了。」

「你還是得招待親戚呀，難得你舅舅和舅媽也來了。」

「嘿，他們一味要替我做媒、提親。我避之不及呢！」

「無論如何，這回你不能跟我去。」

「你不讓我跟，我就離家出走，自己玩去。」

「你休想耍賴。大學生了，也不知羞。」秦叔罵道，不理會他，逕自走了。

紹卿是跟定了，急忙到房間去打了個小包袱，走出來對林嫂說：「我跟秦叔祭墳去了。」說完就跑了。

林嫂著急了，一面追出門來，一面喊著：「回來，回來，你說去哪兒呀？」卻已不見了他的人影。她只得轉回頭，正遇見阿蓮。

「林嫂，妳大呼小叫的，喊什麼呀？」阿蓮問。

「我追趕二爺，他隨秦叔祭墳去了。」

「十三點。」

「唉，關我何事，妳怎麼罵我呀？」

「妳別生氣。我是說紹卿十三點。」

「可是叫我怎麼去和老爺夫人說呢？他們一定會生氣的。」

「妳別急，讓我想個辦法暫時瞞過他們吧。」阿蓮想了一會，說：「有了。晚上開宴時，我讓進田請李勇和王竹清一起躲到紹卿的房間裏去吃。要是老爺問起來，我就說，紹卿約了他們一起在房裏吃飯，或許瞞得過。」

「好主意。阿蓮，妳真是活菩薩，這件事就交給妳辦了。」林嫂喜道。

晚宴，屋裏屋外共擺了近百桌。孟老爺為了讓孫女婿有機會廣結人緣，特邀請了許多地方鄉紳和居民。他忙著招呼客人，無暇顧及紹卿的行止，所以阿蓮的計策成功，在酒會上果然瞞過了。

直到席散，慧娘要派人叫紹卿出來一同送客，阿蓮才不得已悄悄地告訴她：「紹卿不在家。聽林嫂說，他隨秦叔一起去廟裏過夜祭墳。我怕乾爸發怒，所以設法瞞住了。」

慧娘吃驚，不敢當場告訴丈夫，只好跟著說謊：「紹卿喝醉，已經睡了，就不要他送客了。」

次日早晨，慧娘趁紹鵬夫婦來請安時，才說出實情，又說：「昨晚，幸而是阿蓮設法瞞過了。否則，在客人面前大家都會尷尬。」

崇漢大怒，罵道：「這個畜生，究竟怎麼回事？為何老是和友義過不去？」

「我想是因為蘇文傑的緣故。婚禮的前一夜，紹卿去探訪他，喝醉酒，直到半夜才回家，還大鬧了一場。次日，出乎我們意料之外，文傑居然參加了玉蘭的婚宴，還在酒席上向友義潑酒挑釁。這兩件事，我本來不想說的，但是紹卿的行為實在令人擔憂呀！」紹鵬說。

「嘎，蘇文傑看來像個正人君子，居然也會做出這種事。」慧娘驚道。

「真是人心難測呀！」婉珍說。

「還得怪紹卿不懂事。等他回來，我非教訓他不可。」崇漢說。

【第二章】

廟裏問神　禍福由命

紹卿和秦叔在廟裏過了一夜。次日清晨，他們去秦叔的妻女墳上燒香祭拜。上完墳，在走回廟宇的途中，紹卿問：「秦叔，阿輝失蹤多年了，你知道他的下落嗎？」

「不知道。我只當沒這個外甥了。」

「才不呢，我方才還聽見你祈求奶娘在天之靈保佑他。」

「唉，想當年，好端端地送他去軍校，原指望他立下功名，衣錦榮歸。沒想到，他去加入了什麼共產黨，成了通緝犯，至今下落不明，是死是活，只有天知道。」秦叔嘆道。

忽然，一個念頭閃過，紹卿驚駭地問：「阿輝的全名叫什麼？」

秦叔仍沉浸在感傷中，沒注意他的表情，漫應道：「他叫謝德輝。」

紹卿狐疑地自言自語：「謝德輝，張逸風，會是同一人嗎？」

「你說什麼？莫非你有阿輝的消息嗎？」秦叔變得緊張起來，問。

「沒有。我不過是白日說夢話。」紹卿連忙掩飾，又旁顧他言：「啊，清晨的微風真醉人，我想變個蝴蝶，飛了。」說著，展開雙臂，飛也似地向前跑去。

秦叔望著他的背影，搖搖頭，繼續走回廟裏。

吃完早餐，他們又去燒香拜佛。

紹卿拿了柱香，暗中祈禱：「如來佛，你神通廣大，無所不知。程友義的陰謀，你一定也已瞭若指掌。我是否該揭發他，請求你指點。」跪拜了，便去抽了支籤。

打開籤條一看，只見上面寫著：「良緣配合前生定，富貴由天莫妄求。」

「咳，原來佛祖也知道避重就輕，裝糊塗，儘說些不相干的話。」他嘆道。

秦叔聽見，急忙拉他走出了廟堂，責備道：「唉呀，你怎敢在廟堂上批評佛祖呢？」

「祂答非所問嘛！」紹卿說。

「你問了什麼？快讓我瞧瞧籤條。」

「我的問題和程友義有關。」

秦叔取過籤條看了，說：「這上一句，說玉蘭和友義的婚姻是前生註定的。下一句叫你莫管閑事，一切聽天由命。這有什麼不對？」

「哦。原來佛祖叫我別管閑事，這倒像是有道理了，讓我再去問問清楚。」紹卿說，轉身又要入廟。

「不用問了。玉蘭的婚姻是前世良緣，你不用替她操心。時間不早，我們該回家了。」秦叔拉住了他。

「你先回去吧。我還想在廟裏再住上兩日。」

「不成。你再住下去，不但家裏人著急，連佛爺都要被你弄得不安寧了。」

秦叔硬是將紹卿逼下了山，他要叫車，紹卿偏不肯坐。

「你老了，你乘車吧。我獨自走回去。」

「笑話，我的腳力比你這娃娃強多了。半路上，你別叫我背就行了。」秦叔也放棄了乘車的打算。

紹卿故意走走停停，沿途東遊西逛，直到下午四點鐘才回到家。

他又累又渴，一進大院，就想潛回自己房間休息。

不料，他母親忽然出現，怒道：「紹卿，你又要往哪裏去？還不快跟我進屋裏去。」

「夫人，請息怒。我們沒乘車，一路從山上走回來的，他累壞了，請妳讓他先去休息，我跟妳去見老爺賠不是吧。」秦叔說。

「秦叔，你不必代他求情。你去祭亡妻女是應該的，紹卿去作什麼？」

「我去祭我奶娘，不關秦叔的事。他不讓我去，我非跟去不可。」紹卿說。

「這話，你自己去和你老子說吧。」慧娘生氣地說。

紹卿無可奈何，只得跟隨母親進到內廳，見他父親、兄嫂、玉蘭和友義都在座。幸而，他們原先的怒氣早已被時間消磨，此刻只剩下關心。

玉蘭一見他，便上前迎接，說：「小叔，你究竟到哪裏去了？把我們都急壞了。」

紹卿望著她，淚濕眼眶，說：「昨晚，我忽然鬧中思靜，聽秦叔說要上山在廟裏過一夜，就跟他去了。害你們擔心，真對不起。」

崇漢見狀，怒氣消了，說：「你回來就好了。坐下吧。」

「林嫂，快給他倒杯涼茶。」紹鵬說。

紹卿坐了，接過茶杯，咕嚕嚕一下子喝盡了。

「傻孩子，聽秦叔說你們是走回來的。足有三十里路，為何不乘車呢？」慧娘說。

「妳別心疼他，先把該說的話都和他說了吧。」崇漢說。

「是了。紹卿，我們都知道蘇文傑是你最要好的朋友，但他究竟是外人，你的姪女婿是自家人，親疏有別。你千萬不可再為文傑而與友義過不去。知道嗎？」慧娘說。

「媽，我不知妳說什麼。友義已娶得玉蘭，還擺了兩場喜酒，風風光光地做了孟家的女婿，我又沒破壞他的好事，怎麼說我和他過不去呢？」

紹卿一番話說得他父母啞口無言。

友義打破沉默，說：「也許過去你對我有些成見，希望今後我們能彼此坦誠相處。」

紹卿一聽他說出「坦誠」二字，就不由得心頭火起，不假思索地說：「好，我坦白告訴你，我不喜歡你住在我們孟家莊。」

全座皆愕然，友義暗驚。

「紹卿，你如此胡言亂語，是不是病了？」慧娘焦慮地說。

「我實在是為友義著想。他能當上貿易行的經理，可見有商業天才，不如去幫哥哥經營工廠，好過埋沒在鄉村。」紹卿說。

「唉，我也是這麼想，但是他不願意，我也沒辦法。」紹鵬嘆氣說。

友義霍然站起來，說：「我堂堂男子漢，豈肯靠岳父吃軟飯。何況，我的志趣是教書。我答應和玉蘭一起搬來和爺爺奶奶住，只是為成全她的一片孝心，如今既然有人反對，我們就搬出去住吧。」

「不，你們用不著搬。這兒由我作主，誰敢逼你們走，我先叫他滾。」崇漢說。

紹卿已向友義下了逐客令，不肯輕易讓步，故意對抗父親說：「你有了孫女婿，就不要兒子了。好，我離家出走吧。」

「不，弟弟，你別走。我倒是贊同讓玉蘭和友義搬出去住。」紹鵬說。

慧娘連忙打圓場，說：「唉！你們冷靜點，誰都別說撒。我看，準是紹卿累昏了頭，在這裏胡鬧。你們不要和他一般見識。我提議大家各自回房休息，剛才說過的話，都當沒說過。」

「我贊成。我給你們弄得頭昏腦脹，也要去休息了。」崇漢乘機下台。

於是，大家不歡而散。

紹卿回到自己房間，頹喪地躺到床上，心想即使能成功地將友義趕出孟家莊，也未必能令他放棄陰謀。又想到，玉蘭的一片痴情被利用了，不由得替她難過，落下淚來。

忽然，聽見玉蘭的聲音：「這麼大了還哭，真不知羞。」

他睜開眼，見她不知何時已悄悄地來到他的床邊，正笑著用手指頭劃臉羞他，就像是兒時一樣。

他下了床，拉她一同坐下了，說：「我是為妳哭，因妳嫁錯了郎。」

「笑話。難道你非要我嫁給文傑不可嗎？」她抗議。

「我只是懷疑友義用不正當的手段奪取了妳。玉蘭，妳記得嗎？我曾答應過妳，會像天上的星星一樣為妳保守秘密。如果，妳和友義之間真有不可告人的秘密，請讓我替妳分憂。」

「秘密是有一個，但已沒什麼可憂的了。」

「兒時的秘密也許只是偷吃了塊糖，但是成人的秘密常含有險惡的陰謀。請妳坦白告訴我，友義是否使用計謀，逼妳成親？」

「你只猜對了一半，他的確用了詭計來挽回我的心，但我還是心甘情願作他的妻子。既往不咎，你也不必過問他的計謀了。」

「不，我一定要知道。否則，我不容許他住在我們家。」

「小叔，你簡直變得無可理喻了。這樣吧，只要你答應不再為難友義，我就告訴你另一個秘密。」

「另一個秘密？如果是和友義有關的，我就要聽。」

「當然和他有關。他就要做爸爸了。」玉蘭抿嘴笑道。

「啊，妳懷孕了？」紹卿吃了一驚。

「嗯。我還沒告訴友義呢，你是第一個知道的人，可得保守秘密喔！」

「我答應。我……」他覺得哽咽難言。

「奇怪。你怎麼又想哭了。」

「我就要做表叔公，太高興了。」

忽然，友義推開門，問：「我可以進來嗎？」

「啊，你來得正好。我和小叔正在談天，你們倆也聊聊吧。」玉蘭高興地說。

「咦，你們是在聊天，還是吵架？小叔臉色不大好呢。」友義走進來，開玩笑地說。

不料，紹卿突然厲聲說：「程友義，你的陰謀詭計，我全已知曉了。」

友義大驚失色，指著他問：「你知道了什麼陰謀？」

紹卿冷笑一聲，說：「哼，你果然有陰謀，已經不打自招了。」

「你血口噴人，有何證據？」

「你心中有數，何必證據。」

友義聽他這麼說，以為他已知道自己的全盤計劃，更加驚慌。

忽聽得玉蘭說：「友義，別理他。他故弄玄虛，其實什麼也不知道。」

「妳說什麼？」

「小叔懷疑你使詭計從文傑身邊奪了我。你什麼都別說，免得上他的當。」

「原來他指的是我們婚前的秘密。」友義大大地鬆了口氣，說。

「莫非你還有別的秘密嗎？」紹卿不放鬆追問。

友義張口結舌，一時裏不知如何應對。

玉蘭埋怨說：「小叔，你真不守信用。明明答應我不再為難他，卻還想套他口供。」

紹卿也怕逼得急了，引起友義懷疑，招來殺身之禍，因此故意大笑，說：「哈，我不過和他開個玩笑，他卻嚇得臉色蒼白，可見是作賊心虛。」

友義惱羞成怒，握拳說：「可恨。你一再作弄我。我恨不得揍你一頓。」

「好呀，我也想和你打架，替文傑出氣。」紹卿說。

「你敢和我打架？哈，我看你像塊豆腐，不堪一擊。」友義不屑地說。

「你別小看我。若你打輸了，我要你當眾說出你是如何騙得玉蘭的。」

「若我打贏了呢？」

「那我就前嫌盡棄，今後和你禍福同當。」

「好。何時比武，你說吧。」

「現在就比。我換件衣裳就到後院等你。」

「好極了！我也去換件短衫。」友義說，興沖沖地走出了房間。

「小叔，你瘋了嗎？你和友義打架簡直就是雞蛋碰石頭，快取消了吧。」玉蘭急道。

「輸贏未知呢！到時，我打了妳的老公，妳別心疼就是了。」

「不自量力。」玉蘭罵了一句，不理他了。

走出房間，她逕去報告父母和爺爺奶奶：「小叔要和友義打架，我勸不住。」

「妳是說紹卿向友義挑戰？這不是自討苦吃嗎？」慧娘著急，說。

「我們快去阻止他們吧。」婉珍也說。

「不用阻止，讓友義教訓他一頓也好，省了我事。」崇漢說。

「玉蘭，妳去警告友義，囑他手下留情，千萬莫將妳小叔打傷了。」紹鵬說。

「好。我這就去和他說。」玉蘭匆匆地走了。

「我們都去觀戰吧。」崇漢說。

紹卿剛換好衣服，忽見秦叔匆匆地走進來，口中說：「報應了，要報應了。」

「什麼報應了呀？」

「你早上得罪了菩薩，他要借友義的手來懲罰你了。」

「我沒時間聽你說笑話。你快教我兩招拳腳功夫吧。」

「哎呀，你真是臨時抱佛腳。聽著，他比你高大，你只能攻他下方。」

「不行。踢壞了他那個，玉蘭要怪我。再說，我哥哥嫂嫂都想抱外孫哩。」

「我不是指那個。你可以踢他小腿。」

「好主意。再給我出個妙計。」

「還用教嗎？三十六計走為先，打不過，就逃。」

後院裏，紹卿和友義相對站立。周圍已排了許多椅子，崇漢一家人和有些作客的親戚朋友都來坐下觀看。江進田和阿蓮也聞訊趕來了。

秦叔剛宣佈比賽開始，進田突然揮舞雙臂，喊道：「暫停。紹卿，你不是他的對手。你下來，讓我替你上陣吧。」

「不用你插手。瞧我的。」紹卿回頭說。

「你真有種。好吧，我讓你三招，先禮後兵。」友義說。於是，他雙手插腰，兩腿分立，站穩了不動。

紹卿既不謙讓，也不馬上攻擊，只磨拳擦掌，在他跟前跳來跳去。

友義不耐煩了，喝道：「別耍猴戲了，快出招吧。」

紹卿便一拳往他下顎打去，友義仰首避過，豈知那只是虛招，紹卿腳下用力，一下踢中他的左小腿。

「唉。」友義覺得痛徹心肺，本能地提起痛腳，俯身用雙手去撫。

紹卿乘機一拳將他打倒在地上，贏得滿場掌聲和喝彩。

「小叔，好棒。」玉棠拍手雀躍。

「真精彩。」玉祺也讚道。

玉蘭氣憤地抗議：「小叔太猖狂了，友義讓他三招，他卻毫不留情。」

「噯，他將有得苦頭吃了。」慧娘擔心地說。

果然不出所料，友義一躍而起，即向紹卿展開猛攻。

紹卿憑著身子靈活，避過兩拳，但終究逃不過，吃了好幾拳，不支倒地。

友義起了性子，欲罷不能，還想俯身去打。

驀地，一人躍到他身後，叫道：「程姑爺，我江進田也想向你領教、領教。」其聲如雷。

友義回頭，見進田怒目瞪著他。面對勁敵，他的頭腦一下子清醒了，說：「我不和你打，比武結束了。」

進田走上前，想去扶紹卿，卻見他滿臉是血，閉著眼，躺在地上一動也不動。

「你把他打死了。」進田嚇得大叫。

一霎時，全場的觀眾都驚惶失措地跑過來，圍蹲在紹卿身邊，又哭又喊。

秦叔剛要抱起他時，他卻甦醒了。於是，他由眾人圍護著，一起進屋裏去了。

紹卿的臉上，青一塊、紅一塊，又腫又破，令人看著難過。

紹鵬怒道：「友義，我已叫玉蘭關照你了，出手不可太重。你為何還下此毒手？」

友義低頭無語。

玉蘭為他打抱不平，說：「爸爸，你不能偏心呀，友義腿上也被小叔踢出一塊烏青。」

然而，似乎沒人同情他們。

玉蘭氣不過，走到紹卿面前，又說：「小叔，你故意激怒友義，是否想用苦肉計搏得大家的同情呢？」

「唉，妳不疼我也罷，還說什麼苦肉計。真是潑出去的水，還想回頭淹娘家人哩。」紹卿一向喜歡和玉蘭抬槓，這時又怪她盲目地愛友義，因此口不擇言。

玉蘭氣得花容失色，轉首說：「友義，我們立刻離開這裏。」

「好。此處不留人，自有留人處。我們走。」友義大聲附和。料想，只有以退為進，才能平息眾怒。

果然不出所料，孟老爺說：「且慢，不要走。依我看，這場打鬥十分公平。紹卿吃了點苦頭，咎由自取，何況，友義讓了他三招，也吃他打了。我令你們兩人握手言和。」

友義乘機向紹卿伸出手，說：「對不起，方才我失手將你打暈了，但你也曾將我打倒在地上。我們不分勝負，就算平手吧。」

紹卿只想讓玉蘭息怒，便與他握手，說：「不，你贏了。我會遵守諾言，今後與你禍福同當。」他明知友義會惹禍上身，這句話等於是將自己賣了。

晚飯後，友義和玉蘭一同回到他們的屋裏休息。

剛坐下不久，林嫂來說：「劉大成來求見姑爺。」

「妳請他進來吧。」友義說，暗想大成一定有事來找他。

「姑爺，小姐，我特地給你們送禮來了。」劉大成走進來說，從布袋中取出一尊陶瓷製的彌勒佛，佛的身上爬滿了幼童。

「大叔，你太客氣了，何必破費呢！」友義接過禮物說。

「這是我祝你們多子多孫的心意，請笑納。」

「多謝大叔。請坐吧。」玉蘭說。

「不，我只是來送禮的，你們新婚燕爾，我不打攪，告辭了。」

「不忙，請坐一會。昨日當著眾人的面，無法好好聊。今日我們正好敘舊。」

「你們聊吧，我失陪了。」玉蘭說，帶著林嫂走了。

她心中掛念紹卿，便到他的房間來探望。

他躺著，見她進來就說：「妳不陪老公，到這裏來作啥？」

「我見你被打傷，心裏實在難過得很。你說我不心疼你，其實你錯了。」

「我知道。剛才我說的那番話只是和妳抬槓，妳千萬別記在心上。友義讓我踢了一腳，沒事吧？」

「沒事了。劉大成送禮來，友義正陪他聊天呢！」

「嗄。」紹卿暗驚，坐起來，說：「妳家裏有客人，妳怎麼出來了？」

「他們久別重逢，我特地避開了，讓他們有機會好好談。」

「唉吆。」紹卿突用手摀嘴，呼痛。

「小叔，你怎麼啦？」玉蘭驚道。

「嘴角裂了，話說多了就疼。」

「啊，對不起。我不該纏住你說話，該讓你休息養傷。我走了。」

紹卿等她走了，立即下床，溜往友義的新居，躲在客廳的窗外偷聽。

「據王竹清說，昨晚，孟紹卿沒在屋裏吃酒，他偷溜出去了。」劉大成說。

「是的。他和秦叔一同祭墳去了。他回來後，公然反對我住在這裏，剛才還和我打了一架。幸而，孟老爺令我倆握手言和，我才得以留下。」友義說。

「你想，他會不會是國民黨的特務呢？」

「特務？不，依我看，他只是一個稚氣未脫，有點任性的少爺。他反對我，多半是因我破壞了他的好朋友蘇文傑和玉蘭的婚事。」

「無論如何，他對你懷有敵意，恐怕礙事，不如趁早把他除去。」

「千萬不可。我們暗中策劃農民革命，但不能濫殺無辜，尤其不許傷害孟玉蘭和她的家人。我是獲得了這項承諾，才答應和玉蘭結婚的。」

「我明白了。請放心，沒你的准許，我不會貿然行事的。」

「我們的任務是長期性的，先要取得周圍人的信任，今後你若沒重要的事，不必常來找我。」

「是。我告辭了。」劉大成站起來說。

友義準備送客，紹卿先溜走了。

探知友義良心未泯，短期內也不會發起暴動，紹卿稍微放心了。

一日，他獨自坐在後院，聚精會神地看書。驀地，有人從後面用雙手蒙住了他的眼，接著有人奪走了他的書。

「玉蘭，別惡作劇，快放開我。」他叫道。

玉蘭嘻嘻笑著，放開了他。

他瞧見友義正翻看著他的書，一臉驚訝的表情。

友義一直懷疑紹卿是敵對的人，不料，竟發現他在看一本馬克思主義的書。暗想，這簡直就是「大水沖翻龍王廟，一家人不識一家人」，不禁啞然失笑，說：「我道你整日鬼鬼祟祟地在做什麼，原來是在偷看禁書。」

「快還給我。難道你沒看過這種書嗎？」紹卿怒道。一把奪回了書。

「我是讀法政系的，什麼政治思想的書籍沒看過，老實說，我對馬克思主義還相當有研究呢。如果你有興趣，我們不妨坐下來討論，彼此交換心得，如何？」

「不，我不想和你談，寧可去北京找這本書的主人研討。過兩天，我就要走了，希望你能好好照顧玉蘭，還有她的爺爺奶奶，別讓他們擔心。」

「你放心去吧。你和左派人士交朋友的事，我和玉蘭都會替你保密的。」友義說。

兩天後，紹卿離家出發去北京，他不要秦叔跟隨，獨自帶著憂愁走了。

【第三章】
多情姑爺　可人小妹

友義很快成為鄉村裏最受歡迎的人。他清晨即起，出外跑步，沿途見到在田裏工作的農夫，便向他們揮手打招呼，有時還停下來聊天。他常到村公所去作義工，成了村長的得力助手，為村民排難解紛。在家時，他也沒閒著，對僕人不分上下，一視同仁，還幫忙他們一同勞作。連秦叔也開始喜歡他。

他對妻子更是體貼入微。一天下午，他們坐在涼亭裏，各看各的書。僕人拿來一盤切好的西瓜請他們吃。玉蘭看書入迷，捨不得放下，他便餵她吃。他們一同出外散步，她不慎踩了一腳泥，回到家，他便去提了桶水，幫她洗腳。這些事傳出去，婦女們都羨慕不已。

一天，阿蓮正在給女兒餵奶，見進田坐在一旁啃西瓜，便說：「人家餵老婆吃西瓜，你怎麼不學樣呀！」

「哈，要我學他，休想。他把我們男人的威風都掃地了。」進田不屑地說。

正巧，友義在玉蘭的陪伴下，來到江家拜訪。他拎著一匹自製的小木馬，準備送給剛滿周歲的盈盈。江家人都十分驚喜。

「程姑爺，你給阿拉的小孫女做木馬。真難得呀！」江大媽說。

「做得這麼好，你哪裏學來的手藝呀？」江忠問。

「我伯父是木匠，我住在他家時當過他的學徒。」友義說。

「玉蘭，妳嫁了這麼好的男人，真有福氣。紹卿非要妳嫁給蘇少爺不可，真是十三點。」阿蓮說。

進田更是對友義另眼看待，說：「姑爺，若我以前對你有失禮的地方，請你原諒。今後，無論你叫我做什麼，我都會遵命去做。」

「你肯餵阿蓮吃西瓜嗎？」友義開玩笑說。

「肯。下回吃西瓜，我一定先餵她。」進田說。

從此，進田也成了友義的崇拜者。

又過了半個月，玉蘭早起穿衣時，嘆道：「唉！所有的衣服都快穿不下了。友義，今天請你陪我去裁縫店做幾套新衣，可以嗎？」

「滿櫃子都是妳的衣服，還要做新衣。妳實在應該做點勞動才是，每天好吃懶做，快變成肥婆了。」

玉蘭委屈地低頭撫摸著肚子，說：「孩子，你要成長，但爸爸不肯給媽媽做孕婦裝。這可怎麼是好？」

「孩子？喂，你說什麼呀？」

「你自己幹的好事，居然一無所知嗎？」

「嗄，妳懷孕了！幾個月了？」

「自從第一次起，我的月經就沒來過。」

「那該有四個月了吧。妳怎麼不一早告訴我呀？」

「我們剛結婚不久，人家會怎麼說呢？」

「顧不了那麼多了，孩子要緊。我先陪妳去看醫生，再陪妳去裁縫店，好嗎？」

「好極了。」

友義和玉蘭一起出去了大半天，回來時都喜氣洋洋。

「咦，什麼事令你們這麼高興呀？」慧娘問。

「剛才我陪玉蘭去看醫生，證實她懷孕了。」友義說。

「好消息，恭喜你們。玉蘭，今後妳要多保重。」慧娘說。

「我們就快四代同堂了，要儘快通知玉蘭的爸媽才好。」崇漢喜道。

紹鵬夫婦獲知女兒懷孕的消息，正計劃回鄉去探望，不期來了三個訪客。

林繼聖夫婦帶了女兒一起到上海來度假，他們原想邀紹卿同遊，在旅館安頓後便來尋訪他。沒想到，紹卿寫的地址是他哥哥家的。

紹鵬聽說是紹卿的大學導師來訪，即熱情地接待，說：「歡迎。舍弟常提起你們。可真不巧，他已去了北京。」

「啊，原來紹卿已經回北京了，我還不知道呢。我們也是臨時決定南下旅遊，沒預先通知他，以致彼此錯過了。既然他不在，我們不便打攪了。」林教授說。

「林教授，請別見外，紹卿不但蒙受你的教導，還感激你們一家人對他的照顧。這回你們來此度假，我們應代他盡地主之誼，但不知你們的行程如何？」婉珍說。

「我們預定度假兩個星期，想先在上海玩幾日，然後去遊杭州西湖。」林教授說。

「正巧。過幾天，我們就要回鄉，孟家莊距離杭州不遠，請你們一同去小住，家父母一定也會十分歡迎你們的。」紹鵬說。

另一邊，玉祺和玉棠正陪著曉鵑談天。

「林小妹，我看過一張小叔和你們一家人的合照。妳比照片上還好看。」玉棠說。

「咦？你也叫我小妹，你到底有多大呀？」

「我已經十二歲了。妳大概和我差不多吧。」玉棠說。

「我比你大兩歲。你得叫我林姐姐，我叫你孟小弟。」曉鵑得意地說。

「我十七了，可以叫妳林小妹了吧。」玉祺說。

「爸媽真不公平。為什麼偏偏晚生我呢！」玉棠抱怨說。

「你們在說什麼？」婉珍回頭問。

「沒什麼。媽媽，我們帶曉鵑姐姐去哪裏玩呢？」玉棠說。

「每次說到玩，你就最起勁。」紹鵬笑罵道。

「林教授，你若答應去孟家莊，孩子們可以結伴遊玩，多好呀！」婉珍說。

「既然如此，恭敬不如從命，就一切聽從你們的安排吧。」林教授說。

聽了紹鵬的介紹，孟崇漢夫婦也熱忱地歡迎林家人，大家坐下聊天。

「你們這座莊院真大。過去，我們一直以為紹卿家境清寒，沒想到他竟是富家子弟。」林夫人說。

「紹卿說過，當初是林教授誤會了，想幫助他，請他當了家教。他欣賞林師母的烹飪，所以捨不得辭職呢！」慧娘笑道。

「難怪，他只收了一個月的教學費就怎麼也不肯收了。每次來教學，只吃一頓便飯當報酬。」林夫人說。

寒暄了一會，慧娘忍不住說：「林教授，紹卿去北京已一個多月了，至今還沒來信，他沒去拜訪過你們嗎？」

「沒有。不過，請別擔心，眼下正放暑假，或許他和同學們一起去遊玩了。」林教授說。

「是呀，弟弟已經在北京住過兩年了，應該不會有事的。明日，我們將陪林教授一家人去杭州西湖遊玩，請爸媽也一同去吧。」紹鵬說。

「好，我們很久沒出外旅遊了，明兒一起去吧。」崇漢說。

「我和友義也一起去。」玉蘭興致盎然地說。

「不，這回妳還是別去吧，免得動了胎氣。」婉珍說。

「沒關係，她走不動時，我抱她就行了。」友義笑說。

次日，到杭州，紹鵬租了一艘畫舫。林繼聖一家人由孟家老小陪伴，暢遊了西湖名勝，盡興而返。

紹鵬因業務纏身，留下家眷，獨自先回了上海。林家人繼續留在孟家莊作客。

玉祺像兄長一樣愛護曉鵑，幾乎形影不離。

一日，他們同在小河邊遊玩，見到母鴨身邊有一群剛孵出不久的小鴨，曉鵑興奮地跑近去看，小鴨卻突然全不見了。

「奇怪。我明明看見有鴨寶寶，怎麼一下子不見了呢？」

「他們全躲到母鴨的羽毛中去了。來，我們也躲起來，一會又可瞧見了。」玉祺拉了她一起躲到蘆葦叢中。

果然，不久，黃毛鴨兒又一隻一隻從母鴨身上鑽出來，搖搖擺擺地去游水了。

曉鵑笑眯了眼，用雙手蒙住了嘴不敢出聲，只以眼神向玉祺表達她的喜悅。

玉祺悄悄地到河邊抓到一隻小鴨，拿給她。她撫著、親著，直到母鴨發出了抗議聲，才將小鴨放回了牠母親身邊。

回孟家莊後，她不斷地讚賞可愛的小鴨兒。

玉祺開玩笑說：「我看妳比小鴨更可愛呢。」

他言者無意，他的家人卻替他留了心。

玉祺的棋藝好，他與友義下棋都各有勝負。他將要輸時，曉鵑替他緊張。他贏時，她拍手稱讚：「你好棒噢！」

這只是天真的表現，但婉珍和林夫人看在眼裏，卻產生另一種想法。她們相互微笑，似乎有了默契。

【第四章】
內憂外患　敵友難分

暑假回鄉前，紹卿曾請侯健民看管他和文康合租的房子。然而，當他回來時，卻發現屋裏住了六個人。

「健民，這些是什麼人？」他驚異地問。

健民有口難言。他加入了共產黨，指導員聽說他看管著一棟房子，便擅自帶了四個部下一起搬進來，他無法阻止。

這時，他轉向一個三十來歲的男人，說：「胡勝，這位是孟紹卿，這屋子是他租的。你答應過，等他回來了就搬出去。」

「孟紹卿，久仰大名。我們都是健民的朋友，在這裏客居。你回來了，先把你的房間還給你。我們立刻另找房子，過幾日就搬出去，可以嗎？」胡勝說。他因吸煙多，露出一口焦黃的牙齒。

紹卿心中不悅，但他一向待人寬厚，勉強說：「好吧。請你們儘快找房子。我的合租人蘇文康也快回來了。」

豈知，才過了一天，胡勝就嘲笑他：「小地主來了。你們要小心侍候呀。」

「我不喜歡你這樣叫我。」紹卿抗議。

「咦，你覺得做剝削者可恥嗎？也許我們可以談談。」

紹卿剛接觸馬克思思想，經胡勝一番洗腦，開始認為自己出身階級是壓迫者，承襲了原罪。他想改造自己，不再要求白住的房客搬出去，還自願操作屋子裏的勞務。不幸，他懷著崇高的理想，卻淪為胡勝的奴隸。

一天早上，紹卿剛拖完地板，見胡勝和他的一夥人又將香煙灰拋在地上，便說：「請你們用煙灰缸好不好，而且我不喜歡煙味，你們少抽點吧。」

不料，胡勝突然站起來，猛摑了他一個耳光。

「你打人！」紹卿驚怒。

「打你怎地，你是接受改造的人，居然敢教訓我們。讓你也嘗嘗受壓迫的滋味。」

「你不講理。這是我租的房子，你們沒付房租，都給我出去。」

「怎麼，又擺出地主的嘴臉來了。看來不給你點顏色，你是改造不好的。」胡勝向手下使了個眼色，紹卿即被踢倒，飽受拳打腳踢。

「住手，住手。你們不能欺負他。」健民又氣又急，想上前搶救。

「快站開去，這也是對你的考驗。你目前只是臨時黨員，若不和地主階級劃清界限，休想正式入黨。」胡勝威脅道。

「我不明白，既然他想要做我們的同志，你為什麼還虐待他呢？」

「他一向養尊處優，我們要幫助他徹底改造，首先是要他學習謙卑，明白作奴隸的苦。」胡勝說得振振有詞。

健民愛莫能助，只能眼睜睜看著紹卿受欺負。

從此，紹卿被軟禁，失去了自由。然而，他已被新思想迷惑了，否定了個人價值，在身心受損的同時，居然有一種神聖的感覺，以為作出了自我犧牲。

直到有一天，見到了林曉鵑，他才恢復了理性。

那天正巧有胡勝的朋友來訪，大門沒關好，讓曉鵑走進了院子。

聽見吵雜聲，她偷偷向屋內望，見煙霧彌漫，有一大群人在抽煙並高談闊論。她懷疑走錯了門，忽然，一個滿腮鬍子的人走出屋來，她嚇得轉身就逃。

「林小妹。」那人叫道。

她回頭一看，驚奇地說：「孟老師，原來是你。你怎麼長鬍子了？」

「我是男人，當然會長鬍子。」紹卿摸著扎手的下巴，苦笑說。他已有一個月沒刮鬍子了。

「哦。可是你的臉色也很憔悴，是不是病了？」

「不，我沒病。大概是最近生活不正常的緣故。小妹，妳因什麼事來找我呢？」

「兩個星期前，我們一家人到上海去度假，先去找你，不料，找上了你哥哥的家，聽說你已回北京來了。你哥嫂熱情地招待我們，後來又帶我們去你爸媽家作客，還陪我們到杭州西湖遊玩。昨晚我們才回來，今天我就等不及來告訴你了。」曉鵑滔滔不絕地說。

「是嗎？真抱歉，我錯過了招待你們的機會，好在有我家人代我盡了地主之誼。」紹卿想到家人，感到一陣心酸，深怕讓林小妹見到他落淚，連忙轉過頭去。

她因興奮，沒發覺他的異樣，繼續說：「我爸媽說，請你明天晚上到我們家吃飯，好嗎？」

「對不起，這兩天我家裏有客人，走不開。你們剛回來也要休息。還是改天我再到你們家拜訪吧。」

「好吧。孟老師，你真的瘦了許多，要保重身體呀。」

「謝謝妳的關心。屋裏很亂，我就不請妳進去坐了。」

「沒關係，你去招待客人吧，再見。」

「再見。」紹卿望著她的背影，像從迷魂陣中走出來，頓時恢復了自我意識。

當晚，他刮掉了鬍子。然而，他知道一時裏逃不出胡勝的手掌，所以不敢輕舉妄動。

文康回來了。他素有潔癖，一聞到滿屋子的煙味已不高興，等看到他的房間裏躺了兩個人，又髒又亂，更生氣說：「這房子變得又臭又髒，不能住了。紹卿，我們退了租，搬到學生宿舍去住吧。」

紹卿猶豫著，不知該怎麼回答才好。

胡勝搶先說：「你不住了，正好。紹卿已答應和我們合租了。」

「我不信。紹卿，你怎麼不說話呢？」

「我、我不能搬，不能住宿舍，因為我想停學了。」

「什麼！你瘋了嗎？看你，交了這些不三不四的朋友，變得都不像人樣了。」

紹卿惟恐他也被胡勝挾持，發怒說：「住口。你了不起，你走。以後再也不要來找我。」說著將他推出了門外。

文康氣不過，即去找琇瑩訴說方才所見。

「我們將房子交給侯健民看管，沒想到，他邀了一群人住進來。紹卿似乎受了他們的影響，已完全變了樣，甚至說想停學了。我也懷疑，他被他們控制了，這可如何是好？」

「這群人可能不好惹，我們還是請林教授幫忙吧。」琇瑩說。

「好主意。」文康說。

胡勝知道開學後不能再軟禁紹卿，於是想用另一種手腕來控制他。

「你不必停學，只要你答應我一件事，就可以去學校註冊了。」

「什麼事？」

「你獨自和房東續約。我和健民留下和你同住，其餘的人，我馬上叫他們搬走。」

「我一個人哪能付得起這麼大房子的租金？」

「不要緊，我和健民都會補貼你房租的。」胡勝狡猾，沒說補貼多少。

紹卿被迫簽了租屋合同，但他在合同上暗加了一條，准許退租。

次日一早，林教授來訪時，只有胡勝和紹卿在家。

「文康不住了。這位是我的新房友，胡勝。」紹卿說。

「據蘇文康說，昨日這兒住了許多人，他們都搬走了嗎？」林教授環視著四周問道。

「昨日有幾個朋友來借住了一夜。蘇文康未免小題大做了。」胡勝代答。

「那麼，紹卿，你想停學的事，也只是一場誤會嗎？」

「那是因為我和文康吵架，說的氣話。我準備今天下午就去註冊。」紹卿說。

「好極了。」林教授放心了。又說：「你看來瘦了，大概還沒習慣自己煮飯、操作家務吧。」

「不。我不但學會炊煮、洗衣、做各種家務，還會侍候別人哩。」紹卿說，但見胡勝瞪著他，連忙住口，不說了。

林教授已發覺他受監視，便說：「紹卿，我這次攜眷到上海、杭州旅行，受你父兄熱情款待。你師母回來後，很想請你吃頓飯，你今晚就到我家去作客吧。」

「真對不起。今晚我已和朋友約了一起出去吃晚飯。」紹卿用謊言來推托，免得胡勝疑忌。

林教授不勉強他，說：「那麼你改天再來吧。我告辭了。」

「謝謝林教授。再見。」

送走客人後，胡勝警告說：「記住。以後不可向任何人提起你接受改造的事，更不可洩露我的身分，否則我決不饒你。」他眼光中含有一股殺氣，令紹卿感到不寒而慄。

林教授回家後，立即給紹卿的父親寫了封信。

崇漢夫婦在信上得知紹卿已不和文康同住，有了新房客，身體和精神都顯得疲弱。他們十分擔心，便決定派秦叔去探望。

一個星期後，秦叔到了。

紹卿開門見了他，先是歡喜，接著想起了自己的出生階級而感到不安。

「唉，你離家一個多月，也不給老爺夫人寫封信。他們著急，所以派我來看你。」

「我沒事，已經學會照顧自己了。過兩天，你就回去吧。」

「什麼話？瞧你瘦成這樣，要是讓老爺夫人看見了，不知會多心疼。如今我來了，至少得住上一個月，把你養胖了，我才好回去向老爺交待。」

「你要留住也行，但不用侍候我，讓我來侍奉你吧。」

「哈，你要我養老，總算我以前沒白疼你。我給你帶來了許多好吃的東西，還有新衣服，讓我進屋再說吧。」

胡勝見他提著行李進來，驚奇地問：「這人是誰？」

「他是我的老鄉親，住幾天就走。」紹卿說。

「這不是秦叔，你的家僕嗎？」健民說。

「什麼，你又恢復了少爺的習性，把僕人叫來了。」胡勝怒道。

「我沒叫他來，是他自己來的。我也不要他服侍，只當他是客人。」紹卿說。

「這是怎麼回事呀？我服侍你，干他何事呀？」秦叔困惑地問。

「秦叔，你別問，先到房間休息吧。」紹卿說。

不久，秦叔就恨透了胡勝。

胡勝不但把他帶給紹卿的食品全拿走了，還將他當成自己的僕人使喚，更有甚者，不時罵他是：「地主的走狗。」

「你罵我是地主的走狗，為什麼還要我服侍你呀？」

「你服侍小地主是當走狗，服侍我是為大眾服務。」胡勝嬉皮笑臉地說。

才住了幾天，秦叔已忍受不了，向紹卿說：「你不要我服侍，我反倒成了胡勝的佣人了。我不幹了，明天就走。」

紹卿沒挽留他。

當天夜裏，忽然有人大聲敲門。秦叔起來開門，心裏罵著：「該死的胡勝。總是出去吃酒，半夜三更才回來。」

然而，這晚胡勝並沒出去，他和紹卿、健民都被驚醒了，走出來看究竟。

門剛被打開，一大群年輕人衝了進來，有胡勝那幫人，也有紹卿的同學。他們帶來一個驚人的消息：「日軍突擊東北，國軍不戰而退，日軍已進佔瀋陽了。」

「可惡，可恥。我們立刻上街抗議。」胡勝喊道。

「先做抗日標語，大家快去把床單都拿出來，撕成布條。秦叔，你把院子裏晒衣服的竹桿全收集了做旗竿，恐怕不夠，去鄰家借些來。」紹卿說。

秦叔立即打消了離開北京的念頭。他和眾人一樣，內心充滿了激情，幫著做旗竿、掛標語，參加了示威遊行。

大街上，全城民眾都出動了，浩浩蕩蕩地遊行抗議日本侵略，紹卿遇見了文康、琇瑩，還有林教授全家人。林小妹，甚至連林師母也揮拳喊著口號。

那一天是永留史冊的九一八，它使得日軍更加驕狂，卻像給沉痾中的中國人打了一支強心針。

國家喪失了領土，政府喪失了民心。不少愛國人士，尤其是血氣方剛的年輕人，紛紛投入了左派陣營。

過了新年，胡勝和他的黨人預備再發動一次大規模的示威遊行。深夜裏，紹卿幫他們在一個報社裏油印傳單。

忽然，有人來報訊，說有一大批武警前來捕捉共產黨人了。

胡勝一聽，首先越窗逃跑。

有幾個年輕人激昂地說：「我們印愛國傳單，為什麼要跑呢？」

「對，我們出去和他們說理去。」激動的青年們拿了印好的傳單都從前門走出去。

了知覺。

可惜，秀才遇到兵，有理講不清。武警揮舞著大棍，見人就捉、就打。紹卿頭上挨了一棍，倒地失去了知覺。

半夜裏，紹卿還沒回家，秦叔擔心得睡不著，忽見胡勝衝進來，一聲不響，便去房間收拾行李，準備離去。

「胡勝，出了什麼事？你回來了，可是紹卿呢？」秦叔著急地問。

「他媽的，警察到報社來抓人了，紹卿恐怕已被抓走了。我必須立刻離開這裏，我房間裏還有些文件來不及處理，你把它全燒了吧。」胡勝只顧自己，一邊詛咒，一邊頭也不回地走了。

秦叔驚愕，旋想起胡勝曾差遣他去一家報社取傳單，便匆匆往報社奔去。到了報社門口，瞧見一群警察正將捕捉到的犯人押上囚車，侯健民也在其中。他又發現倒在地上受傷昏迷的紹卿，立即背起了就逃跑。

因怕有追兵，他一路奔跑，不敢稍停。忽聽得有人叫喊：「秦叔，你找到紹卿了嗎？」他抬頭一看，見文康迎面跑來，這才停住了，喘了口氣說：「啊，是你。紹卿受傷昏迷了，我剛才背他逃離現場。你也是在逃嗎？」

「不，我有同學剛從報社逃回來向我報訊，說紹卿被警察打傷了，所以我趕來救他。他可能傷得不輕，附近有家醫院，我們快送他過去吧。」

紹卿頭破血流，被送到醫院急救後仍未醒轉，須住院觀察。

天一亮，文康便去電信局發電報給孟紹鵬，顧不得措辭，只在電文上寫了「紹卿重傷，請速北上。」兩行字，就發出了。

秦叔在病床邊陪了一夜，打瞌睡了。早晨護士來給病人量體溫，他驚醒，見紹卿睜著眼，連忙上前問：「你沒事了吧？」

紹卿嘴裏含著溫度計，無法回答，只搖了搖手。秦叔見他有反應，猜想他的腦子沒被打壞，喜得流出了眼淚。

不久，文康帶著琇瑩和林教授一起來了。見紹卿已清醒能說話，他們也鬆了口氣。

「警察還在搜捕共產黨人。紹卿，你入黨了嗎？」琇瑩問。

「不，我沒有。」紹卿說。

「為安全起見，你還是暫時到我家裏住幾天吧。」林教授說。

紹卿同意了，並囑秦叔回家清理客房。

秦叔先把胡勝留下的文件都銷毀了，又將健民的東西收藏了。隨後，他去市場買了隻活雞，拿回家裏殺了燉煮。

傍晚，他正想拿燉好的雞去給紹卿吃，忽聽得敲門聲。他怕是警察，先在門縫裏瞧了瞧，即驚喜地打開了門，叫道：「大爺，大少爺，你們這麼快就來啦。」

「紹卿在家嗎？聽說他受了重傷，有性命危險嗎？」紹鵬迫不及待地問。

「他的頭被打傷了。在醫院住了一夜，已沒大礙。今天早上，被林教授接回家了。」

紹鵬父子隨即趕往林家探視，林教授夫婦也感到意外地驚奇，立刻帶他們去看紹卿。

「哥哥、玉祺，你們怎麼知道我受了傷？」紹卿驚訝地問。

「是文康發了電報。我一收到，就和玉祺一起乘特快車趕來了。」紹鵬說。

「真對不起，害你們受驚了。」

「別多說，你好好休養。我們帶來了秦叔為你燉的雞湯，你先喝點吧。」

「孟老師，你還很虛弱，讓我來餵你喝雞湯。」曉鵑說。

「還是讓我來餵吧，免得妳燙了手。」玉祺說。

「不，侍候病人，我肯定比你行。」曉鵑說。

「你們兩個不用爭了，乾脆一起餵我吧。我這邊喝一口，那邊喝一口，連吃兩碗。」紹卿笑道。

「還好，你一點也沒變。」紹鵬說。

過了幾天，紹卿元氣恢復，紹鵬替他向房東退了租，帶他一起回上海。

玉蘭的預產期近了，友義正準備送她到岳家待產，遇上秦叔回來報訊，說紹卿受傷，已由紹鵬接回家了。崇漢夫婦聽說，即刻決定同行，還帶了林嫂一同來到了上海。

紹卿頭上的繃帶尚未除去，崇漢夫婦看了，都十分心疼。

「聽秦叔說，你受傷昏迷了一夜，我昨晚整夜失眠。」慧娘說。

「據報紙上說，北京最近這次鎮壓的是共產黨人。紹卿，你入了黨嗎？」友義問。

「我沒入黨。但出事那晚，我正在幫他們一起油印傳單。」紹卿說。

「國難當頭，國民黨只管壓迫愛國人士，實在太可恨了。」友義憤慨地說。

不料，紹鵬警告：「友義、紹卿，你們千萬不可再和共產黨人交往。無論如何，我們都得支持政府才是。」

玉蘭深怕友義和她爸吵架，急忙打岔：「小叔，好在你只受了輕傷，若有個三長兩短，爺爺奶奶怎能承受得了呢？」

紹卿指著她的肚子開玩笑，說：「怕什麼，這回若我被打死了，說不定就到妳腹中投胎了。」話一說出口，他就後悔了。

「荒唐。」他父親罵道。

他母親也說：「真不思量。玉蘭做你的娘還可以，友義當你的爹，你受得了嗎？」

友義哪裏肯錯過這個佔便宜的機會，即說：「要是你來投胎，一生下來，我先狠狠地打一頓屁股。」

紹卿羞慚滿面，把頭一縮，說：「乖乖，好在沒死。」

惹起大家一陣大笑，總算化解了緊張的氣氛。

突然，響起了警報聲。

「嗄，日本人打到上海來了嗎？」他們都驚疑。

驚天動地的轟炸聲，像是給了他們答覆。

「糟了，玉祺和玉棠都還在學校。」婉珍首先擔心兒子。

「如今沒一處是安全的，只有聽天由命了。」紹鵬說。

「你們都快躲好，我去門口看看。」友義說。

紹卿也跟著他走出去。

日本軍機投下無數炸彈，四周不斷傳來爆炸聲，大地震動。

玉蘭受了一震，破了胎水，孩子要出生了。

這時候，無法去醫院，也請不到醫生，慧娘當機立斷，說：「我們只有自己動手接生了。」

婉珍一聽，手腳發軟，說：「妳會接生嗎？」

「不會也得幹，孩子要出生了，能不接嗎？」慧娘強作鎮定。

「我在鄉下見過產婆接生，我先去準備熱水和毛巾。」林嫂說。

經過一番折騰，玉蘭終於生下了一個男嬰。

紹鵬當起臨時醫生，親手割斷了外孫的臍帶。

紹卿和友義站在門外，抬著頭看敵機與本國軍機交戰，還不知屋裏發生的事。

「可恨。日本明目張膽地發動侵略，分明是想併吞我國。」紹卿憤恨地說。

「他們做白日夢，我們炎黃子孫絕不會讓他們得逞的。」友義說。

驀然，一架敵機從上空飛嘯而過，擲下一顆炸彈。

「快臥倒。」友義喊道，迅速將紹卿推倒，把自己的身子整個壓在他身上。

炸彈落在門牆外爆炸，沙石齊飛，瞬時將他們掩蓋了。

過了良久，友義好不容易掙扎著從地下爬起來，又將紹卿也拉起來，兩人都滿面塵土，咳嗽著。

友義受了傷，額角流著血，而且感到背上刺痛得緊。

紹卿反倒沒事，困惑地問：「你為什麼要捨身掩護我呢？」因他曾見胡勝臨陣脫逃，所以對友義肯捨身救他感到意外。

友義被他問得莫名其妙，煩躁地說：「別廢話。快到我背後看看，有什麼刺著我，替我拔出來。」

紹卿連忙到他背後，發現他穿的長袍和內衣背面全破裂了，有碎瓦片刺入了肌肉，便替他拔出來，說：「血流得厲害，快進去，我替你裹傷。」

忽然，傳來嬰兒的哭聲。友義一怔，顧不得身上的傷，踉蹌地往屋裏跑。

只見玉蘭身邊躺著個嬰兒，床邊站著崇漢夫婦和紹鵬夫婦，原是四代同堂的場面，但每個人臉上都沾滿了汗和淚。

玉蘭悲喜交集，說：「友義，你受傷了，可你有了個兒子。」

「我不要緊。只要你們母子平安就好。」友義血淚交流。

敵機撤退後，淞滬一帶不少屋宇只剩斷垣殘壁。紹鵬的房子損壞不重，全家上下都逃過了一劫，還添了一丁，實屬萬幸。

戰爭延續了一個多月後，中日雙方簽訂了和約。

玉蘭坐滿月子，友義的傷口也已平復。一天，文傑和蕙英一起來訪。

「玉蘭，妳真偉大。炸彈落在屋外，妳不屈不撓，生出個兒子來抗敵。」蕙英讚道。

「真險。如今回想起生產的那一刻，還心有餘悸。」玉蘭說。

「孩子好可愛，取了名字嗎？」蕙英問。

「友義已給他取名克強，」玉蘭說。她經過補養，面色已恢復了紅潤，體態豐腴，充滿魅力。

文傑望著她出神，暗悔當初白白地將心上人讓與了他人。

忽聽友義不客氣地說：「文傑，你一直盯著我的妻子作啥？」

「啊。」文傑如夢初醒，說：「我在想，他們母子是世界上最純真無邪的。可是周圍卻充滿危機，能不令人擔憂嗎？」他暗指友義的陰謀。

但友義並沒會意，還以為他說的危機是指外患，便說：「日本人得寸進尺，國民政府卻不敢抵抗，一再簽訂喪權辱國的條約，實在可恨。」

「有人只會說風涼話。日軍發動突擊，分明是有意挑釁，我方尚無戰爭的策略和準備，若此時宣戰，必將全面覆滅。」文傑說。

「國人已忍無可忍，當局仍不斷殺害愛國人士，真是天怒人憤。」友義說。

「共產黨鼓動人心，只為坐收漁利。安內攘外，實不得已。」文傑說。

友義大怒，霍然站起來指著他罵道：「蘇文傑，你簡直就是幫凶。」

玉蘭吃了一驚，說：「友義，有話好好說嘛。看，孩子都被你嚇哭了。」

「哼。要不是看在妳的面上，我早就對他下逐客令了。」友義說，摔袖走出了房間。

「對不起，文傑。友義痛恨日本侵略，心情不好。我替他向你道歉。」玉蘭連忙說。

「不，妳不用替他道歉。其實，今天我是來辭行的，明天早晨，我就要出國了。」

「文傑，你要去哪兒？」紹卿問。

「去美國，電信局派我前去實習一年。」

「明天幾時出發？我去碼頭送你。」紹卿說。

「不用送了。你受傷未癒，請保重自己。」

「文傑，祝你一帆風順。」玉蘭說。

「謝謝。我該告辭了。蕙英，妳再坐一會吧，再見。」文傑說。

「請保重，再見。」蕙英說。

紹卿陪著文傑出去了。蕙英望著文傑的背影，內心難過。

「蕙英，妳和文傑經常有來往嗎？」玉蘭問。

「沒有。自從參加過妳的婚禮後，他只來找過我一次，為他酒醉的事道歉。今天，是因他想來看妳，才約我一同來的。」

玉蘭感到後悔，心想當初不該企圖撮合他們，徒令蕙英失戀。

【第五章】

民兵團長　忠肝義膽

紹卿傷口痊癒，但常患頭痛，決定休學一年，在家自修。他和友義相安無事，彼此都採取了河水不犯井水的態度。

一日，村長宣佈要在村裏成立一個自衛民兵團，邀請鄉紳提名團長候選人。

「爺爺，保衛國家，匹夫有責，我想競選民兵團長。」友義說。

「不成。首先，你不是本地人。」崇漢說。

「那麼，請你來當。我輔助你。」

「不，我老了，負不起這麼大的重任，寧可出錢，讓他人出力。」

友義大失所望，問：「那麼，你認為這村子裏，誰做民兵團長最恰當呢？」

「昨日，村長已和我們五大家商量過了。尤金滿想當，范老爺支持他，但我和朱、鄭兩家都尚在考慮。」

村裏的五大家以田地多少劃分，尤家佔首位，其次為孟、范、朱、鄭。

「尤金滿是惡霸，絕不能讓他當。」紹卿驚道。

「他說，他的工頭劉大成打過戰，懂得訓練民兵。」

友義不作聲了，心想只要由劉大成領兵，團長的頭銜不妨讓給尤金滿，到時可以釜底抽薪。

「本村有豪傑，李勇，為什麼不推舉他呢？」紹卿說。

「我們也想到了李勇，但是他剛買了輛卡車做運輸生意，忙碌得很。一年到頭，他在外地的時間比在本地的還多。」

「李大哥一向熱心公益，或許他肯抽出一部分時間來訓練民兵。反正目前不打戰，不用整天守崗。」

「嗯。你說得有理。要是李勇答應競選，我一定支持他。」

「我這就去和李大哥說。」紹卿說。

「我陪你去。」友義說。

紹卿不願他跟去，但想不出拒絕的理由。

進了李勇家，紹卿便開門見山地說：「李大哥，你一定聽說了自衛團的事吧。你出來競選團長好嗎？」

「自衛團我一定贊助，但是當團長我心有餘力不足。我看，程姑爺，你倒是個合適的人選。」李勇說。

「可惜我不是本地人，已被否決了。」友義苦笑說。

「李大哥，你不當，尤金滿就要當了。屆時他利用自衛團來增加他的勢力，豈不是如虎添翼。」紹卿說。其實，他擔心的不是尤金滿而是劉大成，但在友義面前不好說穿。

「尤金滿，不過是一個大地主罷了，他喜歡團長的頭銜就給他也無妨。至少，他當了團長，不會拆自衛團的台。」李勇說。

「他想靠劉大成訓練民兵。聽說劉武功高強，還是個神槍手哩。」紹卿想用激將法。

果然，李勇不服氣，說：「這個老劉，真會自誇，我倒想看看他有什麼本領。」

「你若和尤金滿競選團長，他一定會要你和劉大成比武的。」紹卿說。

「比武？哼，我可以打敗一百個劉大成。」

「這麼說，你有意角逐團長之位了？」紹卿欣喜說。

「李大哥，團長責任重大，須要付出不少時間和精力。你有運輸事業，能應付得了嗎？」友義說。

「唉，程姑爺，你儘管放心。我李勇不幹則已，若幹上了，一定負責訓練出一隊強壯的民兵。至於時間上，我頂多少做幾批生意就是了。」

「好極了，我這就去和我爸說，他已答應推舉你了。」紹卿說。

若是其他人要爭取團長之位，尤金滿一定不依，但他對李勇卻有三分敬畏。無奈何，只得令劉大成出賽。

連比了五場，刀法、棍棒、拳賽、角力和射擊，李勇獲得全勝，但贏得不易。劉大成的確有兩手，令李勇也掛了彩。

不打不相識，李勇對劉大成另眼看待，贏得團長之位後，即當眾說：「我建議，請劉大成幫忙我一起訓練民兵。」

可是，尤金滿有個條件，要他的兒子尤洪掛名做副團長，才肯讓劉大成幫忙李勇練兵。村長無可奈何，只得同意了。

李勇號召力強，不久即在村子裏徵招了上萬個壯丁。他又神通廣大，憑著他和有些軍官的交情，一下子購買了數百支步槍和許多子彈。

一日，程友義來拜訪他，說：「李團長，你真了不起。上回比武時，已證明你名不虛傳，果然是個英雄。如今，你招兵買槍，才不過一個月已經把自衛團搞起來了，真叫我佩服得五體投地。我願意報名參加，做你手下一名民兵。」

「程姑爺，你過獎了。老實說，我正忙得焦頭爛額。原以為只要抽出一部分時間訓練民兵就行了，豈知還有許許多多攬不完的事。尤洪掛名副團長，卻什麼事也不做。老劉幫了我不少忙，但有些事他做不來。你想當民兵，倒還不如來當我的助手吧。」

「自衛團的事，人人有責，無論你叫我做什麼，我都願意幫忙。」

「好極了。」李勇喜道：「目前，我正為編排民兵名冊和選小隊長的事傷腦筋，你能幫我嗎？」

「行。我先替你按區編好名冊，過些日子，我們再一起挑選分隊的隊長。」

「你做事真有條理，我已經覺得輕鬆多了。這兒有兩筐籮的報名單都交給你，拜托你編排吧。」

「好的。我一定儘快定替你把名冊編好。」

友義編好名冊，抄了兩份，一本交給李勇，一本給了劉大成。李勇十分喜歡，從此凡有關民兵團的事都請友義一同商議。

劉大成培植了一批親信，利用他們在民兵團中活動，暗地招募黨員。為了辨認新黨員，他在名冊內劃了記號。

尤家的農工們全都住在一棟小木屋裏，三十來個男工人同睡一個大房間。只王竹清和劉大成各有一個單獨的房間。一天下工後，劉大成關上房門，想另抄一份名單，以供友義選用民兵的隊長。

他才抄了一頁，忽然尤洪闖進來，說要上街，令他作跟班。他吃了一驚，連忙將名單夾入名冊內，一起擱在桌上，即跟隨尤洪走出來。

他瞧見王竹清坐在門口搓麻繩，便低聲囑咐：「替我看守房間，千萬別讓人進去。」

竹清點點頭，表示知道了。

不久，李勇來了，見了竹清，問：「老劉在嗎？」

「他剛跟隨尤洪出去了。李團長，你找他有什麼事嗎？」

「有急事。縣裏警衛部派人來向我要民兵團的名冊。我那本，上回放在飯桌上，被醬油弄髒了，拿出去不好看，所以想借用他那本。」

「這，劉大叔的東西，我不敢亂動，請你等他回來再說吧。」

「好傢伙，真忘恩負義。口口聲聲劉大叔，倒把你的李大哥疏遠了。」李勇罵道。

「你當了團長，我不敢高攀嘛！」

「那麼我以團長的身分命令你，立刻去劉大成的房間把名冊拿出來。」

「劉大叔出去前，叫我看守他的房間，不讓人進去的。」

「豈有此理，你竟敢抗令。也罷，我自己進屋去取。你們若不高興，全都給我退出民兵團。」李勇大怒，就要衝進屋去。

「李大哥，請息怒。我馬上去把名冊找來給你就是了。」竹清慌張地說。轉身進了劉大成的房，見了桌上的名冊就拿出來交給他，問：「是這本吧？」。

李勇轉怒為喜，拍了拍他的肩膀，說：「是了，多謝你。老劉回來時，你告訴他，我準備去城裏多印幾份，到時給他一本新的就是了。」

「好的。李大哥請慢走。」竹清說，繼續搓麻繩，完全沒想到自己闖了大禍。

快回到家門口了，李勇拿名冊的手一抖，突然掉落了一張紙。他俯身撿起來一看，標題寫著「挑選黨員名單」，列名第一個便是王竹清，他覺得奇怪，連忙翻開名冊來看。紙上抄的全是在名冊中作了記號又打了勾的人。沉思了一會，他明白了什麼回事，不由得大驚失色。

直到深夜，劉大成才回來，發現名冊和他所抄的名單全不見了。這一驚，非同小可。

竹清好夢正酣，忽被人一把抓起。他以為有賊，正要喊叫，卻被掐住了脖子。來人咒罵：「你出賣了我，出賣了同志，死有餘辜。」

竹清認出聲音，停止掙扎，驚道：「劉大叔，是你。我做錯了什麼？」

大成放開了他，逼問：「你快說。誰進過我的房間？你把名冊給了誰？」

「原來是為了名冊的事。李大哥拿了去。他說改天再給你一本新的。你何必大驚小怪嘛？」竹清摸著被掐痛的脖子，不高興地說。

「嗄，李勇？他自己有一本，為什麼來拿我的？」

「縣裏警衛部派人來要，他那本被醬油弄髒了，所以先借用你的。」

「天哪，竟落入了警衛部之手。呀，我真該死。」劉大成坐到床邊，掩面哭泣。

「劉大叔，究竟怎麼回事呀？」竹清驚奇地問。

「你有所不知。我在名冊內同志們的姓名旁作了記號。另外，我還在一張紙上抄錄一些人名，標明是黨員，原是為選民兵隊長用的。」

「啊呀，這怎麼是好？」竹清嚇呆了。

「走。我們去找李勇，先問出名冊的下落再說。」

李家的大門未關，屋內的燈也亮著，彷彿是等著人上門來似地。

劉大成懷疑有埋伏，拔出了腰間的手槍，衝入屋子。竹清緊跟著他，進入室內，卻見李勇獨自坐著喝酒。

李勇明知他們闖進來，卻毫不驚慌，甚至連望也不望他們一眼，舉起酒杯一飲而盡，方才抬起頭來說：「老劉，你三更半夜闖入我家，莫非是想行刺我嗎？」

「李勇，咱們打開天窗說亮話。你把我那本名冊交給誰了？」

「呵。我道是為了啥事，惹了你來興師問罪。民團的名冊又不是你的私人財產，難道我拿不得嗎？縣裏的警衛部派人來取，能不給嗎？」

忽然，竹清上前奪了大成的手槍，把槍口指向自己的太陽穴，哭道：「全是我的錯，失了名冊，同志們都將被殺害了，我只有自殺謝罪。」

李勇大驚，喝道：「慢著，不要開槍。我沒把那本名冊交出去。」

「我不信。你剛才明明說了，縣裏派人來拿走了。」

「噯，」李勇嘆了口氣，說：「我那本只是封面弄髒了。你劉大叔那一本，裏面都給他劃得亂七八糟。我比較一下，還是把我的繳上去了。」

「真的嗎？李大哥，你沒騙我吧。」竹清大喜說。

「你李大哥，什麼時候騙過你呢？」

「竹清，不要信他的，叫他先把名冊拿出來再說。」劉大成說。

「哼。劉大成，你用不著威脅我。你竟敢在民團裏組織共產黨，要不是因我不忍心讓竹清和鄉親們被綁赴刑場槍斃，早就把簿子交上去了。」

「他知道了我們的秘密，不能讓他活著，快射殺了他。」劉大成下令。

「不，李大哥不忍心讓我死，我怎能殺他滅口呢！我們不如坐下來和他談判吧。」

「竹清說得對。老劉，快來坐吧。我們談得攏，我就把名冊還你。談不好，再拔槍決鬥不遲。」李勇說。

劉大成只得坐下了，說：「李勇，你想要我們用什麼交換名冊呢？」

「你先告訴我，你的幕後領導人是誰，你們想在這個村子裏幹什麼？」李勇說。

劉大成不回答。

竹清代他說：「我們只為翻身，不再做奴隸，所以想搞革命。」

「胡說。我是民兵團長，豈能容忍你們利用民兵造反？」

竹清跪下，哭道：「李大哥，你槍斃我吧，只求你放過我的同志們。」

李勇本是俠義心腸，聽他一哭，便心亂，從懷裏取出名冊往桌上一摔，罵道：「拿去吧，少在我面前哭哭啼啼地，煩死人。」

大成搶過名冊一看，果然是他那一本，連夾著的紙條也還在，不禁大喜，說：「竹清，你李大哥果真是好人，他沒出賣我們。」

「李大哥，謝謝你，你太好了。」竹清收了淚，歡天喜地道謝。

「小聲點，別吵醒我的家人。」李勇警告說。

「李勇，你要多少報酬，儘管說吧。」大成說。

「你再提報酬，我就先要你的命。我只有一個條件，你們鬧革命不能濫殺無辜。」

「我答應。」大成說。

「你們走吧。天都快亮了，我明日還要出外做生意呢。」

友義每天黎明出外跑步，必然經過一條樹林間的小路。他和大成約定，若有事匯報就在此見面。這一天，他遠遠地瞧見了大成蹲在路邊，便加快了腳步。

「大成，早。你帶來什麼消息嗎？」

「程指導，早。有個壞消息，我犯了大過，請你處分。」

「什麼事？這麼嚴重。」

「我洩露了黨員名單。」劉大成把名冊和名單失而復得的經過說了。

友義驚駭，怒責道：「這還得了，你實在太不小心了。」

「我真該死。好在，李勇沒告發我們，還答應保密，我希望有個贖罪的機會。」

「李勇有義氣，但他究竟是民兵團長，能不能保密值得懷疑，先讓我去試探他再說。你要小心戒備，以防萬一。」

「是。明天此時，我還是這裏等你消息。」

「不，我們還是暫時不要見面的好。等我確定李勇不曾報密後，我會主動去找你。」友義說完，起步跑走了，在路口轉個彎，即往李勇家去。

李勇上了卡車，正要開走，卻見友義跑來。他剎了車，探頭招呼：「程姑爺，早呀。你一大早已跑了不少路吧。」

「李大哥，早安。我大概跑了七，八里了。剛好經過這裏，特地來探望你。」

「真不巧，我正要出門，到南京去，明日才回來。」

「南京，呀，我這兩天正閑著，也想去逛逛，能搭你的便車嗎？」

「我巴不得路上有個伴呢，只要你的夫人答應就行了。」

「我想她不會反對的，只是我得先回家通知她一聲。不會耽誤你的行程吧？」

「不急。你上車吧，我先送你回家。」

友義上了車。李勇把車開動了。

「李大哥，你今天看來有點疲倦，大概昨晚沒睡好吧？」

「昨夜我只睡了兩小時，如果半路上打起瞌睡，就請你捶我兩下。」

「你太辛苦了，又是為處理民團的事熬夜嗎？」

「不，是為了些私人的事。」

「既是私人的事，我就不好過問了。」

「也沒什麼，事情已經解決了。友義，告訴你一個好消息，我老婆終於懷孕了。我們結婚六年，我一直以為她是隻不下蛋的母雞呢！」

「呀！恭喜你了。以後你就不要經常出門了吧。」

「那怎麼行，誰養家呀？自衛民團還要我倒貼呢，早知如此，這團長就讓尤金滿去做算了。」

「有個現成的發財機會，不知你有無興趣？」

「哦，說來聽聽。」

「聽說當局懸賞捉共產黨人，揭發者皆有重賞。」

「唉，九一八、一二八，中國人還不團結起來抵抗日本侵略，只顧自相殘殺，真要亡國了。」

「咦，聽你這麼說，你似乎同情共產黨人呢？」

「我只是沒興趣參加國內黨派之爭。」

「也許由不得你。你是民兵團長，若政府叫你搜捕共產黨人，你總不能抗命吧？」

「天哪，我忙得還不夠嗎？真要有命令下來，我就派劉大成去抓吧。呀，我想起一件事。」

「什麼事？」友義開始緊張。

「昨天縣警衛部派人取走了我的民團名冊。我想多印幾本備用，你的底稿還在嗎？」

「不成問題。我家裏有份底稿，我替你去印多幾本。」

「我先謝謝你了。」

「不客氣。」

友義跟隨了李勇兩日，百般試探，李勇始終沒透露劉大成的秘密。他放心了。

【第六章】

三對佳偶　各有本經

紹卿擔心家鄉將有浩劫，不願去北京復學。為了應付父母和避免友義的懷疑，他聲稱想出國留學，並申請了幾間美國的大學。

一日，琇瑩和文康來訪，紹卿到院子裏迎接他們。

「琇瑩、文康，好久不見，恭喜你們都畢業了。」他羨慕地說。

「可惜畢業典禮中沒有你，老師和同學們都好失望。」琇瑩說。

「紹卿，你到底怎麼啦？連我給你的信也不回。我看你腦子並沒壞，莫非是讓人一棍打消了志氣，自暴自棄了。」文康說。

紹卿早已習慣於應付這類的問題，自圓其說：「我想養精蓄銳，準備出國留學。」

正說著，友義抱著兒子和玉蘭一起走過來了。

「琇瑩、文康，真難得見到你們，歡迎。」玉蘭說。

「小強，快叫阿姨、叔叔。」友義教孩子說。

「姨、叔。」孩子一點也不怕生，學著叫了。

「好可愛的小寶寶，給阿姨抱抱吧。」琇瑩從友義手中抱過孩子，高興地逗他玩。

「等會兒妳再和他玩吧。我們先進屋去聊天。」玉蘭說。請林嫂將孩子抱走了。

進屋裏坐了，文康宣佈說：「我和琇瑩要結婚了。今天我們是特地給你們送請帖來的。」說著，從口袋裏取出兩份紅色的喜帖，一份給了紹卿，一份給玉蘭。

「哇，太好了。可喜、可賀。」紹卿說。

「我們一定去吃喜酒。」玉蘭先答應了，才回頭問友義：「你會去吧？」

「妳既已答應了，我當然奉陪。」友義說。

「紹卿，我想請你做伴郎。你願意嗎？」文康說。

「十分願意。伴娘是誰？」紹卿說。

「我請了林小妹。」琇瑩說。

「曉鵑，她當得嗎？」紹卿驚訝道。在他心目中，她還是個小女孩。

「她剛過了十六歲生日。二八年華，長得亭亭玉立了。那天，我和文康都受邀參加了她的生日宴。」琇瑩說。

「林小妹做伴娘，那麼你們大概也邀請了林教授夫婦參加婚禮吧？」玉蘭問。

「不錯。林教授已接受上海大學的聘書，學校供給宿舍，所以他們一家人馬上就要搬到上海來定居了。」文康說。

「又是新聞。文康、琇瑩，你們究竟帶了幾筐好消息來呀？」紹卿說。

「還有一個驚人的消息，你要不要聽呢？」文康故弄玄虛地說。

「要，要聽，快說吧。我的耳朵已豎起來了。」紹卿催道。

「文傑自美國回來已經半年，整天為工作忙碌，可是他見了我的喜帖，居然搶在前頭，先偷偷地和周蕙英公證結婚了，度完了蜜月才向家人公開。」

「唉呀，這真是天大的好消息。」玉蘭驚喜，叫道。

「好消息都報告完了，可有苦說不出呢！」文康愁眉苦臉地說。

「你們就要結婚了，能有什麼煩惱？」紹卿驚奇地問。

「我們一辦完婚禮，就要被高將軍放逐到大不列顛帝國去了。」

「高將軍？琇瑩，令尊是位將軍嗎？」友義明知故問。

「我爸爸是陸軍中將。但你們別聽文康亂說，其實，我們早就有到英國進修的打算。只因過去一年，文康常和一群左派文人在一起。我爸也不知從哪得到了情報，把他訓了一頓，令我們結婚後，立刻出國。這一來，文康就把留學說成放逐了。」

「原來如此。文康，你是和那些左派文人在一起呀？」紹卿問。

「其中有幾位你也認識的，像許夢延，還有被釋放了的侯健民。」

「琇瑩，你也同情左派人士嗎？」友義試探地問。

「不，我不相信共產黨那一套。」琇瑩說。

「當然囉，妳爸爸是國軍將領。」

「這和我父親無關。我有自己的見解，但我並不干涉文康交左派的朋友。」

友義欣賞她的獨立個性，對她另眼看待。

周蕙英驟然成了蘇家的長媳，是她作夢也沒想到的。

過去一年半，他音訊全無，她患了單相思，整日不起勁。她母親時常嘮叨：「蕙英，你別再想蘇少爺了。我們家窮，他絕對看不上妳的。我聽妳舅舅說，五金行的黃少爺正在追求妳，妳為什麼不理睬人家呢？」

黃少爺為人忠厚老實，他常來找蕙英，可是她總是躲開他。一天，她舅舅不高興了，說她：「妳也不照照鏡子，這付長相，能嫁得出去就不錯了，還挑剔什麼？」

蕙英自尊心受傷，難過極了。不料，隔天就收到文傑的一封信，約她相見。

她猶豫了好久，還是決定去赴約。

「蕙英，妳來了，真好。剛才我還在擔心妳會失約。」文傑上前相迎，高興地說。

「文傑，好久不見了。」她平淡地招呼。暗想，這次若他又要她作陪去訪玉蘭，她將拒絕。

他邀她相對坐下了，點了兩份飲料，又說：「我今天約妳來，有兩件重要的事。第一件，我弟弟文康就要結婚了，我替他送喜帖給妳。請妳蒞臨。」

「對不起，我和文康並不熟悉。再說，你們家的客人一定很多，我還是不去的好。」

「不，請妳一定要去。就算我求妳吧。」

「你先說第二件事，是什麼？」

「其實，我是顛倒說了，因為第二件事比第一件更重要。」他故意賣關子，笑道。

「那你快說呀！」

「好，我說，蕙英，妳也該結婚了。」

「你說什麼，我和誰結婚呢？」她驚訝問。

「妳覺得我是適合的人選嗎？」他含笑反問。

她以為他嘲笑她，怒道：「你不該開這種玩笑。」

「蕙英，我是認真的。我正在向妳求婚呀。妳答應嗎？」

她愕然地望著他，彷彿在做夢，搖著頭說：「我不相信。」

「我可以馬上向妳證明。只要妳同意，我們現在就去市政府註冊，公證結婚。」

「現在馬上結婚？」

「是的。我們都是成年人了，只要兩廂情願就行。」

「我願意。可是，一定要今天結婚嗎？我身上這件旗袍已穿了兩年了。」

「我的新娘不論穿什麼衣服，在我眼裏都是最美的。」

「好吧。一切都依你的。」夢想成真，她不再猶豫。

他們辦完公證結婚的手續後，又去照相館照了相，就準備去度蜜月。

文傑已預先請了一星期的假，並告訴他父母要出外旅行。蕙英回家，騙母親說要去孟玉蘭家住一陣子，便提了一個行李袋出門了。

度完蜜月假期，他們才回來向雙方家長宣佈喜事。

琇瑩和文康結婚，依他們的本意是想一切從簡，但高將軍嫁女少不了排場，結果賓客如雲，熱鬧非凡。蘇錦山想乘機與孟紹鵬重修舊好，特向他下了請帖。紹鵬欣然接受邀請，送了份厚禮，全家人一起去吃喜酒。

餐宴豐盛美味。席間，紹鵬和林教授兩家人，連同友義夫婦坐了一桌，親切歡愉。

吃完酒席，舞會開始，賓客得以自由活動。

文傑夫婦一起走過來說：「玉蘭、友義，真對不起，剛才沒法陪伴你們。現在我們可以一起坐下聊聊了。」

「好呀。我想聽你們談戀愛和結婚的經過，都快等不及了。」玉蘭說。

「還用問嗎？原是妳做的媒。如今我不能不相信妳是愛神的化身。」蕙英笑道。

「文傑，你和文康同時舉行婚禮，不是很好嗎？為何要私下成婚呢？」友義說。

「老實說，我已失去了辦喜酒的勇氣。」文傑苦笑說。

「該不是怕有人在喜宴上向你潑酒吧？」友義嘲諷說。

「不，但我不能不防有人想搶走我的新娘。」文傑針鋒相對地回答。

他倆相對哈哈大笑，然而，笑聲中似乎暗藏敵意。

話不投機三句多，友義不想多談，便站起來，說：「玉蘭，我們去跳舞吧。」

在舞池中，他在她耳邊說：「靠緊我的身體，就像妳和蘇文傑在藍星跳舞時一樣。」

「文傑已敗在你手中，你還想刺激他嗎？」她不悅。

他放鬆了她，抱歉地說：「我是不該吃醋。文傑是正人君子，也許我不該從他那兒奪取妳。」

「要是我不愛你，無論你用什麼方法都奪不了的。」

「妳真的不後悔，也不怨恨我嗎？」

「無怨無悔，尤其是你給了我強兒。」

「玉蘭，無論我做錯了什麼，請妳相信，強兒確實是我們的愛情結晶。」

「我從未懷疑過。」

紹卿不想跳舞，走出宴會廳，獨自站在走廊邊，憑欄往下望，樓下內庭中間有個噴水池，池裏有金魚。驀然，有人在他身後大喝一聲：「喂。」把他嚇了一跳。他連忙轉身，見曉鵑掩著嘴笑。

「小妹，妳真頑皮，差點把我嚇得跌下水池，餵魚了。」

「我就是怕你掉下去，才叫喊的呀。你在想什麼？好像失了神似地。」

她正值荳蔻年華，本就嬌嫩柔美。這天當伴娘，梳了髮髻，化了妝，更加動人。

「小妹，妳好像突然變成美麗的小婦人了。」

「我倒覺得，你好像變成古怪的小老頭了。」

「好丫頭，古靈精怪。」

「小老頭，道貌岸然。」

他二人互相指著說笑，正樂不可支，忽見玉祺走過來。

「小叔，原來你在這兒，我爸媽都在廳裏找你呢！」玉祺說，眼睛卻望著曉鵑。

「哦，我這就去見他們。玉祺，你陪小妹聊吧。」紹卿說，隨即往廳裏走。剛巧，在門口遇見他哥嫂和玉蘭、友義一起走出來。

「呀，紹卿，你來得正好。我正想告訴你，我們先走了。玉祺和玉棠還想停留，等會請你帶他們一起回家，可以嗎？」紹鵬說。

「沒問題。我先送你們下樓。」紹卿說。

「瞧那邊，玉祺和林小妹談得多好呀！」玉蘭輕聲向她母親說。

「是呀，我們別打攪他們，快下樓吧。」婉珍喜道。

紹卿陪著哥嫂下樓，聽出他們都希望林小妹能成為長媳，因此他不再回頭去找林小妹。

次晨，文康和琇瑩乘船前往英國，紹卿到碼頭送行。隨後，他到林教授的新居拜訪。

「林教授、師母，早安。」

「紹卿，你早。請坐。文康和琇瑩已經啟程了嗎？」林教授說。

「剛才我到碼頭送行，看著他們乘船走了。」

「你自己有什麼打算？我聽令兄說，你也準備出國留學，是嗎？」

「其實，我還在考慮。」

「時光一去不回頭，你可千萬別自暴自棄呀。」

「老師教誨的是。」紹卿說，又說：「怎麼不見小妹？大概她昨晚太累了，現在還沒起床吧。」

「她早起來了，在房裏練習國畫。」林夫人說。

「我想看她畫國畫，能進她房裏去嗎？」

「你去吧，她的房間在走廊的盡頭。」林教授說。

紹卿一面欣賞曉鵑的山水畫，一面瞧著她，突然發現她有一種吸引力，那是他以前從未感覺到的。忽見林小妹放下畫筆，說：「完成了。你看還可以嗎？」

他連忙收神，讚道：「好極了。唯妙唯肖，真像出自名畫家之手。」

「送給你，好嗎？我來題字：孟紹卿老師惠存。」

「謝謝妳。可是，千萬別題我為師，實不敢當。」

「那好，我改稱你為兄吧。」曉鵑說著將筆沾滿了墨，準備題字。

不料，紹卿說：「只題孟兄就行了，說不定，會讓玉祺搶了去。」

「玉祺？」她驚訝，問。

「不瞞妳說，玉祺傾心妳，我兄嫂也喜歡妳，想為他說親了。」

冷不防，她將筆一揮，灑了他一臉墨水。他本能地用手去抹，立刻成了大花臉。她不禁大笑起來。

「好丫頭，灑了我一臉墨水，妳還敢笑。看我也給妳抹點黑胭脂。」他笑罵道，伸手要去摸她的臉。

「不要。」她嚇得站起來就想逃。

他起了童心，欲罷不能，一手將她攬腰抱住了，喊著：「來、來，妳也抹點墨汁。」

她用雙手遮住了臉，口中求饒：「不、不要。請放了我吧。」

「不放、不能放。先讓我摸摸妳的臉再說。」

驀然，聽見一聲大吼：「孟紹卿，你想幹什麼？」

他悚然回頭，見林教授夫婦站在門口，怒容滿面。他連忙放開曉鵑，吶吶地說：「我、我只和小妹鬧著玩。她潑了我一臉墨水，我想報復。」

起初，林教授夫婦見他緊抱著曉鵑不放，都大吃一驚。這時聽了他的解釋，又見他臉上和手上都沾了墨，相信他說的是實話，才鬆了口氣。

林教授餘怒未消，走到女兒面前，揚手摑了她一掌，罵道：「這麼大了，還沒規矩。」

曉鵑原本已經覺得羞慚，挨了這一掌，簡直無地自容，掩面大哭。

林夫人急忙上前摟抱她，同時責怪丈夫：「孩子們鬧著玩。你又何必小題大作呢？」

紹卿見曉鵑挨打，更是難過，說：「不能怪小妹，都是我的錯。林教授，你要打，就請打我吧。」

林教授洩了氣，嘆道：「唉，算了。剛才我太緊張了些。」轉身撫慰女兒，說：「好了，別哭了，爸爸不生妳的氣了。」

不料，曉鵑哭得更傷心了，林教授夫婦束手無策。

紹卿連忙走到桌邊，重新將雙手沾滿了墨，一面往自己臉上抹，一面說：「小妹，妳別哭，看我把整個臉都塗黑了，向妳道歉。」

「哎呀，曉鵑，妳快看，他的臉真像炭球了。」林夫人笑道。

曉鵑偷偷地從手指間望去，果然見紹卿把嘴唇都塗黑了，只剩兩個白眼珠。她不禁噗哧一笑，又覺得難為情，轉身跑出了房間。

紹卿去洗了臉，回到客廳，便向林教授夫婦告辭，匆匆地走了。他對自己剛才的舉動，感到十分慚愧，只想儘快離開上海。

婉珍聽說他要回家，挽留說：「你急什麼回去呢？玉蘭和友義都準備住上兩個星期才走呢！」

「林教授勸我不要荒廢時日，所以我想早點回家溫習功課，認真考慮自己的前程。」

「好呀，往日我們勸你，你都不聽。這回，一定是被林教授教訓了一頓，你才學乖了。」玉蘭說。

「妳不用說我，只要看管好妳的老公就行了。妳可知他上哪兒去了？」

「友義出外，我從不過問。」

「唉！」紹卿嘆了口氣。

「咦，你為何嘆氣？難道我不該信任我的丈夫嗎？」

「我只嘆自己杞人憂天。」

正說著，友義回來了，神情緊張，一進門就說：「我想乘下午兩點的火車先回去。玉蘭，妳難得回娘家，就帶著強兒多住一陣子再走吧。」

「奇怪，你和小叔一樣，才上街一趟，就想離開上海了。難道，外面有你們看不順眼的事嗎？」玉蘭說。

「我得回去工作。紹卿倒是用不著這麼快回去，上海玩樂的地方多得很呢！」

「嘿，我可是比你先提要回家。我沒嫌你跟班，你也別干涉我的行動吧。」紹卿說，心想，友義臨時改變主意，急著提前回鄉，一定沒好事。

【第七章】

來者不善　危機四伏

火車上，友義面色凝重，抽著煙，回想他在上海獲得的密令：「因情況變動，你的任務必須提前執行，今秋就領導暴動。事成後，可率隊撤退到江西大本營。」

秦叔正在門外擋住一個訪客，說：「紹卿不在家，我不能留客。」

「這麼大的莊院，難道容不下一個客人嗎？你讓開，我自己進去和孟老爺說。」胡勝不肯離去，嚷著。

「我家老爺也不在家，剛才出去訪友了。」秦叔對他沒好感，想乘機逐客。

不期，正在此時，紹卿和友義各乘一輛人力車回來了。

「胡勝。」紹卿吃驚叫道，心想來者不善。

「孟紹卿，好久不見了。我老遠從北京來探訪你，卻差點吃了閉門羹。」

「真抱歉，我剛從上海回來。」紹卿吃過他的苦頭，怕他一住進來又不走了，心中躊躇，想找藉口打發他。

「我只想打擾兩天。過兩天，我就要上湖南去尋訪我的表兄，柳山伯。」

友義本想走開，聞言心頭一震，站住了。原來湖南柳山伯（六三八）是黨部給他的連絡暗號，因此他猜想這人實是來和他連絡的。

「這人是誰？」他回頭問。

「他是我在北京認識的朋友，名叫胡勝。」紹卿說。

「既然他老遠來看你，就留他住兩日也無妨。我想爺爺也不會介意的。」

「啊，你就是村人傳說中的程姑爺吧？幸會。還得謝謝你留客哪！」胡勝不等介紹，即上前想要和友義握手。

友義尚未確定他的身分，又怕紹卿起疑，便不與他握手，只冷淡地說：「胡先生，你等紹卿陪你進去吧。我失陪了。」說完，便掉頭先走了。

紹卿只得請胡勝進屋。

友義沒猜錯，胡勝是特地來找他的。

當初，胡勝因在北京遭通緝而逃到武漢，投靠了親蘇派。他急於立功求賞，想到利用孟紹卿在浙江建立基地。於是，寫了份計劃書呈交給他的上司狄橋。

不料，狄橋當場澆了他一頭冷水，說：「浙江是蔣的老家，要在那省內建立基地，簡直是痴心妄想。」

胡勝以為這個計劃落空了，鬱鬱不得志。

不料，過了一年多，狄橋對他說：「你的機會來了。根據情報，有個叫程友義的，已在杭州附近設立地下組織，他正是你以前提到過的孟紹卿的姪女婿。你可前去說服他聽從我們的命令。若他不同意，你可取而代之。」

胡勝大喜。當下取了狄橋交給他的一疊情報，出發來到孟家莊。

夜深人靜，胡勝未睡，在室內點了盞油燈，等著。果然，見友義推門而入。

「柳山伯，你真機靈，一下就猜到了我的身分。」胡勝笑著招呼。

「我不知你說什麼。我是因見房內有燈，所以來察看。」友義故意說。

「向紅燈方向走沒錯。你找對了門路。」胡勝又說了一句暗語。

友義這才肯定他是同黨的人，便說：「胡同志，是誰派你來的？來此有何任務？」

「我是中央派來向你傳令的。你必須在今年秋天發起暴動，乘勢佔領杭州城。」

「我同意提前行動，但恐怕無法攻佔像杭州這樣的大城市。」

「程姑爺這兩年一定過得很愜意吧。你不肯攻城，無非是怕犧牲性命。」

「革命不怕犧牲，但不能作無謂的犧牲。此地敵軍勢力強大，我們就像以卵擊石。」

「你放心。只要你服從命令，屆時總部會設法幫助你逃脫。」

「不，我不能獨自逃走。舉事後，我將率眾往江西蘇區。這是我剛在上海接獲的命令。」

「這是誰下的命令，他敢和中央分庭抗禮嗎？程友義，你若不識時務。我們隨時可派人取代你。」胡勝威脅說，語氣咄咄逼人。

友義壓抑心中的憤怒，說：「請你別亂作文章。我已接受秋後起義的命令，只是攻佔城市的問題還需要研討。」

「好吧。我們改天再談。你去吧。」胡勝狐假虎威，以上級對下級的口氣說。

「晚安。」友義說。他完全不清楚胡勝的背景，對總部派來的同志只能服從和忍耐。

胡勝不守信，住了兩日並無離去的意圖。

第三日的早上，紹卿問他：「你不是說，要去湖南找表兄柳山伯嗎？」

「不，我不去了。我想起我那表兄是入贅的。他本身寄人籬下，我去投靠他也沒意思。」胡勝嬉皮笑臉地說，暗中諷刺友義。

友義忍怒不發。他猜想胡勝停留不走是為了監視他，因此有一種芒刺在背的感覺，恨不得紹卿下逐客令。

紹卿也不願留客，只想知道胡勝的意圖，便問：「你究竟想停留多久呢？」

「最多一個月。你不會在意吧。」胡勝晃晃一根手指說。

「對不起。我沒空陪你。你還是去找表兄吧。」紹卿上過當，斷然拒絕。

然而，崇漢夫婦都好客，他們不知胡勝為人狡猾，只當他是紹卿的朋友。

「嗨，反正我們有空的房間，就讓胡先生再住一個月吧。」崇漢說。

「是呀，你的朋友想留住沒關係，只怕我們招待不周。」慧娘說。

「別客氣。你們別把我當外人看，我也會把這兒當自己的家一樣。」胡勝喜道。

豈知，胡勝真把孟家莊當成了自己的家似地，前屋後院到處亂跑，每個房間都進去查看，甚至闖進了孟老爺和夫人的臥房。

他是個煙鬼。從早到晚一支支煙抽不停，還將煙灰和煙頭丟了滿地。他又嗜酒，不請自便，從酒櫥裏取出了酒就喝，還去廚房叫廚子為他做下酒的小菜。在孟家，他唯一得不到的是女色。

有一天，晚飯後，大家在廳裏聊天，他不慎說了句失禮的話：「我還以為像你們這麼富有的家庭，一定有不少年輕美貌的丫鬟，沒想到你們請的女佣全是老媽子。」

孟家主僕都聞言變色，尤其是林嫂，更是敢怒不敢言。

「胡先生，我們家沒有年輕美貌的丫鬟侍候你。你住不慣，可以走呀。」慧娘氣得當場下了逐客令。

「伯母，請別生氣。我只是開玩笑。」胡勝連忙說。

「紹卿，你跟我來。」崇漢怒容滿面，離座走了。

紹卿跟了去，慧娘和僕人們也都走了。

「真太不像話了。虧你還是個共產黨員。」友義以低沉而嚴厲的聲音斥道。

「噓。」胡勝緊張地四處望望，強辯說：「你誤會了。我就怕人家懷疑我是共產黨員，所以才裝成腐敗的樣子呀！」

回到房間裏，崇漢夫婦即將紹卿訓斥了一頓。

「這種品德敗壞的人，你也和他交朋友，真沒出息。」崇漢罵道。

「紹卿，你快讓他走吧。有這樣一個人住在屋裏，我實在受不了。何況玉蘭和孩子也快回來了，滿屋的煙味，他們怎麼受得了呀！」慧娘說。

「可是，我們已答應他留住一個月，還剩十天。」紹卿知道胡勝不肯輕易走的。

「這人是個無賴，住滿一個月也不見得肯走，不如破財消災，給他一百元，讓他去住旅館，足夠有餘了。」他父親說。

「好。我請他明日一早就走。」紹卿說。

他取了錢，走到客廳外，見友義仍在和胡勝談話，忽然一個念頭閃過，他怔住了。這些天來，他已發現他們交往甚密，有時還一同出外。難道他們在這裏的相遇不是偶然？

驀然，聽見胡勝喝道：「是誰在偷聽？」

紹卿驚慄，走進了廳裏，說：「我沒偷聽你們談話。我只是來告訴你，家父送你一百元旅費，請你明天早上離去。」

胡勝接過錢，老實不客氣地收下了，冷笑說：「好呀，下逐客令了。」

「你到底是走，還是不走呢？」紹卿鼓起勇氣問。

「我明天早上才答覆你。來，坐下談談。」

紹卿忽然變得激動起來，大聲說：「不，沒什麼可談的了。明天你非走不可。」

友義拍拍他的肩膀，安慰說：「請你放心。他會走的。」

紹卿抬頭望著他，懷疑地問：「你保證？」

「是的，我保證。你早點去休息吧。」

等紹卿走了，胡勝埋怨：「你為什麼給他保證？你明知我還不想走。」

「走。我們到你的房間裏去談。」友義說。

走進了胡勝的房裏，友義又說：「你已經收了旅費，怎能不走？」

「反正那是剝削農民的錢。」胡勝狡辯。

「來自剝削農民的錢你都要，未免太沒原則了吧。」友義譏道。

胡勝惱羞成怒，破口大罵：「他媽的。你究竟幫誰？」

「我幫弱者，眼下是孟紹卿。明日你不走，我就幫他將你攆出去。」

「你造反了。我現在就宣佈撤你的職，取代你的地位。」

「你煩，真煩死人。等不到明天了，你現在就給我走吧。」友義說著，開始動手將胡勝的衣物塞入行李袋中。

胡勝怒極，撲上去拳打，友義回擊。

兩人打起來了，胡勝豈是程友義的對手，不久就被打敗，跌在地上。

孟家上下都被打鬥聲驚動了，紛紛趕到客房外來看究竟。

「開門、開門。是誰在裏面打架？」秦叔拍著門，叫道。

友義打開了門，笑道：「秦叔，你來得正好。客人堅持要立刻離去，我留不住，就請你送他出去吧。」說完，逕自走了。

眾人好奇地向內張望，只見胡勝正從地上爬起來。

秦叔走進去扶他，說：「胡先生，你怎麼跌倒了？讓我扶你出去吧。」

「用不著你扶。我自己走。」胡勝推開他，拿了行李袋就往外衝。

僕人們都拍手慶賀，說：「還是我們的姑爺行，把他打跑了，否則他不知還要賴到幾時呢。」

「這回真虧了友義。」崇漢點頭贊同。

紹卿悶不作聲，他懷疑友義和胡勝只是演戲，掩飾他們之間的勾結。

胡勝被逐出孟家莊，懷恨在心，蓄意報復，深夜去找劉大成。

「程友義已經叛變了。昨晚，孟紹卿偷聽我倆的談話，友義非但不設法除去他，反倒幫他打我，把我趕出孟家。」

「不，胡同志，我不相信程同志會叛變。這可能是一場誤會。」大成說。

「孟紹卿一定是國民黨的間諜，否則他為何中途輟學，呆在家裏呢？」
「這，我也曾懷疑他是間諜，可是程同志不這麼想。」
「我可以作證。孟紹卿曾經報密，令我們的黨員受到鎮壓和緝捕，我就是因此而被逼逃離北京的。」胡勝造謠。
「嗄，這件事，你沒告訴程同志嗎？」
「當然提過，但他置之不理。這就證明，他作了孟家的女婿後，已經叛變了。」
「不，他只是不願傷害岳家的人。」
「他懷有資產階級的溫情主義，遲早會危害我們的計劃。」
「你要我怎麼做呢？」
「你替我向他傳令，限他一個星期內幹掉孟紹卿。如果他敢抗令，那麼我別無選擇，只有向黨部檢舉他。」

三更半夜，劉大成翻牆進入了孟家的庭院，悄悄地來到友義的臥房外敲窗子。
「是誰？」友義驚醒，見一團黑影，駭然叫道。
「是我，劉大成。」黑影拉下了面罩，輕聲說。
「咦，有什麼緊急事嗎？」
「胡勝剛才來找我，說孟紹卿是間諜，必須剷除。事態嚴重，所以我等不到天明就來向你報告了。」
「他胡說。」
「可是，我也懷疑孟紹卿已知道了我們的秘密。」

支助。」

「即使他知情，也會保持中立。我對他有信心，就像我能信任李勇。在適當的時機，我會爭取他們的支助。」

「胡勝令我們在一星期內完成謀殺孟紹卿的任務，否則他就要向黨部控告你叛變。」

「他的命令並不一定代表黨部的旨意。」

「無論如何，這種人得罪不得。他若寫報告檢舉你，麻煩就大了。」

友義沉思了片刻，緩緩地說：「明天早上，我要去上海接回我的妻兒，或許在岳父家住上幾天才回來，一切都等我回來後再說吧。」

「要是胡勝向我問起，我如何回答他呢？」

「你只管拖延，千萬別輕舉妄動。」

劉大成本想不理會胡勝的威脅。然而，隔了一日，胡勝又趁他在田裏工作時，悄悄地來找他。

「怎麼樣，你向程傳令了嗎？」

「傳了。但是他已到上海去接妻兒了。他說，一切等他回來再說。」

胡勝勃然變色，說：「豈有此理。他分明不把我放在眼裏。也罷，我馬上就回總部告發他叛黨。」轉身就走。

大成連忙拉住他，懇求說：「程同志過兩天就會回來了。請你再給他一個機會吧。」

「不行，我不能等。其實，趁他回來前殺掉孟紹卿是上策。他不在現場，沒人會懷疑命案和他有關聯。」

劉大成像恍然大悟似地，猜想莫非友義的上海之行是為了置身事外。當下他答應說：「好。謀殺孟紹卿的任務包在我身上，但求你別再為難程同志。」

「你放心。除去了孟紹卿後，我就會和程同志精誠合作的。再見。」胡勝拉了拉他用來遮臉的寬邊草帽，走了。

劉大成即刻去找王竹清。

竹清正在棗園裏採棗子，裝入筐籮，見了他，招呼說：「劉大叔，你來了。天氣真熱，你要不要吃幾個棗子解渴。」

「不吃。」劉大成確定左右無人，才說：「我是特來告訴你一個機密的，我們即將在今秋發動革命。」

「啊，這麼快。」竹清覺得意外，驚訝地說。

「提前發動暴動實是不得已的，因為已有敵人的間諜潛伏在我們的周圍。」

「間諜？在尤家莊嗎？」

「不，他在孟家莊，就是常和你來往的孟紹卿。」

「嗄。」竹清大驚，搖頭說：「不，不，你一定弄錯了。」

「你想，他原本好端端地在北京上大學，卻休學不讀了，呆在家裏，為什麼？」

「他受傷後常患頭疼，所以在家休養。」

「有一位指導員已揭發他是國民黨的間諜，並命令我們立刻除去他。」

「你想暗殺他？」竹清突然覺得毛骨聳然。

「是的。我想這個任務由你去做最恰當，它可證明你對黨的忠心。」

「不，劉大叔。請別傷害紹卿，他是個好人。」

「他是地主的兒子。我們和地主階級鬥爭，就像消滅蝗蟲，不能分辨那隻蟲是好的，那隻是壞的，只有大量殺滅，才能消除蟲災。」

「可是，孟紹卿，他不是一隻蟲，他對我就像親兄弟。」

大成發怒，猛摑了他一掌，罵道：「你居然想和地主攀兄弟，我真看錯了你。」

竹清淚流滿面，說：「無論如何，我不能去做違反良心的事。」

「唉，不殺他，我無法向領導交代。若你堅決不從，我只能另派人執行這項任務。」大成說不動他，無可奈何，走了。

竹清跌坐到地上，內心既愁苦又矛盾。

晚飯後，劉大成生著悶氣，坐在木屋外抽煙，忽然瞧見紹卿走過來。

「劉大叔，竹清在嗎？我想邀他一同去河邊散步。」

「在、在。請你等一會。我馬上去找他。」大成暗喜，彷彿他要獵取的動物自投羅網似地。他一面想著如何收網，一面進屋轉了一圈又出來，說：「竹清還沒吃完飯，今天又該他洗碗。他請你先到河邊的大柳樹下等他，遲點他一定會來。」

「謝謝你。我會在河邊等他的。」紹卿不疑，轉身走了。

劉大成撒謊，其實竹清並不在屋裏，他只想先誘紹卿到河邊，再派人襲擊。正當他想著如何下手，尤洪和兩個保鏢出現在他面前。

「老劉，你去告訴大家，一吃完飯就去棗園。今晚要趕工把棗子全採完。」尤洪說。

「是。」劉大成進屋，傳了令。工人們陸續出來，往棗園去了。

「怎麼不見小竹子？」尤洪一直仍叫著王竹清的綽號。

劉大成突生一計，想借刀殺人，故意挑撥說：「剛才孟二爺又把他邀出去了。說實話，最近我有點擔心，每次小竹子出去，我都怕他不回來。」

「為什麼？」

「我不敢說。怕傷了你們尤、孟兩家的和氣。」

「我令你說。你不說，我就要老爺辭了你。」

「好吧，我說。小竹子曾向我透露，孟紹卿一再慫恿他逃走。」

「可惡。你知道他們現在在哪裏嗎？」

「他們到河邊去了。」

「走，我們去找孟紹卿算帳。」

「大爺，你自個去吧。我要到棗園監工。」劉大成假裝要走。

「不。我要你一同去。」尤洪說。

紹卿來到河邊，意外地發現竹清已坐在柳樹下了。

「奇怪，你不是還在吃飯嗎，怎麼反而先到了？」他上前說。

「紹卿，以後我們再也不要見面了。你不用問我為什麼，你自己心裏明白。」竹清站起來說，就想離去。

紹卿連忙拉住他，說：「我不明白。你為何要和我絕交？」

「你我一出生就已對立了。你別以為你對我好，我就會甘心做資產階級的奴隸。」

「你說的是什麼話？我一直想要幫助你贖身，脫離奴役你的尤家。」

驀然，有人抓住了他的肩膀，罵道：「好大的膽子。你敢唆使小竹子叛離我家。」他回頭瞧見了凶惡的尤洪，還來不及反應，已被一拳打倒在地上。

「尤洪，你作孽，把一群義兄弟當終身奴僕。你若再不悔改，一定會有報應的。」紹卿罵道。

尤洪大怒，令他的兩個保鏢：「把他拋入河裏，浸上一浸，看他是否還敢貧嘴。」

兩個壯漢便上前挾起紹卿，拖著往河邊去。

「不要。」竹清喊道，企圖阻攔，但被劉大成拉住了。

紹卿瞧見，突然明白了，說：「劉大成，原來都是你施的詭計。」

劉大成和王竹清聞言暗驚，但是尤洪和其他的人都沒聽懂。

大成悄悄地對竹清說：「你聽見了吧，他說是我的詭計，可見已知道我的身分了，絕不能讓他活著上岸。」

「我明白。大叔，永別了。」竹清悲壯地說，立即向河邊奔去。

紹卿會游泳，在河中掙扎了一會，即翻身向河岸游回來。

「哈，成了落湯雞。孟紹卿，今天只給你一個教訓，下回你再敢管我家的閑事，我就叫你屍沉河底。」尤洪大笑，喊道。

不料，竹清突然跳下河，緊緊地抱住了紹卿。轉瞬間，兩人一塊沉沒了。

「這是怎麼回事？」尤洪問劉大成。

「竹清跳下河，不知是想救人，還是自殺，竟拉著孟二爺一起去見龍王了。」大成假裝哭道。

出了兩條人命非同小可，尤洪驚慌，說：「這不關我事。我明明瞧見紹卿快游上岸了。」

「大爺，我們還是快回去告訴老爺吧。」大成說。

「你說的是。我們快走。」尤洪怕被人挎住，連忙由大成和保鏢們護衛著走了。

孟崇漢聽說兒子被尤洪拋入河中淹沒了，大驚，立刻帶了秦叔和幾個莊丁趕到河邊，準備搶救。然而，江寬水急，落水人早已不知飄往何處了。

天色已暗，崇漢著急，即令莊丁回去準備火把搜尋，又令秦叔：「你快去找漁夫李川，請他動員漁夫們，點了燈籠一起出動打撈。」

秦叔和兩個莊丁都飛奔而去了。

「不是有民兵團嗎？何不動員團員幫忙尋找呢？」岸邊一位村民建議。

「唉，李勇團長出門去了。副團長尤洪，正是禍首，如何靠得了他？」崇漢說。

「孟老爺，你別煩惱。吉人天相，或許令郎飄流到岸邊了也說不定。我們村民應同舟共濟，各自回去取了火把，沿岸搜尋。」張儉說。

眾人嚮應，各自去了。

崇漢在河邊徘徊，心急如焚。忽見一大群人，手持火把，迎面走過來。他以為是自己人，不料，為首的竟是尤金滿父子。

「尤金滿，你養的好兒子，殺人兇犯，這回法網難逃。」崇漢罵道。

「孟崇漢，本是你的兒子教唆我的養子離家出走，正被尤洪親耳聽見，因此起了衝突。至於如何演成了命案，你聽目擊人劉大成說吧。」尤金滿說。

「孟老爺，我說實話，這次事情純屬意外。令郎會游泳，落水後，原已游近岸邊。只因竹清心急，跳下河去拉他，結果兩人一塊沉沒了。」劉大成說。

「我不想聽你們一面之辭。若紹卿生還便罷，若他死了，我定要控告你們謀殺。」

「你失一子，我也失一子。我聽說他們沉溺了，立刻召集了莊丁前來搶救。你敢說我不疼愛孩子嗎？」尤金滿說。

忽見無數的船隻開到，燈光照耀了江面。同時，張儉帶了許多村民來到，江忠父子也來了。一時裏，四周被火光照亮得像白晝似地。

大家商議，決定由劉大成率領一隊人，沿岸搜尋。張儉也帶一隊人乘船到對岸去巡。崇漢帶家丁上了李川的船，尤金滿父子上了另一艘船，往下流開去。江忠父子則留在現場撒網打撈。

眾人折騰了一夜，竟毫無所獲。天明時，疲憊的村民各自散了。

崇漢夫婦還是不死心，連著兩日，雇船在河上來回巡察，仍尋不見愛子，心力交瘁。

胡勝聽說紹卿沉河失蹤，料想已凶多吉少，因怕警方查到他與此案的關聯，立即溜之大吉，離開了村子。

出事後兩天，程友義帶著妻兒從上海回來了。他不虛此行，很幸運地見到了一位正在當地暗訪的領導人。

「攻打城鎮是蘇聯顧問的主意，但這個策略已使我們蒙受了重大的傷亡。你和敵人的實力懸殊，屆時憑你的判斷隨機應變吧。至於，謀殺孟紹卿的事，恐怕是胡勝獨自的主張。大事在舉，卻先製造一個命案，實在愚蠢之至。你不必理會他。我將派人去見胡勝的上司，令他立即將其召回，以免危害你的計劃。」領導人說。

友義如釋重負。豈料，孟家莊已出了命案。

聽說紹卿落河失蹤，玉蘭哀痛不已，友義更是驚駭萬分。

「我非要追究害死紹卿的人不可，既然劉大成是目擊者，我先去問他。」友義激動地說。當下出門，逕往尤家莊走去。

不料，已有人比他先一步找上門。李勇正楸住劉大成，拳打腳踢。

工人們原先都敬愛劉大成，但是聽說他向尤洪進讒言，害死了王竹清，便開始憎恨他，不肯伸出援手，只冷眼旁觀。

「紹卿和竹清都是你害死的，我今天為他們報仇，送你去西天。」李勇邊打邊罵。

大成並不反抗，已被打得鼻青眼腫、血流滿面。

友義原本也惱怒劉大成，但見了這種情況，暫時把怨恨放在一邊，上前拉住了李勇的手臂，說：「李大哥，請住手。你為何打他？」

李勇正在氣頭上，若換了別人勸架，難免要挨他的拳頭。但他見了友義，即停止了踢打，說：「都是他，才導致命案。」

「我剛從上海回來，聽說了紹卿和竹清落河失蹤的事，我不相信劉大叔會是禍首。」

「我心中有數，禍首就是他。」李勇一口咬定說。

「這未免太武斷了。沒有證據，不能冤枉人呀！」

「程姑爺，你有所不知。噯，我也說不出緣故。總之，這筆帳我是算定在他身上了。如今紹卿和竹清生死未明，你來勸架，我就看你面上，暫且饒他一命。等找到屍體，我再來報仇。到時，誰也休想為他說情，我的刀槍可不認人的。」李勇怒氣沖沖，踏著大步走了。工人們都一哄而散。

友義將大成扶進了屋子，關上門，即嚴肅地說：「我想李勇沒猜錯，是你謀害了孟紹卿，還犧牲了一位優秀的同志王竹清。你違反了我的命令。不是嗎？」

「是胡勝逼我的。我不聽從，他就要向黨部檢舉你。我為了保護你，才出此下策。」

「胡說。你幹出這種傷天害理的事，陷我於不仁不義，還敢說是效忠我嗎？何況，我已在上海黨部澄清，殺害紹卿的命令根本就是胡勝擅自下的，領導都反對。」

大成驚呆了。因犧牲了王竹清，使得眾叛親離，他已感到後悔莫及。方才，李勇來報仇，更令他膽顫心驚。這時，又受了友義的譴責，頓時覺得無地自容。驀地，他爬到床底下，拿出一支手槍頂住了自己的頭，說：「我犯了大錯，自殺吧。」

「放下。」友義喝道。飛起一腳，踢掉了他手中的槍，又說：「你死也不足以謝罪。何況，我們的任務尚未完成，我不許你自殺。」

「你還能信任我，讓我參加任務嗎？」

友義暗想，不論劉大成自殺或叛變，都會導致他的組織被破獲，令全盤計劃流產。因此，有安撫的必要。於是，改變了語氣說：「人人都會犯錯，正確的判斷是從錯誤中培養出來的。我願給你一個將功抵罪的機會。」

「程指導，今後，我一定遵從你的命令。」大成跪直了身，發誓。

「你起來吧。目前最重要的是尋找紹卿和竹清的下落。你仔細想想，以當時的情況，他們有生還的可能嗎？」

大成站起來，想一會，說：「紹卿會游泳。若他能擺脫竹清，或許能游上岸。但事發後，我們沿河岸尋找過。啊……」他突然驚呼了一聲，張大口，像想起一件重要的事。

「你想到什麼了？快說呀。」友義催道。

「我們沿岸走了約二十里，到了峭壁下，路甚難走。我好像聽見有人叫喚我的名字，但用火把照看河面卻不見人。同行的都說只是風聲，我們的火把也快燃盡，所以就回頭走了。現在回想起來，河邊還有些蘆葦，不知他們會不會飄到蘆葦叢裏了。」

「啊。如此，或有一線希望。我這就去沿岸尋找。」

「我陪你去。」

「不。你好好養傷吧。無論如何，我已作了最壞的打算，將極力平息這場風波。」

友義匆匆走出尤家莊，來到李家，推門而入，見李勇一面喝酒，一面咒罵。

「千刀萬剮的劉大成。我早該斃了他。」

「李大哥，你還在生氣呀。至今尚未發現紹卿和竹清的屍體，或許他們還活著。我想沿岸去尋找，你願和我一起去嗎？」

「好。我同你去。今日非找到他們不可。」李勇一拍桌，站起來說。拿起一個背包就出發了。

他們沿河走了約二十里，果然遠遠望見峭壁。河邊的小徑越來越窄，到達壁下時已無通路，只有碎石灘夾著蘆葦草叢。友義踏著石頭，慢慢在河邊察看。李勇獨自先往前頭去了。

見蘆葦中有物浮動，友義以為發現了屍體，心驚膽顫地用手去撥蘆草。驀地，飛起兩隻野鴨，把他嚇了一大跳，腳下一滑，坐跌在石灘上。他的手摸到了一把草，抓起來看，發現其中竟有一扎被人編成了草繩樣。再一看，有不少蘆草被連根拔起，草被截走了，根尚浮在水面。他蹲著，百思不解。

「友義，前邊有瀑布，走不通了。我們還是回去，租船再找吧。」李勇走回來，說。

友義抬頭望他，忽然大叫：「有了。」

「何以見得？」

「在哪裏？是誰的屍體，紹卿的，還是竹清的？」李勇緊張地問。

「我猜他們都還活著，順著峭壁爬上山了。」友義興奮地站起來說。

「你瞧這段草繩，草還青綠的，顯然編成不久，會有誰在此編繩子呢？」

「莫非是竹清？」

「你再看這一大片蘆草被連根拔起，恐怕不只是一人所為。」

「你又怎麼知道他們爬上了峭壁呢？」

「我開始不明白，他們編草繩何用。但剛才我抬頭望你時，卻發現前方峭壁上橫生出一棵樹，若能上了那棵樹，上面的峭壁凹凸不平，如同階梯，可以攀爬。」

「不錯。這兒我曾爬上去過。只是，我從沒想到他們能生還，更沒想到他們還能爬上峭壁。」李勇大喜說。隨即打開背包，取出一捆繩子，說：「我們上山去尋。」

他在繩頭綁了塊石頭，走到樹下，往上一甩，繫住了樹幹，便客氣地對友義說：「你先請。」

友義撩起長袍下端塞入褲腰裏，便拉住繩子往上爬。李勇跟著上到樹根邊的平台。收了繩子，兩人繼續往上爬。

這時，李勇心情輕鬆了，開始和友義說笑：「你在上頭，可別拉屎拉尿。」

友義也笑道：「我若掉下來，你可要接住喲！」

花了大半個時辰，兩人才爬上了山頭，坐下休息。

友義拿出手帕擦汗，忽又發愁，說：「也許我的猜測不對。若是他們上了山，一日之內就可以走回村子了，為何至今仍沒人發現他們的蹤跡？」

李勇猜想此處距他的秘密山洞不遠，紹卿和竹清可能躲藏在山洞裏，然而，他不願說出，因為他已經開始懷疑程友義和劉大成的關係。「可能他們在山上迷了路，我們分頭去找吧。你往東，我往西，不論是否找到，一個時辰後就回來這裏集合。」

友義同意，站起來走了。李勇也往另一方向走了幾步，回頭見友義已去遠了，才迅速轉往秘密地道跑去。

果然不出李勇所料，紹卿和竹清此時正藏在山洞裏。

那日，紹卿被竹清拖著沉入河中，旋即被河水沖出一里外，因水急河彎，竟沒人發現他們飄走。竹清昏迷，放鬆了對他的掌握，他才得掙扎將頭抬出水面，幸運地抓到一塊浮木，沉沉浮浮飄出了二十里，被沖到了石灘旁。他拉住了蘆葦，先將竹清推到灘上，自己才爬上來。精疲力竭，他倒在竹清身上失去了知覺。

也不知過了多久，竹清醒轉過來。睜開眼，只見四周黑漆漆，天上奇形怪狀的烏雲像猛獸，他覺得身上沉重，彷彿被壓在山底下。他以為因自己害死了紹卿，受天罰，下了地獄，害怕得哭起來。

紹卿被他驚醒，也是迷迷糊糊，口中叫著：「竹清，竹清。」

「紹卿，你沒死嗎？」竹清猛坐起來，驚道。

紹卿聽見他的聲音，鬆了口氣，笑罵道：「若我死了，你還能活著嗎？」

「你為什麼要救我呢？」

「你問得很奇怪。難道你跳下河時，真的是有意要害我嗎？」

「你知道了我們的秘密。我只好陪你一起死。」竹清悲哀地說。

「我不懂你說什麼？我只是懷疑劉大成想挑撥我們的感情，故意帶尤洪來打我。至於你們有什麼秘密，我哪曉得呢？」紹卿說，心想只有讓竹清釋疑，才能脫險。

「原來是場誤會。請你不要追究我們的秘密。這次發生的事，你能原諒我嗎？」

「只要你答應不再帶我去見閻王，我就不追究了。等天亮，我們就尋路回家吧。」

竹清又心慌了，他不知如何去面對劉大成。

紹卿看不見他的表情，但感覺他在發抖。「你怎麼了，冷嗎？」

「紹卿，我們不要馬上回村子，好嗎？我害怕尤洪，想等李大哥回來後再回去。」

紹卿知道他怕的其實是劉大成，但不說穿，贊同說：「好主意。尤洪想害我，這回讓人懷疑他鬧出了命案，正好嚇嚇他，給他一個教訓。」

正在這時，沿岸出現了火把和人影。他們立刻潛入了蘆葦叢，身子藏在水中，只伸出半個頭呼吸。

一隊人走過，紹卿瞧見領隊，驚道：「是劉大成帶人來找我們。」

「噓，別出聲。」竹清警告他。

劉大成站住了，說：「咦，我好像聽見有人聲。」舉起火炬向河面照看，卻不見有人，也沒有動靜。

隊裏一人說：「恐怕你聽錯了。是風聲。」

「大概是我的幻覺。我們的火炬快燃盡了，還是回去吧。」劉大成懷疑可能是呼救聲，因不願意他們獲救，所以棄之不顧，即刻帶隊走了。

紹卿和竹清鑽出水面，爬上了石灘，驚魂未定，忽又見一隊船隻開過來。竹清首先看見尤金滿父子站在一艘船上，連忙拉了紹卿躲到蘆葦叢後。紹卿卻瞧見他父親在另一艘船上，憑欄俯身望著水面，連連呼喚著他的名字，悲傷的聲音在山谷中發出迴響，他的淚忍不住傾注而下。不久，船隻也消失了。

他們依靠著山壁坐臥，挨了一夜。天剛露出曙光，便開始勘察地形。

「竹清，你記得嗎?上回，我們和李大哥一起爬山，見一懸崖。我們現在可能就在崖下。李大哥的秘密別墅就在這山上，我們不妨尋到那裏，躲幾天再說。」

「可是山壁又高又陡，怎麼爬上去呢?」

最後，他們想到了一個爬山的辦法，正如友義所料的。

洞天福地，景色優美。山洞中有些存糧，又有新鮮水果可充腹，不失為一個度假勝地，但是紹卿掛念父母，竹清害怕回去見劉大成，都沒心情享受。

「已經過了三日了，李大哥應該回來了吧。」紹卿坐在山洞裏說。

「再等一天，保險一點，說不定李大哥會來找我們呢。」竹清說。

驀地，李勇出現了，大叫：「好哇，人人都為你們愁死，你們卻躲在這裏享福。」

「李大哥！」紹卿和竹清都驚喜地奔過去，一人持住了李勇一條手臂，彷彿是迷失的孩子遇見了親人似地。

「快說，你們怎麼會落到幾乎淹死，又有家歸不得的地步。是誰要害你們?」

「我和竹清在河邊談天，尤洪來尋釁，將我拋入河裏。竹清跳下河來救我，我們一起被河水沖到石灘，幸而抓住了蘆葦，保全了性命。竹清害怕回去挨尤洪毒打，所以我們決定先躲幾天，等你回來。」紹卿說。

「果真如此嗎？竹清，是否有人指使你跳河去拉紹卿？」李勇厲聲問。

竹清驚惶，低下頭說謊：「沒人指使我，我見紹卿被拋入河，一急就跳下去了。」

「傻瓜。下次你先學會游泳，再去救人。知道嗎？」李勇罵道。

「知道了。下次不敢。」竹清心虛地回答。

「李大哥，他捨身救我。你為何還責罵他呢？」紹卿說，暗想莫非李勇已知道真相。

「我也要罵你呢！你爸媽以為你凶多吉少，心痛得都病倒了，你還在這裏偷閑呢。」

「我們快回去吧。」紹卿聽說，恨不得插翅飛回父母身邊。

「你們回去可不能說躲在這兒，只能說在山上迷路了。知道嗎？」

「知道了。」紹卿和竹清一起答應。

他們走出地道，進入山林裏。

李勇說：「程友義也來尋你們了，這回多虧他猜到你們爬上了峭壁。我已叫他往東面去了，我們先去找到他，再一起下山吧。」

「友義？」紹卿暗驚，說：「李大哥，我想先去見我的姪女婿，有話和他單獨談，你和竹清隨後再來，可以嗎？」

「當然可以，你去吧。」李勇說。

紹卿瞧見了友義的背影，故意大聲說：「啊，找到一個大蘑菇，正好拿來充饑。」

友義轉身見了他，喊著：「不，吃不得，小心有毒。」迅速跑來，卻不見蘑菇。

「你不是想我死嗎？」紹卿冷冷地望著他，問。

「這是什麼話？」

「你不必再偽裝了，口蜜腹劍，充滿陰謀。」紹卿決定攤牌。

友義驚駭，問：「你知道了什麼陰謀，你是國民黨的間諜嗎？」

「哼，如果我是，你們絕不會逍遙到今天。沒想到，我對你們的包容，竟給自己招來殺身之禍，是你下令劉大成謀害我的，不是嗎？」紹卿憤然說。

「我可以對天發誓，你這次的意外與我無關。你若不是間諜，又如何會懷疑我和劉大成想害你？」

「說來話長。你失蹤一年，當局早已懷疑你加入了共產黨。我也不能不懷疑你和玉蘭結婚的動機，後來偷聽到你和劉大成的對話，證實你們是同黨。我至今沒拆穿你，固然是因不忍心令玉蘭傷心，也是因我看出你良心未泯而且有愛國心。」

「你令我驚奇。我原本以為你不過是個帶著稚氣的少爺，沒想到你的城府如此之深。你休學，只是為了監視我嗎？」

「沒錯，因害怕家鄉發生流血暴動，我不能安心求學。」

「請你放心，我們只有長期計劃，至少還要再過五年，甚至十年才會有實際行動。這期間，只要政府能同意改革，就可避免流血事件發生。你不必為不可預測的局勢而荒廢寶貴的時間，我勸你早日出國留學，將來也可貢獻你的才學，為民服務。」

「不，我不走，除非你先放棄你的計劃，帶玉蘭離開此地。」

「紹卿，你還不明白嗎？你的處境十分危險，我不願你受到傷害，但無法保護你，眼下，出國是你惟一的活路。」

紹卿聽出他的話裏含著警告，苦笑說：「我原以為你判了我死刑，原來是驅逐令。」

忽見李勇一面走過來，一面呼喊：「友義，我已找到王竹清，你找到孟紹卿了嗎？」

「找到了。他平安無恙。」友義回喊道。

「李大哥。」紹卿假裝初見李勇，歡喜地向他跑過去。

友義也親熱地和竹清擁抱。

崇漢夫婦和玉蘭聽說紹卿活著回來，都霍然而起，奔出屋外。

慧娘一見兒子，抱住了不放。

崇漢拉住了李勇，連連道謝：「李大哥，你真是活神仙，全靠你才尋回來了。」

「不敢當。實在是你家姑爺尋到他們的。」李勇把功勞全讓給了友義。

友義立刻成了英雄。眾人拍手，稱讚：「程姑爺真是個福星呀！」

玉蘭情不自禁地抱住他，在他面頰上吻了一下，說：「親愛的，感謝你。」

崇漢令家丁殺豬宰羊，設宴邀請村民，大大地慶祝。

王竹清回到了尤家莊，尤金滿叫他到跟前，說：「今後我就把你當成親生兒子看待。你不用回木屋去了，就在大屋裏住。吃的、穿的，都會和少爺們一樣。若你想讀書，我也願意供你上學。」

「我寧可和義兄姐們過同樣的日子，除非你把他們都解放了。」竹清說。

「混蛋，不識抬舉。你給我滾回木屋去吧。」尤金滿拍案大罵。

當晚，竹清的義兄姐和尤家的工人們在木屋裏為他慶祝生還。劉大成也在座，但沒人理會他。

忽然，大成站起來，一面摑打自己的雙頰，一面哭著說：「竹清，我真該死呀。都怪我在尤洪面前失言，差點害死你了，我心不安呀。」

「大叔，不關你的事，只怪我太不自量力了。你醉了，我扶你回房間休息吧。」

劉大成關上了房門，說：「這回我錯了。原來是有人捏造了殺掉孟紹卿的命令，我誤信了。如今，領導願意給我一個贖罪的機會。你也能原諒我嗎？」

「真的嗎？我不怪你，只要紹卿能不死就好了。」竹清說。

【第八章】

離國前夕　幽情萬縷

九月初，紹卿準備赴美留學。他告別了父母和親友，由玉蘭母子陪同到上海，將在哥哥家停留兩天，再乘船出發。

臨行前一天，他去向文傑辭行，玉蘭母子也跟著去了。

「紹卿、玉蘭，你們來得正好。明天我們就要搬家了。」文傑感到意外地驚喜，邀請他們進客廳坐了。

「搬家？啊，你和蕙英想組織小家庭嗎？」玉蘭問。

「不，我們不得不搬，因為文傑升了級，被派到杭州去當小主管。」蕙英說。

「文傑，恭喜你晉升。杭州距我家近多了。真可惜，你們要搬來了，我卻即將出國留學。明日上船，今天我是特來辭行的。」紹卿說。

「啊，太好了。我正想說服你出國深造，這下可免我一番口舌了。」文傑高興地說。

克強已能搖搖擺擺地走路了。他也不怕生，走到文傑膝旁，竟展開雙臂，要他抱。文傑只得將他抱到膝上。

「啊，小強喜歡你。文傑，我們收他做乾兒子好嗎？」蕙英高興地叫道。

文傑還沒來得及回答，克強先說：「好、好。」

「哈，小強自認乾爹了。」玉蘭拍手大笑。

文傑哭笑不得。

蕙英覺得收乾兒子的建議太衝動了，可能引起文傑不悅，連忙又說：「我只是說笑罷了。玉蘭，就算妳願意，友義一定會反對的，不是嗎？」

「我知道妳開玩笑，只是讓我和小強受寵若驚了。」玉蘭說。

「我們帶小強到院子裏去玩，好嗎？」蕙英說。

「好。文傑，待會見。」玉蘭說，抱起兒子，和蕙英一起走了。

文傑忍不住嘆道：「可憐的孩子，很快就要成為孤兒了。」

「文傑，你說什麼？友義有危險嗎？」紹卿驚問。

「你不必過問。上回，你不是差點在謀殺案中喪生了嗎？」

「上回只是意外。」紹卿垂眼望著地下。

「你說謊，兇手一定是友義指使的。他心狠手辣，你為什麼還要掩護他呢？」

「不。我相信那次事件不是他指使的。」

「不是他，也必定是他的黨人所為。紹卿，你在包庇一個叛亂集團，你難道不知道，這樣做，你也有罪嗎？」

「我的內心很矛盾。我不贊同他們的手段，但我覺得必須靠他們的力量去消除社會階級的不平等，解救受壓迫的貧弱者。」

「看來你已被他們洗腦了。」

「我一直想說服友義放棄陰謀，可是他比我能說善道。每一次，我都反被他感動，覺得他的抱負和理想是崇高的。」

「他不久就會露出他的真面目，也就是他落網的時候了。」

「文傑，你有內幕情報嗎？」

「嗯，據我所知，不久，他們即將有叛亂的行動。」

「不可能，我聽友義說，他只有長期計劃，至少還要五年後，才會發動革命。」

「你被他矇騙了。其實，他準備今秋領導暴動。不過，請你放心，當局已有嚴密戒備，屆時必將所有的暴動者捕捉或殲滅。」

「這麼說，程友義難逃一死。」

「他是罪魁禍首，死有餘辜。」

「我不出國了。我必須做最後一次努力，勸友義離立即放棄他的計劃。」

「不，你千萬不可誤了自己的前程。何況，箭已在弓弦上，這時要程友義放手，簡直是癡心妄想。」

「他若知道已被四面包圍，或許肯逃走。」

「天呀！我和你說了些什麼？我把你當手足，推心置腹。你可不能洩漏我的情報。」

「若能在暴動發生之前，逼走程友義，不也免去村民一場浩劫嗎？」

「妄想！事情哪有這麼簡單。」文傑心煩地說。

「總之，我不能見死不救。」紹卿從口袋中取出船票，竟想撕毀。

「不可。」文傑大驚，連忙伸手阻止，說：「兩邊開火時，若你站在火線中央，必定第一個遭殃。你還是出國吧。」

紹卿跪下了，哀求：「文傑，我求你看在玉蘭母子的份上，放友義一條生路，設法阻止暴動，也好免除村民的浩劫。」

「胡說。你要我背叛自己的黨，去幫助敵人，真豈有此理。」

「我知道這是一個不情之請。但是，眼前外患不斷，國家危急，為什麼國內的黨派還要自相殘殺呢。文傑，你和友義都是愛國者，難道就不能合作嗎？」

「不要再說了。你快起來。這事我萬萬不能答應。」

「若你不答應，我就跪在這裏不起來，直到明日輪船開走為止。」

「胡鬧，你在要脅我嗎？」

「不，我在為玉蘭母子懇求你網開一面，放過他們最親愛的人。」

「我實在愛莫能助。玉蘭快要進來了，決不能讓她知道我剛才和你說的話。」

「她遲早要知道的，不如現在就把一切都告訴她吧。」

「唉，紹卿，你真讓我為難。也罷，我答應你，到時我會設法讓友義逃亡，放棄暴動計劃。」

「真的嗎？文傑，我和玉蘭謝將會永遠感激你的。」紹卿撿起掉在地上的船票，站起來道謝。

「什麼都別說了，你最好趁我還未改變主意之前快走吧。」文傑煩躁地說。

「好，我還得到林教授家辭行，就此告別。」

「明日我不能去碼頭送行了。祝你一帆風順。」

「祝你們喬遷順利。再見。」

紹卿走後，文傑果然覺得後悔莫及。

紹卿離開蘇家後仍心中惶惶，走到了林教授家附近的一條小巷，也不望來往的行人，幾乎與一位少女擦肩而過。

「孟老師。」少女拉住他的手臂叫道。

「嗄，林小妹，我正想上妳家，可巧在這裏遇上妳了。」

「剛才要不是我拉住你，你已不理我走過去了。你有心事嗎？」

他想，若真把心事說出來，一定會嚇壞她。

「沒什麼心事。只是，我明日就要乘船去美國留學了，特來向你們辭行。」

曉鵑睜大了眼，驚訝地說：「啊，你這麼快就要走了。」

「是呀，我心中很遺憾。你們一家人剛搬到上海，我還沒機會招待你們呢。」

「我有些話想和你單獨說。我們到別處去聊好嗎？」

「好。」他馬上同意說：「我請你去一家咖啡館吃點心吧。」

陽光燦爛的大白天，咖啡館內卻光線暗淡柔和，充滿情調。

紹卿向侍者要了一杯熱咖啡，曉鵑點了一客冰淇淋。

「我們倆碰在一起，我可要把妳溶化了。」他喝著咖啡，笑道。

「哦？」她沒聽懂，或許因會錯了意而感到驚愕。

「我是說我們的杯中物。」

「哈。」她笑了。

她的笑容是如此純真甜美，幾乎令他忘卻了世上所有的煩惱。才一個小時前，他憂慮著暴動、流血和死亡。而此時，他像進入了另一個世界，看到的是和平、愛情和幸福。

「咦，你又怔住了。你在想什麼？」

「沒什麼。」他收斂神魂，說：「這種地方妳還是第一次來吧？」

「不，上星期，玉祺才帶我來過。他真熱心，怕我剛到上海人地生疏，所以帶我逛了不少地方。」

「我哥嫂全家人都喜歡妳，聽說妳已成了他們家的常客。」

「上回，玉蘭姐留在娘家一個月，我常去和她作伴，喜歡和她的小寶寶玩。」

「妳自己還是個大孩子哩，童心未泯。」他逗她。

「我已當過伴娘，你還把我當孩子看。」她不悅，嘟著嘴抗議。

「嗯，二八年華，妳已有心上人了嗎？不妨說給我聽聽。」

「如果我告訴你，我愛上了一個人，你會驚奇嗎？」

「一點也不驚奇。讓我猜猜看，妳和玉祺開始談戀愛了，是不是？」

「胡猜。你忘了我上回潑你墨水的事嗎？」

「原來妳不是失手，是故意潑的。我還一直為害妳被妳爸打了一掌過意不去呢。」

她低頭不語了。

他連忙道歉，說：「小妹，真對不起，又提起令妳不愉快的事了。」

「不，我只是不知道該不該說出心中的秘密。說出來，怕你笑話。若不說，又怕後悔，因為你明天就要到遙遠的地方去了。」

「小妹，妳儘管放心說吧。我絕不會笑妳的。」

「我想從今起不再叫你孟老師，改叫你名字，可以嗎？」

「當然囉。其實，我只當過妳幾個月的家教，又是很久以前的事了。妳早就該改變稱呼了。」

「紹卿。」她害羞地輕聲叫道。

「真悅耳。多叫幾聲吧。」他故意用手遮耳作傾聽狀，開玩笑說。

不料，她把嘴靠近他的耳朵，輕輕地說：「紹卿，我愛你。」把他嚇了一跳。

「小妹，妳可別開這種玩笑。妳懂得愛情嗎？」他懷疑她作弄他，變得嚴肅了。

她有點驚慌，語無倫次地說：「我懂，不，還不大懂。但是，你馬上要出國了，我只想讓你知道我會等你回來，我願意將來和你過一輩子。」她吐出了心中的秘密，怕他嘲笑，掩面哭了。

「別哭，小妹，我感激妳。」

「你也愛我嗎？」她抬起淚眼，期待地問。

「直到前一刻，我只把妳當妹妹看待。老實說，我還不敢相信妳剛才說的話是認真的。小妹，妳不是和我鬧著玩吧？」

「我一直喜歡你。自從參加了琇瑩姐的婚禮後，我開始希望成為你的終身伴侶。沒料到，你竟要出國了。」

他愛憐地伸手去撫她的面頰，替她拭去淚，溫柔地說：「我也喜歡妳。可是，目前我無法給妳任何允諾。妳情竇初開，對愛情多憑幻想，也許過兩年，妳會發現有比我更值得妳愛的人，我不願絆住妳。我們不妨退一步，先做個知己。妳以為如何？」

「我聽你的。我們先做好朋友。」她點頭說，心中更愛他，又擔心地說：「你會保守我的秘密嗎？」

「請放心。保密是我的專行。」

他付了帳，他們走出了咖啡館。

到林家，紹卿又和林繼聖夫婦聊了一會，方才告辭。

玉祺在院子裏踱步，一見紹卿回來，就抱怨說：「小叔，你終於回來了，我有一肚子的話想和你說，可是你卻整日不在家，真叫我等急了。」

「對不起。剛才，我去向蘇文傑和林教授辭行了。」

「你去了林家，一定見到林小妹了吧。」

「見到了。你很想念她嗎？」

「我、我想告訴你一個秘密。你能替我保密嗎？」

「一定。我的心好像是保險箱，專供人保存秘密似的。」紹卿摸著心，苦笑說。

「你還為誰保存了秘密呀？」

「這是秘密，你就別問了。你說你的吧。」

「我愛上了曉鵑。」

雖然這已在紹卿的預料中，仍不免令他心驚。以前，他可以毫不保留地祝福侄兒。如今，知道了林小妹的心事，卻令他為難。何況，他發現自己也愛上了曉鵑。

他望著玉祺，說：「你很有眼光，但曉鵑還是個高中生，談戀愛似乎言之過早。」

「婚姻的事還早，先談戀愛總可以吧。你贊成我追求她嗎？」

「當然。你可以追求她。」紹卿言不由衷，話說出口就後悔了，便又加了一句真心話：「我也希望，你能代我照顧她。」

玉祺只聽得上一句就高興地抱住他，說：「謝謝你。」根本沒去探究下一句。

次日，紹卿懷著萬般無奈、滿腔憂慮，出國了。兩黨相爭，非友即敵，他發現自己沒有立足之地。當他踏上甲板時，心情沉重得似乎令船也下沉了一分。

紹鵬和玉祺一同陪送到他碼頭，林教授和曉鵑也夾在送行的人群中。

船開動了，曉鵑依著岸上的欄杆不斷地向他揮手，直到望不見，她哭了。

玉祺用手臂抱住她的肩膀，安慰說：「小妹，別難過，小叔囑我照顧妳，我一定會盡力使妳快樂的。」

【第九章】

秋後暴動　驚天動地

自從遷到杭州後，文傑工作忙碌，每日早出晚歸。蕙英甘心作家庭主婦，自得其樂。

忽忽過了兩個月。一天晚上，文傑不停地長嘘短嘆。

蕙英忍不住問：「文傑，你有心事嗎？」

「是的，蕙英，我想求妳一件事，妳明日就回娘家去，可以嗎？」

「嗄，你想休了我嗎？」她驚愕。

「不。妳別慌。我準備告訴妳一個秘密，請妳安靜地聽我說完。我已經不在電訊局，而是轉入了情報局工作，我們得知程友義是共產黨的頭目，他即將在農村領導暴動。」

「啊。」蕙英大驚，恨道：「原來友義欺騙了玉蘭的愛情，婚姻也是他的陰謀。」

「不錯。如今，我方已部署軍隊，準備平亂。可是，那日紹卿來辭行時，我不慎向他透露了口風，他懇求我協助友義逃亡。我若不答應，他就不肯出國了。我不得已答應了他，後悔莫及。我怎能背叛我的黨去幫助叛黨的頭領呢？」

「原來如此。難怪那日紹卿走後，你的舉動有點失常。但是若能說服友義改邪歸正，向政府投誠，不失為上策。」

「他決不可能投降。唯一的辦法是在事發前逼他離開，而唯一能趕走他的是他的岳父孟紹鵬。」

「我明白了。你要我回娘家一趟，其實是要我去向孟紹鵬報信，對嗎？」

「對，但是這樣做很冒險，等於是拿我們的性命去救程友義。妳覺得值得嗎？」

蕙英低頭想了一會，毅然說：「為了玉蘭，我願意冒險。你不是也已答應了紹卿嗎？再說，程友義走了，或許能免去一場暴動和鎮壓的悲劇。」

「既然如此，明天妳就去上海探望妳母親，並到我父母家走訪，先住上兩日。到第三天的晚上，妳才去見孟紹鵬，要謹慎，千萬別讓人發覺。」

「請你放心。我會小心的。」蕙英答應。

晚上九點鐘，紹鵬在他的書房裏看業務報告，管家進來說：「先生，外面來了個年輕人，說有緊急的事要見你。」

「他叫什麼名字，有名帖嗎？」

「他不肯報名，也沒帖子，只說是二先生的朋友。」

「哦，既然是紹卿的朋友，就請他進來吧。」

來人戴了一頂帽子，遮住半邊臉，身上穿了件男人的長袍，似乎過長了一點。

「你是舍弟的朋友？請問尊姓大名？」紹鵬問。

不料，客人脫下帽子，叫道：「孟伯伯。」

「呀，蕙英，是妳。妳為何女扮男妝呢？」紹鵬驚奇說。

「事情緊急。我只能長話短說。文傑已轉到情報局工作，得知你的女婿是共產黨人，這兩日就要在村裏發起暴動。紹卿早知此事，臨出國前，懇求文傑設法挽救村民於難，所以文傑託我冒險前來告訴你，希望你能說服友義自首或逃亡。」

「天呀，有這種事！」紹鵬大驚。

「當局已佈下天羅地網，準備鎮壓。友義若不放棄他的計劃，必然失敗。」

「可恨，我決不容許他領導暴動。」

「孟伯伯，事不宜遲。我已把話說完，不能久留，告辭了。」

凌晨兩點鐘，秦叔被敲門聲吵醒，開了門，驚問：「大爺，出了什麼事，讓你連夜趕來呀？」

「有緊急的事，我要你馬上去請江忠父子過來，我會在老爺房間裏等你們。」

「好，我這就去。」秦叔見他神色緊張，不敢多問，立即走了。

紹鵬悄悄地進入他父母的臥房內，開了燈。

「嗄，紹鵬，是你！我不是作夢吧。」崇漢驚醒，叫道。

慧娘也醒了，兩人都在床上坐起來。

「爸，媽，請你們原諒。家裏出了大事，我必須立刻稟告，所以深夜驚醒了你們。」

「什麼事？紹卿有惡耗嗎？」慧娘驚道。

「不，是有關友義的事。」

「你快說吧。」崇漢催道。

於是，紹鵬把蕙英的話全盤轉告了，崇漢夫婦驚得目瞪口呆。

半晌，慧娘說：「難怪紹卿一開始就反對友義搬進這裏來住，我們還責備他呢！」

「唉，他為何不一早告訴我們呢？」崇漢說。

「現在沒時間探究了。我們要想法子，立刻令友義放棄他的計劃。」紹鵬說。

「嗯。」崇漢點頭同意，開始低頭思索良計。

門外有人敲門，紹鵬開了門，見秦叔已將江忠父子叫來了。

紹鵬請他們進入房內，又簡略地訴說了友義的事。

「真是知人知面不知心，像程姑爺這樣的好人，原來也有陰謀。」江忠說。

「我去把他抓起來，但不知該怎麼處置他呢？」江進田說。

「我想先勸他自首，若不成，就強迫他離開村莊。」紹鵬說。

「我看他決不肯自首。」慧娘說。

「這樣吧。秦叔，你立刻去找漁夫李川，說我請他幫忙用船將友義押到百里外的荒郊去，過了明日再放。事成之後，我給他一根金條。」崇漢說。

秦叔答應，匆匆地走了。

程友義躺在床上，聽著妻子均勻的呼吸聲，見她已熟睡，他悄悄地下床，開始穿衣。他已下令，今夜凌晨三點，將在尤家莊發起暴動，進佔整個村莊。各地來參加起義的農民這時應已聚集，埋伏在尤家莊附近。

他將一隻手槍插入了腰帶，準備出門。

不料，忽然有人拍門大喊：「不好了，爺爺心臟病發了。友義、玉蘭，快開門呀。」

友義驚駭。玉蘭也被驚醒了，一下跳下床來，問：「是誰在喊？出了什麼事？」

「好像是奶奶的聲音。」友義走去打開門，果然見是慧娘。

「爺爺半夜突然覺得心痛，我剛叫秦叔去找醫生，不料，他暈過去了。」慧娘神色驚惶，說完即掩面大哭。

友義心想怎麼這麼不巧，玉蘭已慌張地拉了他，往正屋跑去。

「爺爺。」玉蘭衝進臥房，見祖父閉目躺在床上，以為他已死，即到床邊俯身大哭。

友義伸手去測崇漢的脈搏，不料，崇漢突然睜開眼，拉住他的手。

同時，他聽見一人在他身後，罵道：「程友義，你這匪徒。欺騙了我的女兒。」

他大驚，猛抽回手，轉身一看，見岳父站在牆邊，怒目瞪著他。他知道秘密洩露，想要逃跑，卻見慧娘用背頂住了房門。顯然，這是個捕捉他的圈套。他完全沒有防備，一時裏怔住了。

「爺爺，原來你沒病。爸爸，你怎麼會在這裏？奶奶，這究竟是怎麼回事呢？」玉蘭恐慌地提出一連串疑問。

「可憐的孩子，妳一直被蒙在鼓裡。友義是共產黨人，他想在村裏領導暴動。」崇漢說。

玉蘭吃驚地轉望友義，問：「這是真的嗎？」

「玉蘭，請聽我說。」友義想自辯，卻張口結舌，不知從何說起。

玉蘭明白了，淚如雨下，全身發抖，指著他說：「你利用了我。你用卑鄙的手段綁架了我，欺騙我的愛情，而我卻心甘情願地嫁給你。」

友義發現時間不早，便不理會哀怨的妻子，急向房門衝去，慧娘自動閃避了。

然而，他一打開門，就被江忠父子阻擋了。

「站開。」他拔出手槍，喝道。

豈料，進田飛起一腳踢落了他的槍。江忠衝上前抱住了他，一同跌倒。他雖然強壯，畢竟敵不過兩人，很快就被制服。江忠用一根繩子將他雙手綁在身後。

友義被縛，轉向玉蘭跪下了，泣道：「我沒有欺騙妳。我對妳的愛，如同血管裏流的血，滴滴是真。只是我將另一條血管裏的血獻給了貧苦大眾。如果妳有一顆慷慨的心，妳就會原諒我的。」

玉蘭聽他說得真誠，回心轉意，也跪下了，抱住他說：「我相信你愛我。我們婚後，你對我的體貼和柔情不可能是假的。」

「玉蘭，妳若愛我，請放我走吧。我有我的道路，妳有孩子和娘家，我們緣份已盡。」

「不。我不在乎與眾人分享你的愛，但是你不能拋棄我那份呀，還有孩子的一份，難道你真的忍心離開我們嗎？」

玉蘭泣不成聲，友義也淚濕衫襟。慧娘、崇漢和紹鵬看著，也都感傷。

「友義，當局已探知你們的計劃，正準備將你們一網打盡。你目前只有兩個選擇，一是自首，二是逃亡。」紹鵬說。

友義站起來，激昂地說：「我寧可走革命先烈之路，以我的鮮血換取被壓迫者的解放。」

正在此時，秦叔回來了，說：「李川答應協助，已將船開到河邊等著了。」

「秦叔，請你和江忠父子押送他上船，請李川立刻將他載走，遠離此地。」崇漢說。

「不。反抗壓迫的農民，今夜就要起義了，我怎能背棄他們，獨自逃走呢？」

玉蘭忽然變得堅強了，說：「爺爺、爸爸，請你們放了他吧。」

「不行。若放他去領導暴動，整個村子就將血流成河。」紹鵬說。又回頭吩咐江忠父子：「你們快帶他走。進田，你把這支手槍拿著，若他不肯上船，你就槍斃他。」

進田接過槍，威脅說：「姑爺，走吧。否則我就不客氣了。」

「也罷。既然你們要逼我做懦夫，我就乘船逃走吧。」友義不願浪費時間，大步向門外走去。

「友義。」玉蘭高喊著，要追出去，卻被她父親拉住了。

友義走出大院門，用眼四處搜索，他知道有一衛隊，由尤銳帶領，會來接他。此時，他們應已埋伏在附近。果然，他很快發覺這批人躲在牆邊。

秦叔也發覺了，驚呼：「有人。」他提起燈籠往牆邊照，燈光有限，看不清究竟有多少人，但照到了尤銳和他身邊兩個人，他們都持了步槍。

進田連忙用手槍頂住了友義的頭，叫道：「誰敢妄動，我先槍殺了他。」

尤銳本要帶隊往前衝，見狀，即刻停住了。

友義心想進田未必敢殺他，只要他一聲令下，必可獲救，但他不願在此時發動槍戰，因此下令說：「尤銳，你們全部退走吧。」

「但是，你……」尤銳猶疑，想問話，卻被打斷。

「快走。免得在此刻發生槍戰，驚動四鄰。」友義喝道。

尤銳接令，把手一揮，說：「走。」即帶隊撤離。

友義自動開步往河邊疾走。秦叔和江忠父子緊跟著他，很快到了河邊，果然見李川已將船停泊在淺灘上。

友義毫不猶豫地跨上船，回頭向岸上的人說：「今夜村裏將有暴動。你們快回去戒備，緊閉門戶，不要外出。」

「姑爺，你真的肯逃亡嗎？」秦叔說。

「事機已洩漏，我徒死無益。你回去告訴玉蘭，請她放心，我將逃往香港。」

「程友義，你休想使計逃脫。」進田不放心，舉槍指定了他，說。

「你放心。後會有期。」友義坐下了，催促李川說：「大叔，請快開船吧。」

「好。」李川把船撐離岸邊。

船很快在黑暗中消失。等了一會，不見動靜，秦叔和江忠父子匆匆回去報訊。

尤家佃農周阿布的家被用作暴動的指揮部，附近的田地裏已聚集了五千多人，但他們總共只有三百支槍，其餘的武器都是棍棒、鐮刀、鋤頭之類。

劉大成和二十來個隊長都在屋內，等得心急如焚。大成盯著手中一只懷錶，已經凌晨三點了，友義仍未到，不由他們不急。

忽然，尤銳跑進來，說：「不好了。程友義叛逃了。」

「胡說。你瘋了嗎？」劉大成驚駭，罵道。

「你聽我說完。我們剛到孟家莊去接程同志，卻見他被綁著，由三個人押著走出來。程同志被迫下令我們撤退。我們暗中跟隨他們到了河邊，想伺機救他。不料，見他自動上了船，還告訴押他的人今夜有暴動，叫他們回去戒備。他還說，事機洩漏，他不想死，要逃到香港去。」

「叛徒。」劉大成跺腳大罵，又恨道：「上回，胡勝已經警告過我，可惜我不相信。如今，我們都被出賣了。」

「不，我不相信程同志會背叛，他絕不是臨陣脫逃的那種人。」王竹清說。

「是我親眼看見、親耳聽見的。我們保衛隊十個人都是見證，你不相信我，可去問其他的人。」尤銳說。

「程友義叛變了。從現在起。你們都聽從我的命令。」劉大成宣佈。

「是。」大夥應道。他們也別無選擇。

劉大成便下令：「我們改變策略。原先，只攻擊村內三家惡霸地主，事後一起撤退。如今，我們分路去攻村內所有的大地主。敵軍反攻時，我們便各自逃散。」

隊長們都面面相覷，但不敢反對。

獨王竹清不贊成，說：「你連孟家也攻擊嗎？」

「看在你份上，就饒了孟崇漢吧。」劉大成安撫他說，接著下令：「王竹清，你還是按照原定計劃，帶領五百人去攻范家。周阿布，你帶你的隊去佔領村公所。高安，你去打鄭家。武冰，你去葛家。其餘的人都跟我去鬥爭尤金滿父子。」

「是。」領了命令的隊長們，各自離去，帶隊出發了。

屋裏除了劉大成，只剩尤銳、尤保和尤恩三個義兄弟。

「尤保、尤恩，鬥爭尤家的任務就交給你們了。我和尤銳去攻打孟家莊。」大成說。

「咦，你剛才不是說饒了孟家嗎？」尤銳問。

「那是為應付王竹清的。孟家唆使程友義叛變，豈可饒了他們。」劉大成說。

不久，槍聲和吶喊聲響徹了全村。

孟家莊也遭攻擊，劉大成率眾衝破了大門，在院子裏和莊丁們展開打鬥。

「我出去對付他們。你們都快躲好。」紹鵬說。

「不，還是讓我出去和他們講理。」崇漢說。

「他們就要衝進來了，林嫂快抱強兒逃。」玉蘭急道。

林嫂急忙抱孩子逃進屋裏去了。

就在此時，劉大成帶人闖進來了。

「你們為何攻擊本黨人的家屬？」紹鵬說。

「哼，程友義已經叛逃了。你們全都是敵人的奸細，都該殺。」劉大成凶狠地說。

「請相信我，友義沒有背叛你們。」玉蘭說。

「我親眼見他上船走的。」尤銳說。

「不用廢話了。把他們全帶出去槍斃。」劉大成下令。

尤銳率人一擁而上，將崇漢夫婦、紹鵬和玉蘭推出門外。院子裏，已站滿了侵入者，秦叔受傷倒地，莊丁們全都被執住。

「打倒萬惡的地主，處死他們。」劉大成領導暴民揮拳、吶喊。

喊聲震天，彷彿是狂濤撲面而來，慧娘和玉蘭驚恐萬分，彼此相扶持，崇漢和紹鵬也心驚膽顫，只能聽天由命。

喊完口號，劉大成即強迫孟家老小，靠牆一排站定。四個持槍的人，包括尤銳在內，在兩丈外，面對他們而立。

「預備，舉槍，」大成下令。

千鈞一髮，劉大成剛要喊：「開火」，忽然槍聲一響，他先中彈倒地。

眾人回頭看，原來李勇率了一隊民兵趕到。那一槍，正是他發的。

尤銳等槍手，一見李勇立刻棄槍投降，其餘的暴動者也都失去了鬥志。

劉大成未死，仍想伸手去抓掉在地上的手槍。李勇走到他身邊，罵道：「死有餘辜。」補了兩槍，結果了他。

慧娘和玉蘭受驚過度，相抱而哭。崇漢急著去搶救受傷者。

紹鵬向李勇道謝說：「李團長，多虧你救了我們一家四口的命，我們將終身銘感。」

「不用客氣。我遲來了一步，令你們受驚了。」李勇說。又舉目四周望，問：「程友義呢？怎麼不見？」

「我今晚才得知原來他是共產黨的頭目，特地趕來逼走了他。」

「哦，原來他臨陣逃走了。」李勇露出鄙夷的神情。

紹鵬突然覺得十分懊悔。

民兵繳了暴動者的械，又令俘虜們全跪在院子裏的一個角落，由持槍的莊丁們看管。

「我還要到別處去救人，這裏就讓你們收拾吧。」李勇說，即帶民兵走了。

炮聲震天，槍聲也更加激烈，顯然政府軍已發動圍剿。

玉蘭擔心俘虜們的命運，問：「爸爸，你準備把這些囚犯如何處置呢？」

「自然是將他們交給國軍。」

「他們將會被綁赴刑場處決。你放走了友義，竟忍心讓跟隨他的人去赴死嗎？」

「我已經後悔了。放走暴民的頭子，我有罪。」

「爸爸，他們都是尋求解放的貧農，不同一般暴民。我求求你，將他們全放了吧。」

紹鵬望著跪在地上的一大群囚犯，也生不忍之心，便悄聲對女兒說：「好吧，我去遣開看守的人，妳就叫他們逃。」

他把持槍的莊丁叫到一邊，玉蘭乘機向尤銳說：「你快挾了我，帶你的人逃走。」

尤銳先是一怔，接著躍起，抓住玉蘭，向同伴們喊道：「逃。」眾囚犯都拔腿跑了。

莊丁們大驚，要開槍。紹鵬急道：「小心，別傷了玉蘭。」

莊丁們都明白了，便假意望空處放了幾槍，等犯人都跑出了大門，才去追趕。

紹鵬也奔出去，見玉蘭倒在門外。

「妳受傷了嗎？」

「還好，只摔傷了腿。」玉蘭故意用手摸著右腿，說。

紹鵬扶她站起來，向莊丁們說：「算了，不用追了。我們趕緊關好大門，免得他們再來攻擊。」

尤銳帶著大隊人慌慌張張地逃離了孟家莊，卻不知往哪裏去好。

四面八方都有槍聲，尤家莊那頭更是炮火沖天。他們被繳了械，若赤手空拳去參戰，等於送死。有家又歸不得，一些人坐地哭起來，也有些人建議重返孟家莊請求庇護。尤銳也沒了主意。

驀地，一人迅速地跑過來，尤銳認出了他，驚呼：「程指導員來了。」

「程同志。」「程姑爺。」「程指導員。」眾人像遇到救星似地喊起來。

「尤銳，好像戰鬥已經開始了。尤家莊那頭，情況如何？」友義跑過來，說。

「我不大清楚情況。你不是乘船逃走了嗎？我在河邊明明聽見你說要去香港。」尤銳困惑地問。

「你誤會了。為了讓押送我的人放心，我故意那麼說的。上了船不久，我就掙脫綁繩，跳船逃了。因天黑，看不清楚岸線，河水又急，我好不容易才游回來。」

「天呀。我真該死。劉大成聽了我的報告，相信你已叛變。他帶領我們攻擊了孟家，還下令槍斃孟崇漢夫婦、你岳父和你妻子。」尤銳顫抖地說。

「什麼！你們殺了我妻子全家人嗎？」友義大驚。

「幸而，李勇及時趕來，槍殺了劉大成，救了他們。」

「哦，他們獲救了。」友義摸著心口，大大地鬆了口氣。

「程同志，我罪該萬死，你殺了我吧。」尤銳跪下，哭道。

眾人也和他一同跪倒了。

「不，你們快起來。這件事出於誤會，目前情況緊急，不要計較了。」友義說。又問：「李勇去了哪裏？你們怎麼會在此？」

「李勇繳了我們的槍械，走了，不知現在何處。我們原被莊丁看管著，幸虧被你岳父和妻子暗地放了。」

「尤家莊一定已被敵軍包圍，我們不如先到范家莊和王竹清聚合吧。」友義當機立斷，說。

眾人心悅誠服，全跟著他走了。

王竹清率眾攻佔了范大地主的宅院。范家是大家族，由三兄弟當家，平日仗勢欺人。這時遭到報應，三兄弟全被揪出，跪倒在院子中央。在佃農的憤怒譴責聲中，他們都嚇得磕頭求饒。

竹清下令打開一個糧倉，發散了糧食給聞訊前來的貧民，便準備趕去尤家莊援助那邊的同志。正巧，友義帶人前來。竹清一見大喜，說：「我就不信你會背棄我們。」

「謝謝你的信任。我剛從河裏游回來的。」

「這兒的事已解決了。我將范家的人都關在倉庫裏，免得他們去報警。糧食和財物任由貧民來搬。我們正要去援救尤家莊的同志。」

「好極了。竹清，幹得好。我們一同去尤家莊。」友義拍拍他的肩膀，誇獎道。

尤銳和他的同隊人在范家獲得了一批武器，士氣也變得高昂。

友義正要帶隊出發，忽見有個人飛跑過來。來人叫武冰，他上氣不接下氣地說：「不好了，我們剛在攻擊葛家，李勇率民兵來到。包圍了我們，把兄弟們都繳了械，用繩捆綁了，準備帶走。只我一個人逃出來。」

「呀，是誰叫你們打葛家的。李勇的妹妹嫁給了葛少爺，你們攻擊他的親家，他怎麼不惱呢。」

「是劉大成下的命令。他叫我們分頭攻擊所有的地主，不論好壞。」武冰說。

「糟了，我們快先往葛家去。」

友義領隊急往葛家走去，半途，果然遇見了李勇和民兵押著一批俘虜走來。

「李大哥。」友義跑過去喊道。

李勇見到他，十分驚奇。令他的人等著，自己走上前去，說：「程友義，你不是逃走了嗎？怎麼會在這裏？」

「實不相瞞。我乃是這場暴動的策劃者。豈能臨陣逃脫。」

「好哇。你可真狠心，不但攻我妹夫家，還派劉大成去殺你岳家，連妻子都不放過。若非我及時趕到，他們早已上西天了。」

「這都是劉大成擅自下的命令。我岳父逼我逃走，令江忠父子押我上船。大成誤以為我叛逃，因此懷恨濫殺。我曾下令禁止騷擾善良的地主，原來的計劃中並沒要打葛家。」

「原來如此。」李勇對友義的誤解消除了，暗地欽佩他，但仍板著臉說：「我收到警部命令，要民兵合力剿匪平亂。你說，我這民兵團長該拿你怎麼辦呢？」

「你救了我妻子和岳父家的人，我感激不盡但無可回報，不如就讓你將我綁去交給官府，繳功領賞吧。」

「啊，你肯束手就擒嗎？」

「人人都說李勇是大英雄。我被你所擒，也無遺憾。」

「哈，哈，好說。」李勇大笑。回頭令道：「把俘虜都交給程姑爺帶去看管，我們到尤家莊去助戰。」一揮手，帶他的部隊走了。

此時友義身邊已有一千多人，他本想去援助尤家莊的同志，但見李勇去了，怕有衝突，感到進退兩難。驀地，周阿布帶了百餘人跑來，報告：「大批軍隊已經開進村子了。佔領村公所的兄弟大半陣亡，追兵馬上就要到了。」

「我們勢單力薄，武器不足，只得立即撤退。武冰，你領一百人，分頭去召集同志們，叫他們全退上山，我們將越嶺往南山口突圍。」友義說。

「是。」武冰答應，帶隊去了。

竹清自告奮勇說：「程同志，請讓我帶一隊人去接應尤家莊逃出的的兄弟們吧。」

「好。你帶三十人去追隨李勇，設法救出被困的人，帶他們一起上山。」友義說。

竹清答應，帶隊走了。

不久，出現了一大隊國軍，一邊開槍，一邊追過來。

「程同志，我這隊人自願斷後，請你快帶其他的同志們先走吧。」尤銳說。

「謝謝你，尤銳同志。我向你們致敬。」友義說完便由周阿布一群人護衛著迅速往山邊撤退。

尤銳的兩百人面對千餘個士兵展開了慘烈的戰鬥。他們總共只有五十支槍，一個倒下了，另一個撿起死者的槍再打。戰到子彈耗盡，只剩十多人。尤銳帶領他們拿起空槍衝鋒，準備肉搏，結果全部中彈身亡。

攻破了防線，軍隊開始追趕跟隨友義的一群人。

正危急萬分，驀地，四面八方，無數起義的農民們喊著殺過來。原來，武冰帶去的人，召集分散在各處的隊伍，全往這頭撤退。他們見軍隊追趕友義，便奮不顧身來救。

國軍隊長以為遇到埋伏，急忙收兵。友義安然退進了山林。

尤家莊的戰鬥已經結束，大屋門前屍體堆積如山。房屋和倉庫有多處起火，不少人正在救火。

原來尤洪早有防備，雇請了數十名保鏢在屋內防守，但寡不敵眾，尤恩衝進他的房間開了兩槍，他中槍倒地。

尤恩還要殺尤金滿，但尤保不忍，便將他家人全驅出屋外，準備舉行鬥爭大會。不料，大隊軍警火速趕到。不少暴動者，當場被殺。有的開始縱火燒屋，其餘的四下逃散。尤保為掩護尤恩逃走而陣亡。尤金滿逃過了一劫，他的姨太太被流彈射中而亡。尤洪命大，兩顆子彈都未中要害，他爬出窗子，被警方人員救起。

原先，友義計劃集中兵力佔據尤家莊。當局根據情報，令炮兵朝附近田地發射了不少炮彈。沒料到，劉大成臨時分散了隊伍，反逃過了被全數殲滅的厄運。

天黑，軍方和警隊搜捕犯人時，互相開火，發生了誤殺自己人的慘劇。

李勇帶隊前來。將近尤家莊時，忽見警隊長蔣濟帶了一隊人迎面走來。

「來人報名。」蔣濟遠遠地站住了，喊道。因已發生過誤殺，他沒立即開火。

「我是李勇。你是蔣濟警長吧。」

「李勇，你現在才來。尤家莊的暴亂早已平定了。」蔣濟埋怨說。

「我已在村裏救了不少人家，也捕捉了不少暴民。」

「軍隊已進駐了尤家莊，你把犯人全交給他們吧。我正要去孟家捕捉主犯程友義。」

「什麼，孟家的程姑爺會是暴動的頭領嗎？」李勇故作驚訝狀。

「是呀。你想不到吧，連我都是剛才得到情報的。」

「糟了，我在葛家附近遇見他帶一隊人，以為他是來幫忙剿匪，把抓到的犯人都交給他看管了。」李勇跺腳，道。

「你前功盡棄了。還有不少暴民在逃，你繼續幫忙搜捕吧。我去追擊程友義。」

「我幫你一起去追捕他。」

「不用。我自己去。」張濟說，疾疾地率隊走了。

「哼，怕我搶功。」李勇冷笑。

正在這時，竹清帶著三十個人趕到了。

「李大哥，請等一等。」

李勇回頭見了他，很快猜到了他的來意，便說：「尤家莊已被軍隊佔據了。若你能找到在逃的同伙人，快帶他們走。我能幫你們的，只有這點了。」

「李大哥，你的恩德，我永遠不會忘記。如果我不死，將來一定會回來看你和勤姐的。」竹清含淚說。

李勇也感到難過，忽從脖子上取下一根金鍊，說：「這是我平日帶著辟邪的。送給你吧。」

「不，我要這作啥？你還是自己留著用吧。」竹清拒收。

「收下吧。你要逃難，或許有用得上它的時候。」李勇將金鍊套入了竹清的脖子，轉身走了。竹清望著他的背影，心中充滿了感激。

竹清四處找尋同志，忽見尤恩帶了二十幾人向他跑來。

「尤恩，你們還活著。太好了。」他喜道。

「沒想到軍隊來得這麼快，我們還來不及批鬥尤金滿，但我殺了尤洪。可惜，尤保和許多弟兄們都犧牲了。」

「有多少人逃出來呢？」

「我不清楚，大家四散了。我看見不少同志被殺或被捕。我們這些人都躲在田溝裏，一顆炮彈在我們附近爆炸了，飛起的泥土蓋住了我們，所以逃過了追兵。」

「時間不多，追兵可能回頭重來。我們快找回其他的同志一同往山上逃。」竹清說。

他派出的人陸續回來了，總共尋回三百多個失散的同志。

竹清帶領大夥急忙往山上逃走。正巧，遇上友義的部隊，他們會合一同走了。

天亮時，村內槍聲漸息。孟崇漢年老，受了一夜驚嚇，已疲乏得撐不住，回房間躺下了。紹鵬和慧娘仍在安慰玉蘭。

不料，張濟帶警員來到，不由分說，立即將紹鵬和玉蘭拘捕，又到臥房將崇漢從床上拉起來。三人皆被扣上手銬，拖出門外。

驀地，一輛黑色的汽車開到門口，走下來一個穿軍裝，披著風衣的人。

「文傑！」玉蘭驚呼。

她做夢也想不到，來消滅友義一黨的會是他的情敵。

文傑走到她的面前，憐憫地說：「妳現在應該明白了吧。妳嫁的人原來是陰謀策劃暴動的匪首。妳被他利用了。」

豈知，玉蘭罵道：「你是偽君子。假公濟私，只想報復他奪你未婚妻之仇。」

文傑感到委屈，又當眾受辱，怒摑了她一掌。

玉蘭低頭而泣。

紹鵬求情：「我父親年紀已大，又有病，請你們放了他吧。」

文傑便轉向張濟，說：「放了孟老爺吧，諒他也跑不了。」

張濟遵從了他的命令，放了孟崇漢，只帶走紹鵬父女。

【第十章】情深義重　愛恨交織

大批國軍上山搜捕程友義和他的同黨。豈知，他們竟去得無影無縱。一個月後，消息傳來，程友義率兵突擊，佔領了鄰省的一個鎮公所，當局震驚。

曾任警察局長的鄭達，已轉任為情報處長。一向被他視為世侄的蘇文傑成了他屬下一個組長。這一日，他顯然情緒不佳，含怒令一個傳達員去把文傑叫到他的辦公室來。

「處長，你找我，有什麼事嗎？」文傑立正說。自從他成了鄭達的部下後，不談私交，只遵從上下級的禮儀。

「你坐吧。」鄭達說。接著，嚴肅地說：「因我們情報工作做得好，很快平定了暴動。不料，讓程友義給跑了。如今，他一邊逃竄，一邊攻打重鎮。上級震怒，令我們追查幫助他逃亡的奸細。我想出事當夜，孟紹鵬從上海趕來，十分可疑。一定是有人向他洩露了秘密，令他來通知他的女婿逃亡。你說，這個間諜，會是誰呢？」

文傑暗自心驚，勉強應道：「我已審問過孟紹鵬，他一口咬定是來探他父親的病。他在暴動時刻到達，只是巧合。」

「孟崇漢有病不請醫生，卻半夜把兒子老遠地叫來。不是很奇怪嗎？」

「據說孟老爺常半夜患心疼，看醫生吃藥都無效，孟紹鵬夜裏來探父也有可能的。」

鄭達猛拍了一下桌子，喝道：「不要說了。你分明在幫他們隱瞞。我一向把你當侄兒看待，可是公事公辦，你若循私苟且，我不會原諒你的。你明白嗎？」

文傑發覺鄭達用嚴峻的目光盯著他，彷彿已看穿了他的心事，不由得打了個寒顫，說：「明白了。」

「你明白就好。我限你三日之內抓到向孟紹鵬報密的人。」

「是，遵命。」文傑起身，敬禮，走出了辦公室。

他心中惶惶，信步來到監獄，原本想提審孟紹鵬，又覺得不必多此一舉。此刻，他唯一想見的是令他出賣了自己的女人。於是，他令獄警將孟玉蘭帶到審問室。

玉蘭被押進室內。她蓬頭散髮，面目憔悴，與昔日迥若兩人。文傑見了，不禁心中慘然，讓她對面坐下了，即摒退了獄警。

「玉蘭，我對不起妳。其實，我早已猜到友義的陰謀，因怕妳心碎，不忍心揭穿他。而今見妳這般情況，我真後悔莫及。」他原是審問者，此時反倒成了犯人似地招供。

豈知，她無動於衷，不後悔她和友義的婚姻，只怨恨拆散他們的人。

「可憐的強兒，沒想到你將他抱在膝上時，心裏卻在計劃捕殺他的父親。」她悲傷地泣道。

「玉蘭，請抬頭望著我，妳認為我是個陰險的人嗎？」

「不，我不要看你。我永遠不想再見到你。」她仍低著頭，悲憤地說。

這句話像利劍刺穿了文傑的心。他的面色變得蒼白，激動地說：「如果這是妳的願望，我會讓妳如願的。」說完，他走了。

蕙英見丈夫回家，驚喜地招呼：「咦，你今天這麼早就下班了。」

豈知，他瞧也不瞧她一眼，轉身走入了臥房，仰倒在床上，淚如泉湧。

她見他這般模樣，擔心地走近床頭，問：「文傑，你怎麼了？身體不舒服嗎？」

他霍然坐起來，喊道：「滾開，妳不要管我。」

想不到平日斯文的他，竟會變得如此粗暴，她吃驚地說：「文傑，不論發生什麼事，你都應該讓我替你分憂。我畢竟是你的妻子呀！」

他抬起淚眼，說：「我為她，終日憂心，還遭人恥笑。可是，她對我，無情無義。我可憐她母子，冒險救她丈夫，她卻把我看成偽君子。我求她信任我，她卻說永遠不想再見我。我真是天下最愚蠢的人。」

「你是說孟玉蘭？她目前正在絕望中，無論她對你說什麼，請你都不要理會。日後她知道了真相，一定會請求你的原諒。」

「妳為何還替她說話。」他遷怒於她，故意刻薄地說：「妳難道不知道，我至今仍愛著她。妳為何不嫉妒，不恨她？」

蕙英淚下，說：「我永遠不會恨孟玉蘭。是她，使我夢中的愛人成了我的丈夫。我曾答應過她，照顧你一生，讓你有個幸福的家庭。如果我令你不快樂，那是我沒能作好，辜負了她的期望。」

文傑感動，抱住了她，說：「蕙英，我不該遷怒於妳，婚後我一直覺得很幸福。」

「我不怪你。」她撫慰他，說：「我希望你也能原諒玉蘭。」

「但願她能原諒她自己。」

的機會。」文傑說。

「我不明白你說什麼。」

「鄭達已經懷疑我向孟紹鵬報密，使得程友義逃脫。他限我三日內查出報密的人，只不過是給我自首

他擦乾眼淚，整衣戴帽，便要出門。

蕙英呆了一會，才明白他話中的意思，急忙拉住他，問：「文傑，你要到哪裏去？」

「去自首。」

「不，你不能去送命。」她連忙用背頂住了大門，泣求。

「我背叛了我的黨，應受處分。」

「請你不要這樣評判自己。你想挽救一場浩劫，你有仁德心，不該受惡報。」

「蕙英，沒有用的。黨紀如山，逃避不了。」他搖頭說。

「當初，你因可憐玉蘭母子，甘犯黨紀。如今，你對玉蘭失望就想自投羅網。難道我在你心目中，沒有一點分量嗎？你忍心讓我作寡婦嗎？」她變得歇斯底里，喊道。

「我別無選擇。如果我不去自首，三日後，鄭達就會派人來捉我。」

「哪麼，讓我去自首吧。我就說，是我偷了你的秘密去報信的。他們一定會相信我，放過你的。」

「不，我不會讓妳頂罪的。妳還有母親，何必陪我死呢？」

「鄭達給你三天。你不必馬上去自首，我們慢慢想辦法，好嗎？」

「好吧，至少我們還有三天可以在一起。」他同意了。轉身拿了瓶酒，自斟自酌，直到醉倒。

連著三日，他把自己關在家裏，沒去上班。蕙英替他請了病假。

到了第四日上午，有人來敲門。蕙英驚駭，遲疑了好一會，才去開門。她最害怕的，成了事實，門外站著的正是鄭達派來的人。

「蘇文傑在家嗎？處長有急事請他馬上去見面。」來人說。

「他病了。醫生說不能出門。請你回去和處長說一聲，好嗎？」蕙英懇求道。

不料，文傑已穿戴整齊，走出來，說：「我已沒事了。我這就去見鄭處長。」

「文傑。」蕙英絕望地叫道。

「不要為我擔心。妳好好照料自己。」文傑說。跟著傳令員走了。

蕙英望著他的背影消失，關上門，全身幾乎癱瘓。

為了救丈夫，她趕緊走到書桌前，拿出紙筆開始寫自白書，承認她偷看了他的機密文件，到孟家報密。寫完自白書，又想給她母親寫一封訣別書，才寫了兩行，已悲不自禁。她伏在書桌上哭累了，竟睡去。模模糊糊，也不知睡了多久，被人搖醒。她睜眼一看，見文傑站在她身邊。

「文傑？我不是做夢吧？」她驚喜，站起來抱住他，叫道。

「不，不是夢。我已回來了。」他微笑說。

「快告訴我。你見了鄭達怎麼說？」她催問。

「其實，我什麼也沒說。」文傑笑道。「鄭達一見我就先說：孟紹鵬請了一名律師，堅持他是無辜的，法庭已批准他保釋，上頭也暗示我們，不要再為難他了，所以你就不必去追查有無人向他報密了。他還說我面容憔悴，自動多放我一天假。我就回來了。」

蕙英聽說，大喜。轉身拿起剛才寫好的書信，揉成一個紙團。

「妳剛才寫了什麼？讓我看看。」文傑說。

「不給看。那是我的秘密。」她急忙把紙團藏到了身後。

文傑笑著進逼，她以為他要搶她的紙團，想逃避，但身子被書桌頂住，心中著急。豈知，他雙手捧住了她的臉，低頭吻她的嘴。於是，她鬆手丟棄了紙團，用雙臂環抱了他的脖子。

檢查官撤銷了對紹鵬的起訴，但將玉蘭送上了法庭。

本來，玉蘭也可以獲得保釋，因她拒絕和友義離婚，被以共黨同情者的罪名起訴。

開庭那日，法庭內外擠滿了人。玉蘭站在被告的圈欄內，蒼白而消瘦。

紹鵬為她請了一位名律師，替她辯護。

「事實證明，她的確不知丈夫是共產黨人。事發後，她受了嚴重的精神打擊，已暫時失去了判斷是非的能力。因此，她的言行不能做為罪證。不肯離婚，只因情深。她的罪名，如果一定要判的話，應該是太痴情而不是同情叛亂者。」律師說。

審訊持續了一個多月，許多證人都上庭證明她的無辜。各大報紙日日做報導，輿論大多同情被告。

終於到了宣判日，法官宣判玉蘭無罪釋放，只責令紹鵬監督女兒，不許她離家遠走。

玉蘭由父親扶著走出了法庭。

蕙英上前說：「玉蘭，恭喜妳重獲自由。」

此時，玉蘭已獲知文傑支使蕙英報信的事，她感激地抱住了蕙英，說：「謝謝你們為我所作的一切。我錯怪了文傑，不知他能原諒我嗎？」

「只要妳肯見他，相信他會原諒妳的。」蕙英說。

「我想見他，我要當面向他道歉。」玉蘭說。

忽聽得一人在她身後說：「他已經原諒妳了。」

她急忙回頭，驚喜地叫道：「文傑。」

「玉蘭，妳好好保重自己，忘記過去的一切吧。」文傑說。

「可是，我怎麼還得清，欠你的人情債呢？」

「妳已經預付了，因為妳給了我蕙英。」

【第十一章】
衝出重圍　千山萬水

程友義帶著逃出的同志，一面與國軍周旋，一面迂迴地朝向蘇區撤退。他們伏擊追兵，奪得了不少槍枝和彈藥，沿途又招募了許多貧農，實力大增，以游擊戰術佔領了幾個村鎮。等對方的大軍開到，便棄鎮而逃，如此，戰戰走走拖了三個多月。

這一日清晨，他們來到一個山城外，正是當初友義來投共的地方。然而，這山城已被國軍佔領，友義決定親自潛入城裏探查敵情。

他只帶了王竹清和周阿布，三人皆扮成樵夫，各挑了兩擔柴向山城走去。他已留了滿腮鬍子，頭上戴了頂瓜皮帽，遮蓋他的面貌。

在城門外，友義發現牆上貼了許多佈告，上前一看，赫然發現他的相片印在一張通告上，原來是懸賞捉拿他的，賞金是五千元。他掉頭就想離去。

城牆邊，一個賣豆漿燒餅的攤販向他招手，說：「老鄉，你們吃了早餐再進城吧。」

他被燒餅的香味吸引，又想向攤販探問消息，便走過去。

「我們每人要一碗豆漿、一個燒餅。」友義說。

攤販便從一個木桶中盛了三碗豆槳放在桌上，另用舊報紙包了熱燒餅遞給他們每人一個。

友義將報紙攤開了，一面吃餅，一面看報。

忽聽攤販向他身邊一個婦人說：「老婆，咱們今天走運了。眼看有筆獎金可拿，這輩子不用再賣餅了。」

友義吃了一驚，抬頭問：「你說什麼？」

「程友義，你別裝蒜，有幾個樵夫會看報呢？」賣燒餅的向他眨眨眼。

王竹清和周阿布一聽，就要動武。

「別動。怕城下的士兵看不見你們嗎？」賣燒餅的警告他們說。

「你們站開去。我看這位大哥並無惡意，也許我們可以和他交個朋友。」友義發覺對方有點面熟，但想不起在何處見過。

「對。我丁山，最愛和江湖好漢結交朋友。」

「嗄。原來你是丁山，難怪我覺得有點面熟。」友義大喜。

「瞧你，身價不過五千，已認不得昔日的朋友了。若漲到一萬，恐怕六親不認了吧。」丁山譏諷他。

「好說，好說。」友義自覺慚愧。其實也難怪他，當初在培訓班時，丁山剃了光頭。這時不但長髮蓋頭，而且做了些裝扮，顯得臉形不同。

「還有我的老婆，你也不認得了嗎？」丁山說。

「啊，請問嫂夫人是誰？」友義說。心想，我未知你娶親，哪裏會認得你老婆。不料，見那婦人向他扮了個鬼臉，竟是男扮女裝。

「丁慶！是你。」他失聲叫道。

「都為了你這負心漢，我改嫁了武大郎。天天跟著他賣燒餅，從早賣到晚。真好不命苦耶。」丁慶嬉笑地說。

友義聽了，忍不住哈哈大笑。竹清和阿布也都笑了。

「喂。你們可別樂極生悲。」丁山急忙警告說。

丁慶變得正經了，說：「我倆是奉言司令之命，特來此帶領你們突圍，與我們的主力軍會合的。」

「你們怎麼知道我會走到此地呢？」

「唉，你不但和敵人捉迷藏，也和我們捉迷藏。我們最初追趕你，每到一處，你又先一步跑了。後來，言司令研究你走的路線，猜想你最終會來到這裏，所以令我們預先來等。我們借住在一個老農家，每天在此賣燒餅豆漿，已十多天了，你才到。」丁山說。

「言司令真是神機妙算。」友義讚道。

「我們快走吧。」丁慶說。

友義已預料追兵將至，一回到本部，即刻帶隊出發，沿著山路急行。約兩小時後，追兵趕上，槍炮齊發。

「丁慶，你快保護友義先走，我來斷後。」丁山說。

「友義，你若有閃失，我們無法向言司令交待。請快帶一隊人跟我走。」丁慶說。

友義即令王竹清帶一隊人跟隨，又令周阿布和尤恩帶領餘眾聽從丁山的指揮。

不料，他們一行人剛脫離了主戰場，前方又出現另一隊國軍。

槍彈如雨般射來，友義首當其衝，千鈞一髮，竹清挺身掩護他，中槍倒地。

「竹清。」友義抱住為他捨命的戰友，悲傷地喊道。

「不要管我，快逃。」竹清說完即閉目暈倒。

「快走。」丁慶急拉了友義，往左邊的山林跑。

到黃昏時，只剩十來人跟隨，其餘的不是戰死，就是留下掩護他們突圍。

他們逃脫了包圍，都已筋疲力盡。

「不跑了，就在此決一死戰吧。」友義停下，扶住一棵大樹，喘著氣說。

此處距共軍的大本營還遠得很，丁慶也開始絕望。

忽然，從前面的山谷中開出了一隊大軍，他們都心想：完了。

不料，對方軍中有一人疾速向他們跑過來，大叫：「丁慶。」

丁慶定睛一看，喜歡得雀躍，喊道：「是方亮，我們的援軍到了。」

「程友義呢？你找到他沒有？」方亮問。

「哪，這大鬍子不就是他嘛。」丁慶指著身邊的人。

「程大哥，我幾乎認不出你了。」方亮熱情地伸出手臂。

「一別三年，你長高了。」友義抱住他說。

「言司令退隱了半年，又出來領兵了。他剛帶了一團兵，來到這山谷中埋伏。準備接應你們。」

「啊，言司令親自來了？」友義驚訝道。

回頭看，大軍已開到。

言得軍笑嘻嘻地向他走來。說：「友義，別來無恙。」

「不好。剛才全靠同志們的掩護才得逃脫。到此，以為面臨絕境，幸而是援軍。但我帶來的五千多人恐怕已傷亡重大。丁山也在後頭，我們快去援救他們吧。」友義說。

「好，我們走。」

前線戰鬥激烈，寡不敵眾，尤恩首先陣亡。

不久，丁山也中槍倒地。周阿布令人背著他先逃，自己率眾掩護著且戰且退。正在危急關頭，幸而援軍開到。

追兵戰鬥了多時，都已疲憊。言司令的部隊以逸待勞，不久就將他們擊退，還反過來追趕了一陣，方才收兵。

戰鬥結束，周阿布帶了殘部來見程友義，其中一人背著負傷的丁山。

「丁山。」友義、丁慶和方亮都一擁上前，抬扶他躺下。

丁山失血過多，奄奄一息，抬眼見了友義，露出一絲慘笑，說：「你平安，我就瞑目了。」隨即死去。

友義大慟，眾人也都悲傷。

「請節哀。敵軍可能捲土重來，我們不宜久留。快走吧。」言司令說。

友義以為王竹清也已死，沒回頭去尋，跟著大軍走了。

那天，正巧有一個上山採草藥的大夫，聽見槍砲聲，嚇得仆伏在山岩下，不敢現身。直到四周平靜了，他才慢慢地爬出來，確定戰事已結束，即匆匆忙忙地下山。

沿途見滿山遍野的死屍，不由得他心驚膽顫。忽然，瞥見身旁金光一閃，他好奇地回頭看，只見一具死屍的脖子上露出一條金鍊，在夕陽的照耀下閃閃發光，十分耀眼。他便放大了膽子，走近去，在死者身邊蹲下，一手抬起死者的頭，一手去取金鍊。

不料，死者突然復活，睜開了眼，嚇得他魂飛魄散，一屁股坐倒在地上。

「你拿去吧。反正我已用不著了。」竹清微弱地說。

大夫瞧著他那張年輕清秀的臉，起了惻隱之心。檢查他的傷勢，只見右肩中槍傷，血塊已凝結，心想或許仍可救治，便說：「等我救了你的命，你再將金鍊給我做報酬吧。」於是，扶起他，帶回家去。

這個大夫姓喬名桑，年齡五十中旬，妻子已亡故，兩個女兒都出嫁了，他便隱居，專心研究草藥。家裏只有一個老僕人照顧他的飲食起居。

回到家裏，喬大夫即將竹清放在床上，動手術，取出了嵌在肌肉裏的槍彈，在傷處敷了草藥。竹清在昏迷中度過了一天一夜，到第二日才有起色，又過了一日，他已能起坐了。

喬大夫問起他的身世，得知他是孤兒，驚奇說：「我見了你的金鍊子，還以為你是富家子弟，原來你從小沒了家，被賣身當奴了。這金鍊子不會是你偷來或搶來的吧？」

「不，金鍊是我的恩人給我的。我不能告訴你他的姓名，因為我參加了共產黨，怕連累他。」

「前天的戰役中，你的同黨已傷亡殆盡。你傷癒後，將何去何從呢？」

「我無家可歸。傷癒之後，還是去尋找我的同志，因為我已走上革命之路，不再回頭了。」竹清傷感地說。

「外面正在搜捕共產黨人，你不如暫時在我這兒住一陣子吧。」

「你救了我的命，我感激不盡，還要麻煩你，我很過意不去。我寄住你家時，就讓我當你的僕人吧。」

「你先休養一個月再說吧。目前，你不能勞動，免得傷口迸裂。我有一個老家人服侍，不須你費心。」

「謝謝你。」

竹清休養了一個月，傷初癒，便出外打聽共軍的下落。然而，獲得的消息，卻令他大失所望。國軍大舉圍攻，共軍節節敗退，聽說已被逼得遠走荒山野地。他只得寄住在喬大夫家。

喬大夫唯一的僕人，姓張，也已五十多歲了。竹清自動幫老張劈柴、擔水、灑掃庭院和做家務。

「你的傷還沒完全痊癒，但你不肯聽話安靜地休養，大概是閑著難過，我給你一些醫書看吧。」喬大夫說。

「我識字不多，看不懂醫書。」竹清說。

「慢慢來，我教你。查了生字，還看不懂的，你可以問我。」

竹清大喜，說：「我願意拜你為師。」立刻跪下磕了頭，拜了師。

從此，竹清開始日夜讀書，還陪喬大夫採草藥，學習配藥和煎藥。

他在喬家一住三年，直到發生了西安事變。曾因喪失東北而被國人譏為「不抵抗將軍」的張學良，不願遺臭萬年。為表達他的愛國心，在西安發動兵變，逼使蔣介石停止內戰，容共抗日。他這一舉，使得垂敗的共軍得到喘息的機會，也令中國歷史改轍換道。

竹清始終未放棄他的革命理想。當他探知共軍已進駐延安時，便向喬大夫辭行。三年的相處，他們已情同父子，喬大夫萬分捨不得他走，但無可奈何。

「這條金鍊子原是你的，你還是帶走吧。」喬大夫說。

「不。你救了我命，又收留了我三年，這條金鍊豈能報答你對我的恩情。請你留著它，作紀念吧。」竹清說。

「你我有緣份，不必計較恩情。不如將金鍊賣了作你的旅費吧。」

次日，喬大夫便到當舖把金鍊換了錢，全給竹清作旅費，還和老僕一同陪送十里路，才依依不捨地分手。

到了延安，竹清便聽說程友義不但活著，還成了高級領導之一。

原來，友義參加了紅軍萬里長征的隊伍，走過千山萬水，九死一生。在艱難的歷程中，他和不少共黨領袖成了患難之交。

這時，只要竹清去求見友義，立即會被提拔重用，然而，他不願高攀，只想走自己的長征路，於是，他去報名，做了一名士兵。

有一次，操練時，他瞧見友義和幾個高級領導一同坐在閱兵台上。他心中充滿了喜悅和崇敬，舉手敬禮，行過台前。

只可惜，程友義從沒想到王竹清還活在世上，甚至已淡忘了這個名字。

不久，竹清隨部隊調離了延安，失去了和友義重逢的好機會。

【第十二章】
尋夫試夫　再續姻緣

友義出走後，玉蘭為他坐牢、受審，毫無怨言，堅決不肯離婚。她強迫自己相信他是真心愛她，然而，卻無法排除受他欺騙和利用的事實。愛與恨，幾乎令她發狂。幸而，有一個天真可愛的兒子，還有愛護她的父母和兩個弟弟，她才逐漸擺脫了憂鬱症。

西安事變後，內戰結束了，她日夜盼望與丈夫重聚，願意追隨他共同為理想奮鬥。

上天不負苦心人，友義終於來了一封信。

玉蘭一見信封上的字跡，淚已潸潸而下。等看完信，她反而平靜了，說：「友義信上說，他走過千山萬水，已平安抵達延安。希望我能前去和他相會。」

「妳決定去見他？」婉珍問。雖然，她已猜到答案。

「是的。我已等了很久。」

「媽媽，我呢？」五歲的克強問。

「爸爸說他很想念你，但他目前住在窯洞裏，怕你去了不方便，所以要媽媽先去。」

「不，我要和你們在一起。」克強哭了。

「好孩子，聽媽媽說，外公外婆平日最疼愛我們兩個。若我們一起走了，他們會很傷心。請你讓媽媽先走，你晚點再來，好嗎？」

「好吧。媽媽，妳一定要回來接我噢。」克強終於被說服了。

「一定。你是媽媽的心肝寶貝。媽媽一定會將你帶回身邊的。」玉蘭緊緊懷抱兒子。

她迫不及待地寫回信。然而，寫到一半，突然停筆，拿起友義的信，看了一遍又一遍。他在信中只說希望能再見她一面，並沒有請求破鏡重圓。

她開始猜疑，他所要求的相會，究竟意味著什麼，是當面交涉離婚？還是重修舊好？他能保證不再拋棄她嗎？一時裏，新愁舊恨都湧上心頭，她覺得應該給他一個教訓。

「我不回信了，想直接去延安找友義，先試探他，再決定要不要與他相認。」她向家人宣告。

「開玩笑。結髮夫妻枕邊人，見了面，妳怎能瞞得過他呢？」婉珍說。

「他一直認為我是個養尊處優的富家千金，不能與他同甘共苦。由於他的偏見，他還沒真正認識我，所以我相信能瞞得過他。」

「姐姐，我贊成妳的計劃。要是姐夫沒有與妳共度一生的誠意，妳還是不要與他破鏡重圓的好。」玉祺說。

「對，應該給姐夫一個教訓。」玉棠揮著拳頭，說。

「這是他最後的一次機會了。你們要就白頭偕老，否則趁早離婚吧。」紹鵬也贊同。

臨行前，她又收到友義一封信，照樣沒回信。

二月初，玉蘭來到延安的共區。各地來投誠的知識份子很多，他們大都是為響應抗日救國的號召，對共產主義只是一知半解，或不求甚解。

她剪了平直齊耳的短髮，穿了一套樸素的棉衣褲，將自己名字中的「玉」字除去了一點，作為姓，化名王蘭，報名申請入黨。她和其他被錄取的知青一起加入了青年團，還不是正式黨員。

王蘭被分配到一間由窯洞改建的宿舍。房間裏已住了一個女青年名叫沈瑛，身高五尺六寸，梳了兩條長辮子，眉寬眼大，性格豪爽，頗有一股男兒氣概。沈瑛一見新室友就先作自我介紹，她二十歲，是山東人，她和她哥哥沈勵一起來的。王蘭很快和她成了好朋友。

黨部為青年團舉行了一個盛大的歡迎晚會。在大會廳裏，新團員們在走道兩邊排列，與前來參加盛會的高級領導們握手。這些歷經危難而不屈不撓的領導人早已被團員們視為英雄人物，所以，他們一進入會場，立刻搏得熱烈的掌聲和歡呼。

孟玉蘭終於瞧見她朝思暮想的人出現在門口。他穿著一件軍便衣，面容消瘦，但風采猶存。

她激動得淚水泉湧，剛好最高領導人走過來和她握手，她乘機發洩熱情，讓淚水暢快地流盡。當友義走到她面前時，她已擦乾淚，能自制了。

「玉蘭！妳幾時來了？」他一見她，驚訝得幾乎不敢置信。

「不，你弄錯了。我叫王蘭，不是玉蘭。」她指了指貼在胸前的名牌。

「不，妳明明是孟玉蘭。我是妳的丈夫程友義呀，妳難道不認識我了嗎？」

「原來你就是經歷過萬里長征的程友義同志，久仰，久仰。」她高興地說。

「妳為什麼不認我，難道，是我在作夢嗎？」他覺得迷糊，失望得幾乎落淚。

她的心軟了，正想放棄試夫的念頭，卻聽得，友義身後的一位幹部說：「程同志，你大概想妻子想瘋了吧。見了與你妻子面貌相似的女子就糾纏不清，真要不得。快放了王蘭，向前走吧。」

友義聞言，急忙放開她的手，說：「啊，對不起。大概是我弄錯了。」才向前走一步，即刻被另一位女青年拉住了手。

「程友義同志，你好。我叫沈瑛，我看過有關你的報導，我好崇拜你。」

「謝謝妳。恐怕寫報導的人有點言過其實吧。」友義只得應付說。又向前走，握了幾個青年人的手，他回頭看，見王蘭正和其他的幹部們握手聊天。

他暗想，若是他的妻子，決不可能對自己如此無情。

會台上放置了三排椅子，友義坐到最後一排的角落上，向台下偷瞧王蘭。發現她正專心聽著領導人的演講。

他猶記得，孟玉蘭面色紅潤，身材豐滿，平日注重儀容，留長髮，衣服也相當講究。然而，面前的王蘭蒼白消瘦，頭髮短而直，穿了件粗布作的棉衣。於是，他開始相信王蘭只不過和他妻子面貌相似而已，並非同一人。

演講結束後，由文宣隊的人表演了幾場歌舞和話劇。接著，舞會開始，大家將會場內的椅子搬到牆邊，開了唱機，跳起交際舞。

友義來到王蘭面前，請她跳舞。

「謝謝你，但我不會跳交際舞。」她說。

「沒關係，我教妳。」他微笑說。心想，這又是一個證明，眼前的人不是他的妻子。

她和他攜手進入了舞池，為了避免露出真相，一開始起步，就故意踩了他一腳。

「啊，對不起。」

「不要緊。我這雙走過千山萬水的腳，絕對經得起妳的布鞋。」他笑道。

「你一定離家很久了吧。剛才把我錯認成你的妻子，可見你十分思念她。」

「我離開她已有三、四年了。妳的容貌和聲音幾乎和她的一模一樣。當然，也可能是因我思念過度而產生了錯覺。」

「你已和她通信連絡了嗎？」

「寫了兩封信，但如石沉大海，至今未有回音。王蘭，妳結過婚嗎？」

「我有丈夫。他加入共產黨，因逃避國民黨的緝捕而失蹤了。」

「他叫什麼名字？妳是特來此地尋他的嗎？」

「他叫卓易。在這裏，我們重逢的機會大些，另外，我也願意追隨他的志願，所以來申請入黨。」

「卓同志有妳這樣的好妻子，真是個幸運的人。希望你們夫妻終有團圓的一天。」

「謝謝你。希望你和你的妻子也能早日團聚。」她說，又故意踩了他兩腳。

一曲終了。沈瑛走過來說：「王蘭，妳快把程友義的腳踩爛了。下一曲，讓我來和他跳吧。」

「好。程同志，這位是我的室友沈瑛，請你和她跳吧。」王蘭說，自動退到了一邊。

友義和沈瑛跳完了一曲，又換了幾個舞伴。他似乎有意在王蘭面前顯示他的舞技，跳得很瀟灑輕快。最終一曲，他仍請王蘭跳。

「你今晚好像玩得很開心。不想念你的妻子了吧？」她問。

「有這麼多女同志一起快樂地跳舞，我暫時不想她了。」他開玩笑說。

她暗中嘆氣，心想，恐怕要好久才能團圓。

程友義擔任新團員培訓班的政治主任兼教師，王蘭又成了他的學生。她專心聽講，用左手做筆記，上了一個月的課，始終沒讓他識破她就是孟玉蘭。

初時，友義仍有疑惑。他暗中偵察，曾到過她的宿舍外，瞧見她蹲在水盆前用洗衣板搓洗衣服。大家一起打掃教室時，她也特別賣力。在家時，有僕人操勞，他還沒見過妻子親手做家務，於是他不再懷疑。

訓練班結束了，團員們填寫了志願，等候分派。蘭選擇到農場勞動。

友義約見了她，勸說：「下鄉參加春耕，很辛苦的。請妳重新考慮。」

「我已經決定了，不用再考慮。你在課堂上，不是鼓勵知青學習無產階級刻苦耐勞的精神嗎？我認為，下鄉勞動是我必上的一課。」

「我真佩服妳。好吧，我批准了妳的志願，預祝妳順利從農業大學畢業。」

「農業大學？」

「這是我們給實習農場的稱呼。農場是大學，農民是教授。」

「原來如此。」她恍然大悟，笑了。

一霎時，他失了神，心想這笑容不正是孟玉蘭的翻版嗎。

「王蘭，妳可有姐妹嗎？」他迷惑地問。

她真想大笑，因為他倆初次單獨在一起時，他也問過同樣的問題。如果她回答：我沒有屬兔或屬虎的姐妹。那麼，他馬上就能覺悟了。

她用了好大的自制力才把這句話吞下肚裏，強迫自己一本正經地回答：「程主任，我猜想你指的是我的女同志吧。是的，我已結交了不少姐妹。」

「哦。」他如夢初醒，連忙斂神，說：「好。我們今天的會談就到此為止。妳對分派的事還有什麼問題，可隨時來問我。」

「謝謝你。再見。」

等遠離了辦公室，她忍不住放聲大笑，而且止不住，一路笑著跑回了宿舍。

「咦，程主任和妳說了些什麼，令妳這麼高興？」沈瑛問。

「他沒說什麼，只是批准我去上農業大學。」

「妳令我自覺慚愧。我申請到辦公室做事，也剛被批准了。」

「不要這麼說，勞心或勞力都一樣重要，我恭喜妳達成願望了。」

「王蘭姐，我有件心事，想徵求妳的意見，可以嗎？」一向坦率的沈瑛，突然變得吞吞吐吐。

「當然可以。請放心說吧。」

「我喜歡上一個男同志，但不知如何向他表示。妳能教我嗎？」

「妳戀愛了？對方是誰？」

「程友義。」

「嗄，不成。他已有妻室。」王蘭心中暗驚。

「他的妻子是資本家的女兒，已經背棄了他。」

「妳怎麼知道他的妻子背棄他？」

「我哥哥在辦公室做通訊員。我聽說程友義給妻子寄了不少信，但連一封回信都沒有，他失望又痛心，幾乎要發狂了。上回，他不是差點錯認了妳嗎？」

「沈瑛，妳一定可以找到更合適的對象，無須去愛有婦之夫。」

「他可以離婚呀。連毛澤東都拋棄了與他出生入死的老婆，另求新歡了。」

「倘若程友義想休妻，我猜想孟玉蘭也不會反對的。」蘭氣餒地說。

「那麼，妳贊成我追求他了。」沈瑛高興地說。

「不贊成，也不反對。我不能教妳如何追求他，妳自己見機而行吧。」

蘭開始後悔，她可以體會友義收不到回信時的頹喪心情，深怕他在尚未認出她之前，造成難以彌補的錯誤。

在她下鄉的前一天晚上，他約她單獨出外一談。這是個好機會，她打算和他相認。

「妳明日就要下鄉了，我真有點捨不得讓妳走。」他說。

「你不如早日去尋回你的妻子吧。」她說。

「唉，哪裏去尋？那負心的女人，連一封信也不回給我。」他嘆氣說。

「或許她根本沒收到你的信，也可能她已經離家來尋你了。」她給了他一個暗示。

可惜，他沒領悟，武斷地說：「不可能。我猜想她已移情別戀了。」

「你不信任自己的妻子嗎？」她驚道。

「她是個水性楊花的女人，我離家三年多了，她一定不甘寂寞的。」

「水性楊花！她曾對你不忠嗎？」

「說來話長。我和她訂婚後，離開了她一年，回來時她已準備和別人結婚了。要不是我用計將她奪回來，她早就是那人的妻子了。」

多麼自負的男人呀！她想，他居然將他自己的過錯忘得一乾二淨，把造成愛情波折的責任全推在她身上了。又想起她為他坐牢，所受的身心折磨，不由得心灰意懶，團圓的願望也冷卻了。

他見她低頭不語，抱歉地說：「對不起。我不該向妳訴苦，談我的私事。」

「不。我只是為你難過。」她抬起頭說。

「妳的丈夫也一直沒信息嗎？」

「還沒有。但是，我相信他終有一天會回到我的身邊。」

「我會替妳去打聽卓易同志的下落。」

「謝謝你。時間不早，我該走了。再見。」

他望著她的背影，突然有一種直覺她就是他的妻子，不由得喊道：「孟玉蘭。」

然而，她頭也不回地走了。他又懷疑是自己的錯覺。

延安附近的一個山村裏，天剛破曉，王蘭肩上搭著一根扁擔，跟隨農民一起到溪邊去挑水。她挑了兩擔水，才走了幾步便失去平衡，摔了一跤。周圍的農民見了，都哈哈大笑。

「不怕，才生平第一次挑水。過兩日，我就能趕上你們了。」她自我安慰。

她是前一日才到的，寄住在一個姓曹的農民家裏。這家夫婦有個十七歲的女兒，名叫翠珠。她就在翠珠的房間裏搭了個帆布床睡。

頭幾日，她全身酸痛，手上起了厚繭，咬牙忍了。不久，她適應了環境，不再容易覺得疲勞。

一天早上，她正彎著腰在麥田裏插秧，忽聽見馬蹄聲，她抬頭見一人騎著馬來到田邊。

「王蘭，請妳過來一下，好嗎？」他瞧見了她，向她招手。

她覺得意外的驚喜，將秧苗交給身邊的翠珠，一邊用布巾擦手，一邊走過來。

「程主任，好久不見了。你好嗎？」她高興地說。

「好。妳呢，是不是因工作太辛苦，度日如年呀？」他下了馬，笑道。

其實，忙碌使日子過得快，她覺得久，是因想念他。有苦說不出，她只淡淡一笑，說：「開始不習慣，現在已好多了。你來找我，有什麼事嗎？」

「有一件重要的事。我們可以找個地方談談嗎？」

「到我住的農家去吧。」

她帶他來到曹家的門口，摘下了頭上的斗笠，當扇子。他將馬拴在樹旁，回頭見她熱得兩頰泛紅，像塗了胭脂一般艷麗，不由得想起妻子，有點迷惑，說：「請妳把手伸出來，給我看看。」

「哦？」她一怔，但還是服從了，放下斗笠，將雙掌呈現在他面前。

他握住了她的手，撫摸掌上的繭，說：「妳的面貌真像我妻子。若非妳手上這些勞力的證明，我就要發誓妳就是她的偽裝。」

「哈。難道你妻子和我的差異只在一雙手嗎？」她覺得又好氣又好笑，抽回了手。

「她的手只會寫詩作畫，拿不動鋤頭。」

「這有何難。你把她接來和我一塊勞動，不消兩日，她就會變得和我一模一樣了。」

「她是富家女，從小嬌生慣養，那肯吃苦呢。」

她對他失望，想轉移話題，問：「你說有一件重要的事，究竟是什麼？」

「一個月前，我寫信請上海的同志調查卓易的下落，剛接到回信說查不到卓易的檔案，也可能他已遇難。我希望妳有心理準備。」

「無論卓易是否還活在世上，我都願意為他守身，因為我不像孟玉蘭，水性楊花。」

「我真羨慕卓易，能有妳這樣堅貞的妻子。」

「俗語說：文章是自己的好，老婆是人家的好。程主任，請恕我直言，我覺得你也有點俗氣。」

「我不但俗氣，還夢想和卓易換妻呢。」他半開玩笑半試探。

「你在調戲我嗎？」她佯怒。

「不敢，我告辭了。若有卓易的新消息，我會再來通知妳。」他對她一鞠躬，騎上馬走了。

她感到無限惆悵，恨不得跟隨他去。

不料，才隔了兩天，他又來曹家找她了。

「啊，你這麼快又有了卓易的消息嗎？」她驚奇地問。

「不。我是特來告訴妳，我奉命去山西執行一個重要的任務，明日就得走。」

「啊，你要去多久？能常回來嗎？」

「至少要一年半載才能回來。王蘭，妳會想念我嗎？」

「會的。」她心亂如麻，憂愁地說。

「那麼，妳這兒實習結束後就來山西找我吧。」

「你是說，希望我去探訪你？」

「不。我直說了吧。卓易下落不明，很可能已不在人間。我希望和妳結婚。」

「可是，就算卓易不在了，還有孟玉蘭。」

「不用管孟玉蘭了。她不回我的信，就表示已經恩斷義絕。」

「你確定她收到了你的信嗎？」

「妳提醒了我。也許是她娘家的人扣留了我給她的信。」

「換言之，若孟玉蘭不回信是因為沒收到你的信，你就不會跟她離婚，是嗎？」她懷抱一線希望。

「不。我已經決定了。我寧可要一位女同志，不要一個嬌妻。」他斷然說。

「我聽說，你還有個兒子。」

「是的。他叫程克強。我離開他時，他還不到兩歲，大概已不記得我了。」他顯得有點難過，但很快拋開了對兒子的思念，走到她跟前，屈一膝跪下，說：「王蘭，我已經向妳表白我的心意，請妳答應我的求婚，好嗎？」

「不，我想等你和妻子離婚後再答復你。在這之前，請你不要再提此事。」

「妳真是個狠心人。妳可知道，我愛妳已近於瘋狂。」他失望地站起來。

「我希求的是一輩子的愛。」她說。

「我會愛妳一輩子，永遠和妳做夫妻。」他舉手發誓。

「那麼，你儘快設法取得孟玉蘭的同意吧。」

「好，我走了。妳多保重，再見。」

友義離去後，蘭十分沮喪，獨自坐在山坡上，思前想後，感到無限悵茫。

忽然，從她身後閃出一個軍人，坐到她的身邊，問：「王蘭，妳在想什麼？」

她回頭看，認識是駐守村莊的一名連長，名叫陸榮。他二十八歲，膚色棕黑，中等身材，十分壯健。

「陸連長，原來是你，嚇了我一跳。」

「對不起。我正想去曹家找妳，恰巧瞧見妳坐在山坡上，就上來了。」

「你找我有事嗎？」

「我有件私事，想請妳幫忙。可以嗎？」

「只要我能做到的就行，你說吧。」

「我想請妳替我改篇作文。」陸榮說，從口袋裏取出一個鼓鼓的信封袋，交給了她。

「咦，怎麼紙袋封了口，像封信似的？」

「因為我怕找不到妳，要托人轉交，所以封了口。天快黑了，我先送妳回去，妳再慢慢看吧。」

「好的。」王蘭不疑有他，一面和他談天，一面走回住所。

晚上，她點了盞油燈，撕開信封，取出文章來看，不料，是封情書，開頭寫著「親愛的王蘭同志」，接下來是敘訴他如何傾慕她。

看完信，她將自己的名字塗黑，仍將信放回信袋裏。

次日，她來到山坡上時，發現陸榮已先到了，等著她。

他一見她，就急切地問：「妳看了我的文章嗎？」

「看了。文章寫得不錯，我只塗改了一處，還給你吧。」她將信交還給他。

「妳喜歡，太好了。昨晚我又寫了一篇，請妳指教。」他興奮地說，又取出一封信。

她拒收，說：「不。我不善於批改這類的文章。上一篇，我只塗去了抬頭人。」

「原來妳並不喜歡。我的學問淺，文字粗俗，妳瞧不起我這當兵的。」他惱怒了。

「不關係你或你的文章，我是個有夫之婦，我的丈夫也是黨員。」

「我已打聽過，妳的丈夫失蹤了，不是嗎？」

「我相信他會回來找我的。我到延安後，學得一個信條，就是：絕不放棄希望。」

「我們當兵的也有信條，那就是：無論對方的防禦有多強，都要攻克他。」

「城堡可以攻克，但愛情是不能征服的。」

「我同意。愛情不能用武力奪取，但是總可用誠心感動吧。王蘭，無論如何，請妳不要嫌棄我的情書，因為妳是我的靈感，妳能使荒野長出奇葩，使我這雙粗糙的手寫出詩句。和妳在一起，我感覺就像一隻毛蟲變成了蝴蝶。」陸榮自我陶醉，滔滔不絕地說。

王蘭啼笑皆非，不得已，只好收下了他的第二封情書。

從此以後，她一見到他，就立刻躲開。

陸榮並不死心。王蘭不願見他，他便差遣一個小勤務兵每天給她送信。她不忍心讓小兵為難，乾脆一律照收，只是不拆開，全收藏起來。

為了避免陸榮的糾纏，王蘭不再獨自外出散步。晚上有剩餘的精力，她開始召集鄰近的兒童們，教他們唱歌謠，作遊戲。婦女們也都自動來找她聊天或請教。曹家門前很快就成了聚會所。

一日，王蘭聽說有一個名叫秀姑的女人被丈夫虐待的事，令她義憤填膺。

秀姑自幼被賣到楊家作童養媳，過著奴僕般的生活。她已懷孕六個月，但是，婆婆和丈夫非但不疼惜，仍然照樣虐待她。前一日，因白天工作太累，晚上她倒頭便睡，拒絕和丈夫做愛，結果遭受一頓毒打。

「翠珠，請妳陪我去楊家為秀姑打抱不平，好嗎？」她向曹家的姑娘說。

「不行，我不能去。」翠珠膽怯地說。

「為什麼？」

「因為楊家有兩兄弟。秀姑嫁了大郎，我爹娘將我許配了二郎。我不願去惹事。」

「如此，妳更應該去講理，否則，等妳嫁過去後不也要被虐待嗎？」

「不會的，楊大娘疼我。二郎的性格也比他哥哥好很多。」

「無論如何，秀姑將是妳的嫂嫂。妳不能眼看她受虐待而不幫她呀。」

「不，我爹娘早關照過我，不要多管閑事。」

王蘭無法說服翠珠幫她，便決定自個去楊家理論。

次日，她尋到楊大郎的家門口，見秀姑坐在一個小板凳上，低頭洗衣服，臉上和手臂上都佈滿了烏青。

「秀姑，請告訴我，是誰打了妳。我會幫助妳的。」

秀姑驚訝地抬起頭，見了她，忍不住哭了出來。

驀地，屋裏出來一個粗野的男人，惡聲惡氣地說：「是誰在挑唆我老婆？」

「楊大郎，我問你。是不是你毆打了秀姑？」

「啊，原來是王蘭同志。我和秀姑從小打到大。妳不必管我們的閑事。」

「我聽說她是童養媳。你如此虐待她，若不悔改，我會替她告狀的。」

忽然，屋裏又跑出一個中年婦人和一個年輕小伙子。

「妳是哪裏來的野女人，敢威脅我兒子。」婦人罵道。

「娘，她就是寄住在曹大叔家的那個女同志。妳對她要客氣點。」楊二郎說。

「哦，原來是外地人，為何管我們家的閑事。死秀姑，一定是妳去向她訴苦了。」楊大娘轉向媳婦發怒。

秀姑嚇得渾身顫慄。

「請妳不要再欺負妳的媳婦，她已懷了妳的孫兒。」王蘭又氣又急。

「二郎，你快去叫曹大叔來把這女人帶回去。否則我們退婚。」楊大娘潑辣地說。

王蘭覺得無可理諭，便離開了楊家。她正愁不知往何處去告狀，恰巧遇見了陸榮。

「王蘭，好久不見妳了。」陸榮喜出望外，說。

「陸連長，你來得正好。我請問你，這裏若有人犯了法，該去哪裡告發他？」

「哈。妳問對人了。目前實行軍管，由我執法，妳快告訴我，是誰犯了法。我好去捉拿他。」

「是楊大郎將他的妻子打傷了。剛才我去勸他悔改，他不但不聽，還認為打老婆是天經地義似地。我想，若不給他一點懲戒，他是不會覺悟的。」

「請放心。這事交給我辦。」陸榮說。立即去喚來了幾個士兵，把楊大郎逮捕了。楊大郎被關了七天。陸榮令他具保，答應不再虐待妻子，方才放了他。

豈知，大郎心中不服，出獄後就到處向人抱怨：「那姓陸的假公濟私。村裏打老婆的不少，他為何只捉我，還不是為了討好他的姘頭。」

於是，村民們見了王蘭都敬而遠之。曹家門前，不再有婦女和孩童來找她，連曹家夫婦和翠珠也開始對她冷淡。

王蘭十分煩惱，剛巧沈瑛來探訪她，兩人都有一肚子的話想說。當晚，她們就在飯桌前坐談通宵。沈瑛在辦公室工作，希望能接近程友義。豈料，沒多久他就被調走，她失戀了。

王蘭安慰她：「妳將來一定會找到理想的伴侶，趁早忘了那個有家室的人吧。」

「妳的丈夫呢，至今仍無下落嗎？」沈瑛問。

「我目前沒心情去想他，因為有一件事令我覺得十分困擾。」

「什麼事？讓我幫妳想辦法吧。」

「村裏有個叫楊大郎的，虐打他已懷孕的妻子。我去譴責他，他毫無悔意，於是，我報告了管治安的陸榮連長。陸將他抓起來，關了七天才放他。豈知，村中男人不將打老婆當一回事，而婦女們也逆來順受。他們同情楊大郎，反怨恨我，還造謠說我和陸榮有曖昧的關係。」

「豈有此理。打傷老婆，只關他七天，已經便宜他了。村民竟如此野蠻，真該好好教化他們。我建議妳召開一個鬥爭大會，讓受害的婦女們公開指責虐待他們的男人。」沈瑛憤慨地說。

「不。我想還是請黨部派一個文宣隊下鄉來，針對虐待婦女的問題，發起改良風俗的運動。沈瑛，妳能代我提出申請嗎？」

「沒問題，我回去替妳傳言，請上頭盡快派遣文宣隊來。」

她倆談累了，都趴在桌上睡了一覺。天亮後，沈瑛離去了。

不料，她們的談話被翠珠偷聽到了。

翠珠很快地報告了楊家兄弟：「楊大郎，不好了。昨夜，王蘭和另一個延安來的姑娘密談了一整夜，他們想要開鬥爭大會，批鬥你和所有打過老婆的人。」

「他媽的。這臭女人害我坐了七天牢，還不肯放過我。」大郎拍桌大罵。

「哥哥，你還是去向她賠個不是，請她饒了你吧。」楊二郎說。

「廢話。我非讓她看看我的厲害不可。」

楊大郎立刻去招集了十幾個同伴來到他家裏，一同商量對策。

半夜裏，王蘭睡得正熟，迷迷糊糊被翠珠叫醒。

「王蘭，不好了，楊二郎剛才跑來告訴我，大郎又在打秀姑了。」

「啊。我得去救秀姑。」王蘭連忙下床，穿好衣服，就往外跑。

半途中，驀然從草叢中竄出幾個大漢，擋住了她的去路。她以為遇上土匪，想呼救，卻被人抓住，摀住了嘴。一群人前後押著她走進了一個倉庫裏。

有人點亮了一盞油燈，王蘭發現自己面對十幾個粗野的大漢，為首的是楊大郎。見了綁架她的人，她反而鎮靜了，說：「楊大郎，你們想幹什麼？」

「王蘭，妳太狠了。上回叫陸連長關了我七天也罷了，又想開什麼鬥爭大會來鬥我，這不是太過分了嗎？」楊大郎說。

「不，你誤會了。我們將先派一個宣傳隊來曉喻民眾，虐待妻子是錯的。你們若肯悔改，就可免去被鬥爭了。」王蘭解釋說。

「我叫妳少管閑事，否則妳會後悔。」楊大郎威脅說。

「你們犯了綁架罪，罪不輕。若不快放了我，後果不堪設想。」

忽然，門外有人敲門大喊。

「土匪們，你們已被包圍了，快開門，舉手投降，否則一律格殺勿論。」

「糟了，是陸榮。這可怎麼是好？」楊大郎和他的同伴們都嚇魂飛魄散。

「你們都坐下，不要動。我去應付他，替你們解圍。」王蘭說，即去到門邊，大聲說：「陸連長，我是王蘭，我和幾個人在裏頭開會哪，我給你開門，你可別開槍呀。」

她打開門，見到驚訝的陸榮。

「王蘭，原來被綁架的是妳。妳沒事吧？」

「我沒事。你誤會了，他們不是綁架，是請我來談話的。」

「妳想袒護這群惡棍吧。剛才我親眼看見他們挾持了一個人走的，只因天黑，我沒認出被綁架的是妳，否則等不及去請救兵，我當場就會衝過來救妳了。」

「我很感激。有你管理村中的治安，讓我覺得很安全。」

「哈。自從我來到村裏後，土匪都絕跡了。」陸榮得意地笑道。

「我和楊大郎他們已開完會了。請你放他們走吧。」

「嗄，原來是楊大郎劫持妳？將他和他的同伴都拉出去，就地槍斃吧。」

他一聲令下，身後的士兵們立即衝進倉庫，用槍指住了坐在地上的人。那些人都嚇得面如土色，楊大郎用手臂抱住了頭。

「不，不。他們已經向我悔過了。陸連長，請你網開一面，放了他們吧。」蘭求情。

「好吧。看在妳的面上，我就饒恕他們一次。」陸榮說。又轉向犯人們說：「你們聽著，要不是王蘭替你們說情，我就把你們當綁架犯處置了。下回，若再給我逮住，你們就別想活命。」

「我們下次再也不敢了。」

「還不快滾。」陸榮喝道。

楊大郎和他的同伴們都抱頭鼠竄，奔出了倉庫。

驀然，遠處有一個女人跑過來，喊著：「大郎，你不能傷害王蘭。」

「是秀姑。」王蘭驚道，急忙回喊：「秀姑，我沒事。妳懷孕了，別跑。」

不料，秀姑忽然絆跤，跌倒了。

楊大郎趕到妻子身邊，去扶她，說：「秀姑，妳跟我回家吧。」

「噯、噯，疼死我了。」秀姑彎腰，雙手捧著肚子，站不起來。

大郎聞到一股血腥味，驚駭道：「天呀，妳要生了嗎？」

「恐怕流產。你快抱她回家。」王蘭上前說。

楊大娘發現媳婦偷跑了，正在生氣。忽見大郎抱著秀姑回來，火氣頓時轉變成驚惶。

「發生了什麼事呀？秀姑的褲子怎麼都是血。」

「大娘，秀姑剛才摔了一跤，恐怕要小產了。」王蘭說。

「啊呀，快，快將她放在床上。」楊大娘焦急地說。

她把男人都趕出了房間，便脫下媳婦的褲子，赫然發現一團血塊，仔細一看，是個已成形的胎兒。

「天呀。我的孫兒完了。」楊大娘心疼得嚎淘大哭。

大郎聞聲衝進來，跪在床邊哭泣。秀姑更是痛不欲生。

「楊大娘，大郎，請你們別太難過。以後好好對待秀姑，相信她還是會給你們生孩子的。」王蘭勸道。

「秀姑，對不起，都是我造的孽。」大郎還是生平第一次認錯，向妻子賠不是。

「我明白了。是上天罰我。今後我再不敢虐待媳婦了。」楊大娘也說。

王蘭剛回到曹家，翠珠即上前抱住她，說：「王蘭姐姐，他們沒打妳吧？妳走後，我好害怕，好後悔。」蘭推開她，嚴肅地說：「妳和他們同謀綁架我。妳知道這事有多麼嚴重嗎？要是我受到傷害，犯人們可能被處死的。」

翠珠嚇得跪下了，說：「王蘭姐姐，求妳饒了我們吧。大郎只想叫妳不要鬥爭他。」

「今夜發生的事，我已經不計較了。但是，很不幸，秀姑趕來救我，摔跤流產了。」

「天呀，這都是我的錯。秀姑要恨死我了。」翠珠掩面哭泣。

「這是意外。只要妳嫁到楊家後，好好對待秀姑，她不會懷恨妳的。」

「我一定會對她好，再也不讓人欺負她了。」

「那就好了。妳起來，睡吧。」

蘭熬了好幾個夜晚，創作了一個劇本，想供文宣隊用來教化村民。

不料，沈瑛來說：「上面已答應給妳派文宣隊來，但日期只能排到三個月後。」蘭等不及了，決定自編自導，先演出她的話劇。

她請楊二郎和沈瑛做男女主角。劇中，沈瑛扮演一個潑婦。楊二郎扮演一個膽小怕老婆的丈夫，為了躲避雌威，鬧了不少笑話，也吃了不少苦頭。最後，小丈夫忍無可忍，奪下了老婆手中的鞭子，要求平等待遇。夫妻倆終於變得恩恩愛愛，一團和氣。

觀眾們在捧腹大笑中，領會了受虐待者的委屈和痛苦。曾虐待過老婆的男人們開始覺悟，紛紛自動上台認罪，發誓悔改。

楊大郎拉著秀姑的手一起上台，當眾向她下跪道歉，還舉臂發誓：「今後，我若再打老婆，就讓我斷了這雙手。」

大家熱烈鼓掌。

王蘭成了村民愛戴的女英雄。婦女們都來向她道謝，男人們見面也向她致敬，曹家門口又擠滿了來找王阿姨教他們唱歌的兒童。

一天，有位軍長到村中來考察，陸榮殷勤地帶他參觀了軍隊在山村裏的部署。

軍長巡視完畢後，回到招待所休息，說：「陸榮，你做的防備工作很好。這山村裏的居民對紅軍也都友善吧？」

「村民都支持我們。尤其是王蘭來了後，大家對共產黨人更敬佩了，她已被村民們視為女英雄。」陸榮津津樂道，把王蘭感化村裏的男人，改變他們虐待婦女的陋習的故事，詳訴了一遍。

「是嗎？我想見這位女英雄。你快去請她來吧。」軍長驚奇地說。

陸榮聽說過這位軍長一向對部下十分關懷，便想乘機請他為自己做媒，壯著膽，說：「軍長，我想請求你幫忙我一件事，可以嗎？」

「什麼事，你說吧。」

「我今年二十八了，還未娶過妻子。我愛上了王蘭，想請你替我做媒。」

「哦，你自己沒向她表示過嗎？」

「我已經給她寫過幾十封情書，但她不敢回信，因為她結過婚。她丈夫曾是上海的地下黨員，聽說失蹤很久了，多半已不在人間。」

「我明白了。好吧。等我先和她談談，若她肯改嫁，我再替你提親吧。」

「謝謝你。我這就去請王蘭來見你。」陸榮大喜，敬了個禮，即轉身走出去。

軍長一見王蘭，就覺得有點面熟，請她坐了，問：「聽說妳結過婚，丈夫是誰？」

蘭見他不談別的，一開口便問她私事，心中不悅，含糊地答道：「我的丈夫是個共產黨員。」

「黨員，沒名字嗎？」軍長皺了眉頭，追問。

她不願再用假名稱呼丈夫，又不想說出他的真名，故意低著頭不回答。

軍長也不再逼問，只對她左看、右看。驀然，拍案而起，指著她說：「妳是程友義的妻子，孟玉蘭。」

被一個陌生的軍官識破身分，她大驚，問：「你是怎麼知道的？」

「哈，哈，我沒猜錯吧。妳不必訝異，我曾化名張逸風，參加過妳和友義的婚禮。」

「張逸風？啊，我記起來了，你和林志明坐在一起，對吧。真慚愧，你認得我，我卻認不得你了。」

「不能怪妳。妳當新娘，哪能記得每一個客人，而我當日是專程去看妳的。我戎馬一生，像妳這樣的女子見到過的不多，所以印象深刻。」

「我必須承認，我對張逸風的印象有點模糊了，但是我現在可以確定我以前曾見過你。我聽陸榮說你的大名是言得軍，這才是你的真名吧？」

言得軍只點頭微笑。他不想說穿，他的真名是謝德輝，原是孟家僕人秦叔的外甥，當時孟家上下都只叫他阿輝。孟玉蘭小時後曾在祖父家見過他，但他畢竟不是她親近的人，又隔了十多年，她無法將眼前威風凜凜的軍長和當年卑微的阿輝連繫在一起，她的追憶就停頓在張逸風身上了。

「不知妳為何要化名王蘭？妳已見過友義了吧？」言軍長問。

「只因友義對我有偏見，他不認為我可以和他一起走革命的道路，所以我才改名換姓前來試探他。他果然認為王蘭和孟玉蘭是兩個不同的女人。」

「有這等怪事？或許他對孟玉蘭一往情深，所以對其他女子都不屑一顧吧。」

「不。他已愛上王蘭，要和孟玉蘭離婚。」

「豈有此理。難道他是睜眼瞎子，連自己的結髮妻子都不認識嗎？」

「言軍長，我已厭倦試夫的遊戲，但不知該如何收場。」

「你放心。你倆團圓的事包在我身上。不瞞妳說，當初你們的婚姻也是我撮成的。」

「呀，你曾令他娶孟玉蘭？換言之，他並不愛她，只是奉命行事，是嗎？」

「不，請息怒，我曾見他愛妳到了自虐的地步，所以才為他定計。」

「我已決定既往不究，願意和他終身相伴。」

「很好。妳在農場的實習可以結束了，我這就帶妳回延安，妳快去收拾行李吧。」

「是。謝謝你。」她高興地走了。

言得軍想到程友義認不出老婆的事仍覺得好笑，忽見門口有人張望。

「是陸榮嗎？你進來吧。」

「軍長，我拜托你的事，不知你向王蘭提了嗎？」

「沒有。她的丈夫原來是我的好朋友，他們夫妻就要團圓了，你還是另找對象吧。」

陸榮頓時目瞪口呆，又想到有不少情書在王蘭手中，便急忙往她的住處走去。

王蘭正在整理行李，見了他，高興地說：「陸榮，你來得正好。你有些東西，我一直替你收藏著，現在全都還給你吧。」她遞給他一大袋子的信。

他抽出幾封一看，全沒拆開過，不由得生氣，說：「妳既然不想看我的信，為何還收下呢？」

「因為你不許我拒收，我也怕破壞你的靈感和寫作的情趣。」

「妳可知我為了寫這些信，下了多少苦功，每天查字典，勤讀詩書文章。」

「我相信你下的苦功一定不會白費的。我還希望你繼續努力培養自己，成為一個文武雙全的人才。」陸榮轉怒為喜，說：「謝謝妳，給了我進取心。」又說：「恭喜妳，我聽言軍長說，妳的丈夫已有下落了，是嗎？」

「是的。將來我一定會介紹你們認識的。」

聽說王蘭要離去了，翠珠依依不捨，抱著她哭了。

「別難過，我會再來看你們的。你和二郎結婚時，可別忘了通知我。」

她離開村子時，村民夾道相送，直到村外。

言得軍給程友義寫了一封私人的信，請他回延安一敘，信中還特別提到請王蘭當了女秘書。不料，友義竟回信說公務太忙，大約要一個月後才能來。

「奇怪，他究竟在忙什麼呀？來回一趟只不過一、兩天功夫，他居然要延遲。」言軍長說。

「也許是因他還沒取得孟玉蘭的離婚書，所以不敢來見王蘭吧。」蘭說。

過了幾日，有一個穿西裝的男人進了辦公廳，走到女秘書的桌前，說：「同志，我叫林志明，想見言得軍軍長，請妳傳達，可以嗎？」

蘭驚喜地站起來招呼：「林志明，是你。」

「呀，孟玉蘭，妳也來了，是和友義在一起吧？」志明也同樣地驚喜。

「不，我們不在一起，他被調到山西去了。」

正說著，辦公室的門開了，言得軍走出來招呼：「林志明，好久不見了，別來無恙。」並親切地和他握手。

「我覺得慚愧，你們經歷千辛萬苦，而我只在香港報社辦報，做寓翁。」

「請不要這麼說。多虧你們的筆桿子影響全國的輿論，才使得國民黨停止內戰。」

「國共合作，令日本野心家不安。我猜想，他們將有侵華的企圖，所以特來投軍。」

「好啊。你可以留在我軍中做幕僚，但我想先請你替我辦件事。」言軍長說。

「無論什麼事，請你儘管吩咐吧。」

「替王蘭找回丈夫。」

「誰是王蘭呀？」

「就是她，我的女秘書。」

「什麼？她明明是程友義的妻子孟玉蘭，我們剛打過招呼了。」

「哈，你真高明，一眼就認出了她，可笑友義是個睜眼瞎子。王蘭，妳和志明說說試夫的經過吧。」

志明聽完，忍不住大笑，說：「真不可思議，天下竟有這麼烏龍的人。」

「志明，只好勞駕你走一趟，去點化友義了。」言軍長說。

志明一口答應：「好的。當初，程友義和孟玉蘭訂了婚，是我將他拉跑了。如今，我能幫助他們破鏡重圓，真是義不容辭。我明天一早就出發。」

次日，剛送走了志明，王蘭聽人來報，說有個叫孟玉祺的年輕人來找她。

姐弟相見十分親熱，玉蘭問起父母和兒子的情況。

「他們都很好。只是，爸媽聽說妳和姐夫尚未團圓，都為妳擔心。」玉祺說。

「友義有信給我嗎？」

「有，早已累積了一大堆。前天，姐夫又特地派人送來一封，送信人堅持要親自交給妳。我們說好說歹，保證轉送，好不容易才讓他把信留下了。我就是為了給妳送這封信才趕來的。」玉祺從行李袋中取出一封厚厚的信，交給了姐姐。

蘭拆開看了，說：「友義要求離婚，因為他愛上一個能和他終生廝守的女同志。」

「嘎，他真沒良心。姐姐，妳會同意離婚嗎？」玉祺大驚。

「當然。我不反對離婚，只是不知該不該重新嫁給他。」

「重新嫁給他？我不明白。」

「他愛上的是王蘭。」

「王蘭不就是妳的化名嗎，姐夫真是糊塗蟲。」

「林志明已經去找他了。玉祺，請你在這兒停留幾天，等我們團圓後再走，好嗎？」

「好的。我到城裏找旅館住，等候妳的消息。」

友義乍見久別的好友，喜出望外，邀請志明坐下暢談。

聊了一會後，志明故意提起：「我在言得軍的辦公室裏，見了一位女秘書，她長得可真像你夫人。」

「啊，你也見到王蘭了。不錯，她和孟玉蘭長得真像雙胞胎。惟一不同的，是她有志向，又能吃苦耐勞，我覺得她才是我理想的終身伴侶。」

「這麼說，你愛上了王蘭。」

「是的，我已決定和孟玉蘭離婚，另娶王蘭。」

「唉，玉蘭和王蘭，一點之差罷了。你想離婚再娶，不是多此一舉嗎？」志明笑道。

「你說什麼，一點之差？啊呀，莫非王蘭就是玉蘭的化名。」友義恍然大悟，驚道。

「哈哈哈。程友義，這回你真是大擺烏龍了，連妻子都認不出，難怪言得軍說你是睜眼瞎子。」志明仰天大笑，幾乎從椅子上摔下來。

「不對。剛開始，我也懷疑王蘭是我的妻子，但她一直不肯認我。」

「不能怪她。是你的偏見，令你盲目。」

友義聞言，恨不得立刻到妻子身邊求她寬恕。「志明，我歸心似箭，這兒的事，能請你代勞嗎？」

「沒問題，你放心去吧。我有言軍長的手令，暫時代理你的職務。」

蘭包了一塊頭巾，站在窯洞屋外，彎腰餵雞，忽聽見身後有一個男人問：「同志，請問王蘭住在這裏嗎？」

那是她熟悉的聲音，她也預料他會來，然而，仍不免驚惶，激動得全身微顫，手掌一鬆，飼料容器滑落地下。她疑遲了一下，才緩緩轉過身來，面對他。

友義終於確信王蘭就是他的妻子孟玉蘭。

「王蘭。」他激動地叫道，就要向前擁抱她。

她退後了兩步，避開他，傷感地說：「我本是孟玉蘭。」

「玉蘭，妳害得我好苦呀。」他也不禁淚下。

「我已接到你要求離婚的信，我答應你的要求。」

「不，不，我不能和孟玉蘭離婚。請妳寬恕我吧。」

「你不和玉蘭離婚，又如何另娶王蘭？」

「我能的。不論妳是孟玉蘭或王蘭，我今生今世再也不與妳分離。」

「友義。」她叫道，撲進了他的懷抱。兩人緊緊地擁抱在一起。

一股淚水沖洗了內心的舊恨和相思的痛苦，另一股淚灑出了重逢的喜悅，他們相扶著走進了窯洞。

次日，玉祺得知他姐姐和姐夫團聚了，仍相愛如初，便放心了，準備回上海。

「姐夫，請你珍惜我姐姐。這回合好了，可不能再離開她。」

「請你放心。今後我們永不分離了。」友義說。

「這個月底，我就要和林曉鵑訂婚了，希望姐姐和姐夫能一起來吃喜酒。」

「真的嗎？林小妹即將成為我的弟媳，那太好了。我一定會回去吃你們的訂婚酒，我也好想念克強，恨不得早點回去看他。」玉蘭驚喜地說。

「真對不起，我的工作忙碌，恐怕不能去了，只能祝福你們。」友義說。

「沒關係，只要姐姐能來就好了。我告辭了，再見。」玉祺說完，走了。

又過了兩日，蘭邀請了沈瑛和陸榮來家裏喝茶聊天。當他們發現她的丈夫就是程友義時，都感到又驚訝又羞慚。

友義完全不知道沈瑛曾暗戀他，也不知陸榮追求過蘭，見他們態度拘謹，還以為是因他是高級幹部的關係，便說：「你們別客氣，大家都是同志。何況，你們都是王蘭的好朋友，不用拘束。」

沈瑛和陸榮卻如坐針氈，談了一會，便起身告辭。

友義陪陸榮走到門外，繼續和他聊天。

沈瑛留下幫著收拾茶杯，乘機抱怨：「王蘭，妳怎不一早告訴我程友義是妳的丈夫呢？還讓我暗戀他，剛才我真差點羞死了。」

「對不起。當初，我想試探他，看他會不會移情別戀。現在，我補償妳，給妳介紹一個對象，好嗎？」

「妳說誰呀？」

「就是陸榮。」

「他呀。」沈瑛往門口瞧了瞧，嘟著嘴，搖頭說：「黑了點，還比我矮。」

「人不可貌相。他文武雙全，又有上進心，前途無量。」

「再說吧。」沈瑛似乎有點心動，害羞地一笑，走出去。

陸榮正要離去，沈瑛叫住他：「陸連長，請等一等，我們一起走吧。」

「好呀。」陸榮回頭，高興地說。

王蘭望著他倆的背影，撫掌笑道：「成了。」

「成了什麼？」友義覺得莫名其妙。

她瞅著他，神秘地笑道：「我不告訴你，因為跟你說好比是對牛彈琴。」

「好哇。罵我是牛。」他笑著，伸手去戲弄她。

她逃入了窯洞，他追入，正像一對飛逐嬉戲的蝴蝶。

【第十三章】

錯點鴛鴦　新婚驚夢

將近一個月了，林曉鵑和她父母展開了冷戰，在家時總是關了房門，拒絕和他們說話。

她父親是物理學教授，剛獲得了美國紐約一間大學的研究基金，準備去進修一年。她讀大學二年級，原想乘機和父親一同去美國留學，卻沒想到，父母為她訂了親。

那天，她很晚才從學校的圖書館回來，一進家門，就覺得有點特殊，父母都等著她，看來興高彩烈，不斷朝著她笑。

「曉鵑，妳回來啦。快過來坐下，有個天大的好消息呀！」她母親招呼她說。

「啊，讓我猜，是爸爸答應我去美國留學了吧。」

「不，是有關妳的終身大事的。今天下午，孟家請媒婆來說親了，他們希望能在我出國前，為妳和玉祺訂婚。」她父親說。

「天呀，你們答應了嗎？」曉鵑驚道。

「當然答應了。妳和玉祺交往有四年了。我們和孟紹鵬夫婦早就認定你們是理想的一對。本來，孟家想等妳大學畢業後才提親的，可是因妳爸要出國，就想提早訂了。如此，兩家都可了卻一樁心事。」林夫人說。

「不，我不答應，我不能和孟玉祺訂婚。」曉鵑發脾氣了，大聲說。

「奇怪，據我們所知，他是妳唯一的男朋友。」林教授驚訝地說。

「我們是好朋友，可從沒談情說愛。」

「這就不對了。據媒婆說，玉祺愛妳，本想親自向妳求婚，因他父母守舊，非要媒婆先來徵求我們兩老的同意，他只得接受了這個儀式。」林夫人說。

曉鵑有苦說不出，只能堅決反對：「無論如何，我不能嫁給他。」

「我和妳媽都答應了，還說定了訂婚的日期，除非妳有良好的理由，否則休想退親。」林教授說。

於是，父女倆鬧僵了。

眼看訂婚的日子就要到了，曉鵑仍不肯屈服，不由她父母不著急。

「明天就是訂親的日子，孟先生已在龍鳳酒家定了酒席，我們是否該通知他取消呀。」林夫人說。

「唉，看來只得取消了，但我真不知怎麼跟他說好。」林教授煩惱地說。

門鈴響了，林教授打開門，意外地發現是孟玉蘭。

「啊，玉蘭，是妳，快請進。妳不是去了延安嗎？幾時回來的？」

「林伯伯，伯母，你們好。我昨天晚上才回到家，是特地趕來吃玉祺和曉鵑的訂婚酒的。我太高興了，想先和曉鵑聊聊天，她在家嗎？」

曉鵑聞聲，一下子從房裏衝出來了，興奮地叫道：「玉蘭，妳來了，真謝天謝地。妳和丈夫團圓了嗎？」

「是的，我們已經團圓了。」

「我有一件心事，想要和妳私下說，請妳請到我房間裏去談，可以嗎？」

「好的。林伯伯，伯母，待會見。」

「沒關係，你們去談吧。」林夫婦巴不得有人來解開女兒心中之謎。

關上房門，曉鵑迫不及待地說：「我不能和玉祺訂婚。」

「妳說什麼？難道，妳不愛他？」玉蘭吃了一驚，問。

「我和玉祺之間一直保持純潔的友誼。」

「這我知道，玉祺常讚美妳是世界上最純潔的淑女。可是，他早就愛上妳了。」

「我想請妳幫忙，消除他的誤會。」

「太遲了。你們交往有好幾年了，妳為何不一早就讓他明白呢？現在，妳不但會給玉祺帶來極大的打擊，而且連我爸媽都會很失望的，因為他們盼望妳能成為兒媳婦已經很久了。」玉蘭責備說。

「對不起。我實在有口難言。」曉鵑掩面，羞愧地哭了。

玉蘭見狀，改口說：「小妹，對不起，也許我錯怪妳了。妳能告訴我，妳的意中人究竟是誰嗎？」

「我不敢說，怕妳笑話我。」

「我為什麼要笑話妳呢？」玉蘭說。

「因為，他也姓孟。」

玉蘭恍然大悟，叫道：「天呀。曉鵑，妳不會是愛上了我小叔吧？」

曉鵑居然點頭，默認了，又想哭。

玉蘭一把抱住她，說：「曉鵑，別哭。好歹，妳都將是我們孟家的媳婦。」

「可是，我還不知道紹卿願不願意接受我的愛。」

「怪哉！原來妳和玉祺都在單戀。」玉蘭驚奇道，又追問：「妳從沒向紹卿透露過妳對他的感情嗎？他曾向妳有所表示嗎？」

「他臨出國前，我曾向他吐露我愛他。可是，他似乎心事重重，不把我的話當真。過去三年，他一直給我寫信，有時一封信有七、八張信紙，充滿對我的關懷，但是終了總是囑我和玉祺要好。我真不明白他的心意。」

玉蘭沉思了一會，說：「也許他早就知道玉祺愛上妳，所以抑制了自己的愛情。」

「我也不想傷玉祺的心。妳說，我該怎麼辦呢？」

「妳現在必須做一個選擇，做我的嬸嬸，或做弟媳，決不能模稜兩可。」

「我已選擇了紹卿。我發誓，即使不成功，我也不會再回頭去愛玉祺。」

「既然如此，讓我去說服玉祺。他若肯退讓，紹卿就能毫無顧忌地追求妳。」

「我很抱歉，辜負了玉祺。」

「請妳放心。不是我誇獎自己的弟弟，玉祺是個有為的青年，初戀的挫折難免會使他痛苦一陣子，但不會令他自誤一生。」

「但願如此。」

「妳準備如何去追尋妳的愛情呢？」

「若爸爸肯帶我一起去紐約，我和紹卿就能重逢了，可是我不敢向父母說穿心事。」

「這樣吧，明天晚上，你們全家一起來赴宴，到時我會設法說服大家，成全妳去美國的心願。」

「玉蘭，我會終生感激妳的。」

「請不必客氣。紹卿和我同齡，我們雖是叔侄，卻情同手足。我因玉祺未能獲得妳的愛而替他惋惜，但是若能成全妳和紹卿，我也一樣高興。」

玉蘭回到家已是深夜十點多，家人都已入寢，只有玉祺等著她。

「姐姐，剛才妳去了林家，探出了林小妹的心事嗎？自從爸媽為我們定親後，她一直不肯見我，真叫我擔心。」玉祺說。

「她的心事，我終於明白了，真出乎我意料之外。我相信，你若知道了，一定也會驚奇的。」

「她願意和我成親嗎？」玉祺一廂情願地問。

「她願意做我們孟家的媳婦，可是想嫁的不是你。」

「這就奇怪了，難道她想嫁給玉棠不成？」

「不，我們孟家還有一個未婚的男子。你忘了嗎？」

「妳是說小叔？」

「嗯，曉鵑承認她一早就對紹卿有情。」

「她真糊塗。小叔知道我愛她，早已當她是侄媳婦了，怎麼可能再和她談戀愛呢？」玉祺跺腳，焦急地說。

「也許正因小叔知道你愛曉鵑，所以不敢接受她的愛。」

「妳憑什麼這麼說？」

「據曉鵑說，紹卿出國的前一日，曾邀她一同到咖啡館裏聊天，就在那時候，她向他表明了情意。可憐的小叔，當時，他一定正為我和友義發愁，無心談戀愛，所以當他知道你暗戀曉鵑時，就退讓了。」

「我記起來了，就是那一天，小叔從林家回來時，我向他透露了我對曉鵑的感情。他不但沒阻止我，還鼓勵我。」

「唉，小叔就是有捨己為人的雅量。但這一回，他未免太委屈自己了。」玉蘭嘆道。

「無論如何，已過了三年多了，他無權再和我爭奪曉鵑。」

「問題不在小叔，而是在曉鵑。愛情不是單跑決賽，你雖然跑在紹卿的前頭，但是曉鵑不願追隨，也是枉然。」

「不，我一定能爭取到她的心。就算她目前害單相思，等我們結婚後，她就會忘掉紹卿了。」

「玉祺，」玉蘭望著弟弟，心中難過，但還是直截了當地說：「我勸你死了這條心吧。就算曉鵑得不到紹卿的愛，她也不可能回頭來愛你了。」

「為什麼？」

「因為，剛才我只准她做一次選擇，或做我的嬸嬸，或弟媳，不許模擬兩可，退而求其次。她選擇了紹卿，並發誓不再回頭。」

「嗄。」玉祺大怒，吼道：「妳為何多管閑事，逼曉鵑發誓。妳明明是想幫小叔奪我所愛，我恨妳。」他轉身奔上樓，進了臥房，關上了房門。

玉蘭跟上，拍著門，請求：「玉祺，請開門，聽我解釋。」但他不理睬，她怕吵醒家人，只得作罷。

次日，玉祺仍視姐姐如仇，見面不理不睬。

「玉祺，我們再私下談談，好不好？」玉蘭請求說。

不料，他冷冷地說：「沒什麼好談的了。今晚我一定要和曉鵑訂婚，妳休想破壞我們。」說完，他大步走出去了。

玉蘭目瞪口呆，沒想到，一向理智的玉祺也會變得如此不可理喻。然而，有人可以為爭奪愛情而拼命，玉祺此刻的反應，實不足為奇。她發覺自己低估了失戀可能對弟弟造成的傷害，後悔冒然贊助曉鵑的選擇。

為了長子的訂婚晚宴，紹鵬特別提早一小時回家。一進門，他便含笑問：「你們都準備好了嗎？玉祺呢？」

不料，婉珍驚訝地反問：「咦，玉祺不是到公司上班了嗎？他沒和你一起回來嗎？」

「今天他沒到公司來呀。我猜想他沒心思上班，所以就當放他一天假，沒過問。」

「早上你離家後，他才起床，早飯也不吃就趕著出門了。如果沒去公司，他會去哪裡呢？」婉珍開始擔心。

「我也覺得奇怪。今早玉祺臉色不好，見了我居然連聲招呼也不打，就掉頭走了。」崇漢說。

「玉蘭，大概是妳和他說了什麼吧。昨夜，我好像聽見你們在吵架似地。」慧娘說。

「是我惹惱了他。昨夜，我告訴他，單憑曉鵑的父母之言，不算數，要她本人同意訂婚才行，因而掃了他的興。」玉蘭說。

「妳的確是掃興，誰說林小妹反對訂婚呢？」婉珍責備說。

「昨晚我去見過曉鵑，她說不願訂婚，想跟她爸爸一起去美國留學。」

「原來如此。若她想畢業後再訂婚，倒也可以商量，玉祺何必生氣呢。」慧娘說。

「時間不早，我們先去餐館再說吧。總不能遲到，讓林家人等呀。」紹鵬說。

「是的。我們不必等玉祺了，我相信他會自個來的。」玉蘭說。

話雖這麼說，她實在沒有把握。

孟家人準時來到預定的餐館，不久林教授夫婦和曉鵑也到了。

「對不起，我們遲到了。啊，老太爺和老夫人也等著，我們失禮了。」林教授說。

「不遲，我們也剛到。林教授、夫人、曉鵑，你們請坐。」崇漢說。

「請，請。」兩家相邀坐下了。

曉鵑望著她身邊的空位子，不安地向玉蘭拋出一個疑問的眼色。

林夫人已先發問：「玉祺沒來嗎？」

「他有點事，可能遲點才到。」玉蘭說。

大家等了一刻鐘，玉祺仍未到，紹鵬不悅，說：「我們別等他了。上菜吧。」

宴席間，主客表面上都裝得輕鬆愉快，暗下各懷心事，避免談及訂親的事。

「林教授，我代表家人敬你一杯，預祝你赴美國一帆風順。」紹鵬說。

「謝謝你，我們應先敬主人家一杯。」林教授舉杯，說。

「玉蘭和丈夫團聚了，我們該為她慶祝，敬她一杯。」林夫人說。

眼看一桌酒菜快要上完了，玉祺尚未出現，大家開始著急，就連玉蘭也不禁憂形於色了，忍不住問：

「曉鵑，妳今天見過玉祺嗎？」

「見過。他打電話來，約我到一家餐館吃午餐。可是，他、他……」曉鵑忽然變得哽咽難言。

「玉祺怎麼啦？」眾人都著急問。

「他一口飯也沒吃，卻喝了不少酒。我勸他，他就發怒，撇下我，獨自走了。」

「啊，他一定喝醉了，究竟為何呀？」婉珍驚道。

「因為我拒絕了他的求婚。」

「啊，妳不願做我孟家的兒媳婦？剛才我聽玉蘭說妳想出國，還以為只是延期訂婚，卻不知妳想退親呀！」紹鵬吃驚地說。

「這是怎麼回事，林教授、林夫人，你們不是答應訂親的嗎？」婉珍說。

「唉，當初我們沒料到曉鵑會反對，如今只好退親，請你們原諒。」林教授嘆氣說。

「對不起，全是我的錯。我應該一早讓玉祺知道，我無法接受他的愛情。」曉鵑低頭泣道。

忽然，克強指著廂房門口，說：「大舅舅來了。」

大家回頭看，果然發現玉祺出現在門口，他似乎有點猶豫要不要走進來。

「玉祺。」玉蘭和曉鵑同時站起來，像怕他逃走似地，上前拉住了他的手臂。

「對不起，我遲到了。」玉祺說。

「不要緊。你快坐下來吃飯吧。我想，你一定餓了。」玉蘭說。

「我們給你留了好多菜，我還特給你留了一塊你最愛吃的鯉魚。」曉鵑說。

玉祺顯然是餓了，一坐下就狼吞虎嚥。

婉珍看見兒子這般模樣，忍不住心疼，落下淚來。

「菜都冷了，再給他叫幾盤熱的吧。」慧娘說。

「哥哥，你還想吃點什麼？我叫他們給你拿上來。」玉棠說。

玉祺抬頭見大家都關懷地看著他，反而吃不下了，說：「不用再叫菜，我飽了。」

「你沒事吧，剛才去了哪裏？大家都在擔心你呀！」崇漢說。

「我沒事，剛去了一趟電信局，給小叔發了個電報。」

「你告訴他，你和曉鵑訂婚了嗎？」玉蘭急問。

「不，我告訴他，我和小妹的婚事取消了，原璧歸趙，叫他好自為之。」

「太好了，玉祺，我真為你感到驕傲。」玉蘭喜極而泣。

「玉祺，謝謝你。」曉鵑也感動得哭了。

玉祺心裏的傷痛未癒，雖然他強忍著，還是流出了眼淚。

「媽媽、曉鵑阿姨、大舅舅，你們怎麼都哭了？」克強說。

其他的人也都覺得莫名其妙。

「玉祺，你說話沒頭沒尾的，我聽不懂。你和曉鵑訂不訂婚，跟紹卿有什麼關係？」慧娘說。

「我也不懂。怎麼說原璧歸趙？」林夫人說。

玉祺收了淚，說：「這是曉鵑的心事，你們只能問她。」

曉鵑羞得難以啟口。

於是，玉蘭替她說：「曉鵑早有意中人，就是我的小叔。紹卿卻因玉祺愛上了小妹，一直不敢接受她的愛情。他這傻人，還一味鼓勵玉祺追求小妹呢！」

「荒唐。」林教授說，旁人不知他罵的是紹卿還是曉鵑。

慧娘總算聽懂了，興奮地叫道：「真有其事嗎？唉呀，太好了。曉鵑，妳若肯做我的媳婦，我真求之不得。妳怎麼不早說呢？」

崇漢也高興得笑道：「這下，我們可以了一件心事。過去，我時常寫信提醒紹卿，不孝有三無後為大，叫他早點找對象。結果他寄來了一張和金髮碧眼的洋妞的合照，害我們緊張了一陣，不敢再催他了。」

「嗄，紹卿愛上了一個金髮碧眼的姑娘嗎？」曉鵑大驚。

「請妳別誤會。紹卿曾寫信告訴我，那張照片純粹是用來應付我爺爺奶奶的，替他照相的正是那位美女的未婚夫。」玉蘭連忙解釋說。

「是呀，後來就沒下文了。」慧娘也補充說。

曉鵑這才鬆了口氣。

「我還是覺得這件事太唐突了。怎知紹卿是否愛曉鵑呢？」林教授說。

「依我的猜測，只要玉祺肯退出，紹卿就會開始熱烈地追求曉鵑。」玉蘭說。

「玉蘭別的不行，對姻緣倒是瞧得很準。她為周蕙英和蘇文傑配成了對。」婉珍說。

「我記起小叔出國前，曾囑咐我替他照顧林小妹，他在信中也常這麼說。可見在他的潛意識中，小妹還是他的，所以我才說原璧歸趙。」玉祺說。

「成了，成了。我們今天就為曉鵑和紹卿定了親吧。」慧娘說。

「奶奶，妳別心急吧。反正媳婦若是妳的，就跑不了。」玉蘭說。

「對，還是謹慎點好。千萬不要重犯我們上回的錯誤。」林夫人也說。

「小叔對自己的感情不忠實，我們應該給他一個教訓才是。」玉蘭說。

「正合我意。玉蘭，妳快教我，怎麼懲罰他。」曉鵑熱切地說。

「我也想給小叔一個教訓，他害得我好苦。」玉祺說。

「我有個好主意。」玉棠馬上湊過來，說：「讓我寫信嚇唬小叔。就說因曉鵑拒絕和哥哥訂婚，哥哥失戀自殺了。」

「什麼好主意，分明是詛咒我。」玉祺生氣地推開他。

「玉棠，你快住嘴，還是讓玉蘭說。」紹鵬斥道。

「姐姐，還是妳出主意吧。」玉棠洩氣地說。

剛自導了一齣試夫戲的玉蘭，又興致盎然地為曉鵑設計試探情郎的主意了。

孟紹卿一早就來到紐約的港口，憑欄望著海浪起伏，他的心裏也是思潮澎湃。

兩個月前，收到侄兒的電報，他猶不敢相信其言是真。接著，林教授寫信來說準備攜妻女一起赴美，請他代租一間房子，他立即欣喜欲狂。從此，日夜盼望夢中人出現。

瞧見林曉鵑和她父母一同下船，走上碼頭，他急忙上前迎接，喊道：「林教授、師母、小妹，好久不見了。」

他和林教授握了手，卻學洋人去擁抱和親吻林夫人和曉鵑。

「啊，你已經洋化了。我們可不習慣這種禮節。」林夫人笑道。

「我原是保守的，但見到小妹就寧可洋化了。」他情不自禁，放縱地開玩笑，還向曉鵑眨了眨眼。她只當沒看見。

「紹卿，請你帶我們到租好的房子去吧。」林教授說。

「好的，我的車子就停在附近，我幫你們提行李。」

紹卿為林家租了一間獨立的小平屋，家俱都已齊備。客廳裏的一套沙發雖是舊的，看來還蠻舒適的。

「嗯，你替我們選的地方真不錯，購置家俱也讓你花了不少時間吧，謝謝你呀！」

「請別客氣。這些都是我樂意做的。你們請坐，我來沖茶。」

大家坐下喝茶聊天，林教授夫婦同坐一張長沙發，曉鵑和紹卿相對而坐。

紹卿喜形於色，一雙眼盯住了林小妹，片刻也捨不得移開。她卻故意不望他。

「紹卿，你老是望著曉鵑笑，為什麼呀？」林夫人問。

「小妹比我想像中的更美、更成熟，我太高興了。」他毫無忌憚地說。

「你說話可要正經點。曉鵑已訂親了。」林教授說。

「訂親？小妹，妳和誰訂了親呀？」紹卿吃驚，問。

「我和玉祺。」

「不可能。玉祺來電報說，因妳反對，所以沒訂成婚。難道不是嗎？」

「起初我不願意，後來還是被他的愛感動了。」

「我不相信。玉祺不會是出爾反爾的人。若不是妳說謊，就是我在做惡夢。」

「我有證物。你瞧，這翡翠戒指是你嫂嫂給我的訂婚禮物。另外，我還有照片為證。」她取出證物，給他看。

紹卿認識那只戒指，又看了兩家人的訂婚合照，不禁淚眼模糊，痛苦地說：「曉鵑，妳曾說過妳愛我。我以為這回妳前來，是上天賜我良緣，給我補過的機會，我發誓要娶妳為妻。妳為什麼又變卦呢？」

「你不是一直鼓勵我和玉祺要好嗎？我還以為若我拒絕和他訂婚，你會不高興，所以才趕著在出國前訂了婚。」

「錯了、錯了，妳不該和玉祺訂婚。」

「遲了、遲了，你叫我怎麼辦呢？」

「退婚。這回，我不能再讓玉祺了。」紹卿大聲說。

「你不是最疼愛你的侄兒嗎？以前讓他，現在為什麼不讓了？」曉鵑說。

「因為，我不能一錯再錯。當我得知玉祺和妳訂婚時，我才知道失去妳的滋味是多麼地難受。後來，玉祺發電報來說婚事取消了，我欣喜欲狂，每日黃昏都到港口去遙望，等著與妳重逢。好不容易才盼得妳來到，我不能接受妳做我的侄媳婦。」他說著，掩面失聲痛哭。

林家夫婦互望了一眼，露出會心的微笑。

「曉鵑，看他對妳如此真誠，我們就不要再作弄他了吧。」林夫人說。

「什麼，作弄我？」紹卿抬起頭，疑惑地問。

「這兒有一封令尊託我帶給你的信，你看了就會明白。」林教授自懷裏拿出一封信，遞給他。

「奇怪。我爸信上怎麼說已為我向你們提親了。這麼顛顛倒倒的，我一定在作夢。」紹卿真被弄糊塗了，舉起拳頭猛敲了一下自己的腦袋，卻是疼的。

「啊，別傷了自己。我對你說實話吧。」曉鵑連忙說：「因為你過去對自己的感情不忠實，所以玉蘭幫我設計試探你，想給你一個教訓。」

紹卿氣得大罵：「這丫頭，我為她擔過多少憂愁，她卻恩將仇報，真沒良心。」

「請你不要怪罪玉蘭。其實，都虧她，才圓滿解決了玉祺、你，和曉鵑之間的三角戀愛，也是她撮成了你和曉鵑的好事。」林教授說。

「我服了她。但這戒指，還有曉鵑和玉祺的訂婚照片，難道都是假的嗎？」

「你嫂嫂說你小時候就喜歡這只戒指，所以決定送給你的媳婦作禮物。」林夫人說。

「這訂親的酒席其實是為你和曉鵑而設的。」林教授也解釋說。

紹卿轉悲為喜，即曲膝跪在曉鵑跟前，說：「雖然父母已為我和妳訂了親，我還是要親自向妳求婚。妳答應嗎？」

「不答應。」曉鵑掉過頭去。

「傻孩子，訂婚酒都已吃了，妳還能不答應嗎？」林夫人焦急說。

「老太婆，別囉唆。走，我們到房間裏整理行李去。」

林教授知趣地拉著夫人走了。

紹卿又問：「小妹，妳為何不答應，還想作弄我嗎？」

「首先，你得向我交待，你和金髮美女的關係。」

「金髮美女？」

「就是那個和你一起照相的洋妞。」

「哈，妳吃醋了，可是我和她的故事得說上三天三夜才說得完哩。」他故意逗她。

「那麼，你就跪上三天三夜吧。」她佯怒。

「小妹，沒想到妳這麼厲害。好吧，我就長話短說。去年夏天，我的導師邀請我和他的家人一起郊遊。他的獨子名叫羅勃，剛訂了婚，未婚妻露西真是個美女，令我傾慕不已。羅勃就為我和露西照了張像留念。只因我爸每次來信總是催我找對象，所以我就拿這張照片去搪塞他。」

「原來如此，你快起來吧。」她伸手去扶他。

「且慢，妳還沒答應我的求婚哩。」

「我答應你。」她輕聲說。

他乘機將她拉入懷裏，送上了熱吻。

一個月後，他們舉行了婚禮。

蘇文康和高琇瑩原先都在英國攻讀博士學位，因歐戰爆發，轉赴美國，正好趕上吃喜酒。婚宴上，好友久別重逢，真是喜上添喜。

新婚夜，紹卿的好朋友們都來大鬧洞房，羅勃和露西也參加了，直鬧到午夜才散。最後，別的客人都走了，只剩蘇文康夫婦。

文康故意躺在長沙發上不肯走，說：「我和琇瑩不到林教授家寄宿了，今晚就在這客廳裏過夜吧。」

「對不起，今晚我們不留客。」紹卿不客氣地說。

文康不理會逐客令，閉上眼，打起鼾。

琇瑩拿起一個椅墊，一面往他頭上摜打，一面罵道：「別厚臉皮，快跟我走。」

「紹卿，你瞧見了吧。今宵銷魂，從明日起，就得被牲著鼻子走了。」文康笑道，站起來，摟著琇瑩走了。

紹卿噓了口氣，轉身抱起新娘，進了臥房，自然是熱絡纏綿，愛情無限。

一對新人在溫柔鄉裏好夢正甜，忽被急促的敲門聲驚醒。

紹卿捻開了床頭燈一看，是清晨五點。這時候會有誰來呢？猜想一定是出了什麼事，他慌忙下床去開門。見了來人，不由得他不生氣。

「蘇文康，又是你。你這是什麼意思？非破壞我的新婚之夜不可嗎？」

不料，文康激動地說：「日軍侵佔蘆溝橋，中國已宣佈全面抗戰。」

「什麼？半夜三更，你不是做惡夢吧。」

「是真的。有中國留學生聽見電台的廣播，到林教授家來報告。現在已有不少人在林家了，你和曉鵑也快過去吧。」

紹卿和曉鵑半信半疑，兩人換好衣服便和文康一同走了。

林教授的住宅就在校園附近，許多中國留學生聞訊都前來聚會。紹卿見屋內擠滿了人，個個情緒激昂，才相信文康所言不虛，當下加入了熱烈的討論會。

國難當頭，人人同仇敵愾，有的說要回國參戰，有的說不如留在海外聲援。

「我建議，我們立刻出發到華盛頓去，要求美國主持公道。」紹卿說。

「我贊成。我們去見駐美大使，商討救國之道。」文康附議。

於是，有車的同學們全去把車開到林家門口集合。

一列車同時出發，疾速向華府駛去。

【第十四章】

臨危不屈　起死回生

國家已到存亡關頭，玉祺終於說服父母，讓他去投軍。他換上軍裝，向家人辭行。

婉珍泣道：「玉蘭和友義都已經參軍了。如今，你也要去打戰。我怎麼捨得呢。」

紹鵬忍悲說：「讓他去吧。妳若捨不得兒子，就得做亡國奴。」

不久，日軍南侵，紹鵬決定攜眷遷移到重慶，並將工廠也搬去。

崇漢夫婦不肯跟他們一起走。「你們去吧。或參戰，或到後方去支援抗戰。我們留下看守家園。」崇漢說。

「說的是。若老百姓全都走光了，豈不是白白將江山奉送給日本人嗎。」慧娘說。

「可是，在侵略者的統治下，生活一定不好過。」紹鵬說。

「我們這把年紀了，生死由命。何況，敵人到處轟炸，實無一處是安全的。」

紹鵬無可奈何，只得含淚帶了家人向父母告別。

在淪陷區的日子，果真苦不堪言。

張儉的兩個兒子，二貴和四華，首先遭了殃。清晨，他們各挑了兩擔菜到鎮上去賣，半路上，正遇上一隊日本兵進村，他們想逃已來不及，二貴被日兵用刺刀刺穿了胸膛，四華也被從背後砍殺。張儉一日喪二子，急得幾乎發瘋。

孟家莊被日本軍官佔據了。崇漢夫婦被趕出門，只得搬到祖先的墓園去住，僕人們逃的逃、散的散，只剩秦叔一人跟隨。

李勇率領民兵團抵禦日軍，戰敗後逃走，參加了國軍的游擊部隊。

尤洪當了漢奸，為向日人獻功，將李勇的妻兒逮捕入獄。李吉，五歲，在獄中得病發高燒。勤姐叫天天不應，叫地地不靈，只能抱著兒子日夜號泣，感動了一個在牢房打掃的老頭名叫嚴松，答應替她去江家求援。

江忠父子倆都被迫作苦力、挖溝壕，每日早出晚歸。

阿蓮為避禍，故意弄得蓬頭垢面躲在家裏，很少出外。這一日，她為了救李勇的兒子，只得瞞著丈夫去向尤洪求情。

尤洪垂涎阿蓮已久，見她來訪，喜出望外。

「阿蓮，今天是什麼風把妳吹到這裏呀？」

「聽說李吉在獄中病危，我替勤姐來請求你給孩子醫病。」阿蓮開門見山地直說了。

「李勇帶領的游擊隊殺了不少日軍，我救不得他的兒子。」尤洪一口拒絕。

「勤姐曾是你家的丫鬟，請看在她服侍過你的份上，設法救救她的孩子。」

「嗯，也許我可以准妳的人情，但是妳用什麼謝我呢？」

「你帶領清鄉隊，搜刮了多少民財。我們家裏已沒銀錢了。」

「放心，我不要妳的錢。」

「哪你要什麼？」

「我要妳。」他突然出手，捧住了她的臉，吻她的嘴。

阿蓮掙扎不脫，便用雙手猛扯他的耳朵。尤洪疼得放了開她，怒罵道：「媽的，快把我的耳朵扯掉了。」舉手要摑打，但見她淚流滿臉，轉為愛憐，說：「妳哭起來可真好看，像朵出水的蓮花。」

「呸。」阿蓮向他吐了一口口水。

「別生氣。今天算妳付了訂金。我帶妳去看勤姐和她兒子。」

尤洪帶了阿蓮去探獄，只見李吉昏迷不醒，勤姐已憔悴得七分像鬼。

「啊，謝天謝地，我的兒子有救了。」勤姐見了他們，枯瘦的面孔露出了喜色，聲音嘶啞地說。

「勤姐，李吉怎麼啦？」阿蓮問。

「他出水痘，發高燒，昏迷了。尤洪，求你發慈悲，放我們母子出去求醫吧。」

「要放人這麼容易嗎？」尤洪說。

「求求你開恩，請大夫給他治病吧。」阿蓮幫著求情。

「好。我答應給孩子請大夫，但妳欠我的人情債，妳要記得還。」尤洪說。

當天晚上，阿蓮說了向尤洪求情的事，只是不敢說尤洪侵犯她。

不料，進田竟拍桌大罵：「妳不知尤洪是什麼東西嗎？他是隻狼。妳見了他就該躲得遠遠的。還去找他，不是自動送入狼口嗎？」

阿蓮本來已經滿腹委屈，被他一罵，掩面而哭。

「阿田，你別發脾氣。李吉病得昏迷，多虧阿蓮說情，尤洪才讓大夫去看他。」江大媽說。

進田後悔了，道歉說：「阿蓮，對不起。我不該向妳發脾氣。其實，我也掛念著李勇的妻兒，下次妳去時，帶點吃的給他們吧。」

阿蓮擦淚，點了點頭，沒敢再開口。

尤洪一夜都想著阿蓮，後悔沒當場就強姦了她。因想得癡迷，竟起了以釋放李吉來討她歡心的念頭。他大著膽子去見日本軍官田野，說：「李勇的兒子病重。可不可以放他出獄治病？」

「他生什麼病？」

「出水痘，發高燒。昨天，我去看時，他已昏迷了。」

「水痘，傳染病，危害皇軍。你快把這病孩子用火消滅。」田野下令。

尤洪見弄巧成拙，連忙說：「不會傳染的，我早已將他隔離監禁，關在地牢裏。」

「混蛋。」田野拍桌大罵：「你為何替李勇的兒子求情？李勇的游擊隊殺了我們許多人，你敢情是他的同黨。」

「不、不。我絕對不是。」尤洪嚇出一身冷汗，彎腰低頭否認。

「你若不執行燒死李吉的命令。我就立刻槍斃你。」

「燒、燒。我現在就去。」

田野命令他的副官，帶幾個日本兵隨尤洪去監刑。

尤洪走進牢房，意外地發現李吉已經坐起來了。「奇怪，昨天他不是快病死了嗎？怎麼一下子就好了。」

「他吃了藥，燒已退了。大爺，這次多虧你請大夫給吉兒看病。若有一日，李勇回來，我會替你說好話。」勤姐說。

「好極了。我剛才去求田野放孩子出獄養病，他答應了。妳讓我把孩子帶出去吧。」

「啊，你要把他帶到哪裏去？」勤姐起了戒心，抱緊了孩子。

「妳放心。我帶他到阿蓮家去，大夫不是說牢裏陰濕，怕他的病惡化嗎？」

「我已經好了。我要和媽媽在一起。」李吉說。

「是呀。我看不用麻煩阿蓮了。」勤姐說。

「他媽的。你們開什麼玩笑。一回說病得快死了，一回又說病好了。」

尤洪不耐煩了，一把拉住李吉的手臂就將他拖出了牢房，又關上牢門。

「尤洪，你不會謀害我的孩子吧。」勤姐抓住了牢房的鐵欄，擔心地說。

尤洪不回答，拉著孩子走了。勤姐眼睜睜看著孩子消失，彷彿心肝被扯掉一塊。

李吉是個機靈的孩子，走到監獄的後院，一見日本兵手持火把，就心知不妙，便用力咬了一口尤洪的手，掙脫他的掌握，轉身就逃。

「唉呀，痛死我了。快追他。」尤洪呼叫。

「救命呀。救命呀。」李吉邊逃邊喊。追兵趕上，用槍柄猛敲他的後腦。他頭破血流，跌倒地上，暈過去了。

「他昏迷了。快、快，把他抬到木材堆上。」尤洪喪心病狂地叫道。

嚴松聞聲，走出來觀看，一見要燒孩子，大驚，拉住尤洪，說：「這是怎麼回事？你剛才不是說帶他去江家嗎，為何要燒死他？」

「這是田野上校的命令，他怕日本兵傳染到水痘。」

「豈有此理，誰家孩子不出水痘呢，難道全都燒死嗎？」

「別家孩子他不管。可是，李勇殺了日本兵，他本來就要李勇的兒子抵命。」

「這還有天理人道嗎？你要設法阻止呀。」

「我想說情，差點被田野槍斃了。你要是再廢話，我也槍斃你。」

「喂，你們在說什麼，為何還不行刑？」田野的副官走過來，瞪眼說。

尤洪推開嚴松，下令：「放火。」

當天晚上，嚴松悄悄地將李吉的骨灰送到了江家。

江家人都驚駭，阿蓮更是悲傷，如同喪子。

進田痛恨道：「李大哥托我照顧他的妻兒。我卻做不到。如今，李吉慘死，我有何面目再見李大哥。不如讓我去殺了尤洪和田野，替吉兒報仇。」

「阿田，你忍耐點吧。要是一對一，我也會去找尤洪拼命。但是，要我一家子的人去抵他的一條狗命，我還不甘願。」江忠說。

因李吉遇害，阿蓮以為已不欠尤洪的人情債，沒料到他還會來纏她。

一日下午，尤洪潛進了江家的院門，原本想強姦阿蓮，卻先瞧見盈盈蹲在菜園子裏撿菜。盈盈十歲了，長得像阿蓮，是個小美女。尤洪一見，就像饑不擇食似地將她撲倒，用一手堵住了她的嘴，另一手扯下她的褲子，開始行姦。

阿蓮在屋裏聽見響聲，出來查看。見狀大怒，抓起門邊一根木棍就朝尤洪後腦敲下去。尤洪急忙翻身，見阿蓮高舉木棍，又要打下，嚇得連忙跪下求饒：「阿蓮，饒命。我下次再也不敢了。」

「我打死你這惡魔。」阿蓮氣極，那肯停手。又一棍打下，卻被尤洪避過，奪了她的棍子。

尤洪又乘機將阿蓮推倒，壓到她身上。阿蓮拼命反抗，用十指抓破了他的臉。尤洪惱怒，起了殺機，雙手掐住了她的脖子。

幸而，盈盈的哭喊聲引來了在田裏工作的江大媽。

江大媽大喝一聲：「惡賊。」手持鐮刀向尤洪砍來，嚇得他拉著褲子，落荒而逃。

婆媳和孩子三人抱頭痛哭。

哭過了好一會，阿蓮帶女兒去洗了澡，哄她睡了。

「尤洪幹出了這樣的惡事，說不定要殺人滅口。阿蓮，妳快去找你乾爹媽，向他們求助吧。」江大媽說。

崇漢夫婦聽了阿蓮的哭訴，都恨得咬牙切齒。

「這尤洪真該千刀萬剮。」慧娘說。

「他作惡多端，欠了許多血債，終將不得好死。」崇漢說。

「這一回，進田決饒不了尤洪。我也不想阻止他報仇。反正活不下去了，大家拼了吧。」阿蓮說，泣不成聲。

「即使進田能忍，恐怕也逃不過尤洪的魔掌。這可怎麼是好？」慧娘焦急說。

「與其坐以待斃，不如冒險逃亡。阿蓮，妳和進田帶著盈盈逃走吧。」崇漢說。

「逃？談何容易呀。」阿蓮說。

「剛好有個機會。昨天晚上，張儉來見我，說已托漁夫李川將他的幼子張九平偷渡到尚未淪陷的地方去。這船今夜凌晨二時出發。事不宜遲，你們要走，就在今夜走。逃出後，就去重慶找紹鵬。」崇漢說。

「可是，我們沒銀錢。李川會答應載我們嗎？」

「妳放心。李川義助鄉人逃亡，不收銀錢。他若知道你們的情況一定肯相助的，我這就讓秦叔去替妳和他說。」

秦叔去說了，回來報告：「李川答應載阿蓮，進田和盈盈逃亡，他要你們凌晨兩點前一刻到他家院後的河岸等他。」

慧娘拿出一個錢包袋交給阿蓮，說：「逃難路途遙遠。這點盤纏，你們帶去吧。」

「乾爹、乾媽，你們對我真是恩重如山。我怎麼報答你們呢？」

「自家人不用客氣了。時間不早，妳快回家去準備吧。」慧娘說。

因害怕進田要報仇，阿蓮不敢實說尤洪強姦了盈盈。只說尤洪來調戲她，被她和婆婆打了出去。

「尤洪不會善罷甘休。我怕他還要來欺負我們，所以去向乾爹求救。正巧，有李川準備在凌晨偷渡張九平，乾爹建議我們帶盈盈一同逃走。」阿蓮說。

「我贊成。走為上策，你們去吧。」江忠說。

「不。爸、媽，我們走了，將會連累你們的。」進田說。

「你們留下又有什麼用，難道要我眼看著你們被尤洪害死嗎？」江忠說。
「阿田，只要你和媳婦帶盈盈逃脫，我和你爸就安心了。」江大媽說。
「這樣的機會若錯過了，再也不會有了。我一想到還要受尤洪的羞辱，就寧可死。」阿蓮說。
進田終於被說服了，叫妻女一同跪下，說：「爸媽，我和阿蓮、盈盈，向你們磕頭。我們走了，希望來日還能團聚。」
他們悲戚戚離了家，來到河邊，十六歲的張九平也已到了。
李川催促他們到船艙底臥倒，又在夾板上放了許多海產，便搖船出發。
船行了一夜，到了一個小港。不久以前，李川來過，還是國軍的控制區。不料，他將船搖近岸邊時，才發現岸上站了日本兵。他想逃已來不及了。
「原來這兒已是日軍天下了。我把海產全送給你們吧。」他故意裝出笑容，大聲說。想讓艙底下的人聽見，警告他們不要出聲或妄動。
日兵聽不懂他說什麼，但是見了新鮮海產很高興，便揮手示意，要他將一桶桶的海產抬上岸。李川剛將一桶鮮魚抬上來，卻見一群年輕婦女被日兵押著走。有哭喊，不肯走的，都遭皮鞭毒打。
「作孽。」他罵了一聲。倒不是他膽敢向日軍抗議，而是他平日遇見看不順眼的事總會說這句口頭禪。豈知，一個日兵聽見咒罵，即用槍柄向他胸前擊去。他受創跌倒在船板上，立刻抓起一把利刃，斬斷繫繩，將船撐開去。
日兵見他要逃，舉槍射擊。李川中槍跌入河裏，船失去控制，搖擺不定。船艙裏，盈盈忍不住發出驚呼。日軍聽見，知船內藏了人，便用機槍掃射。

幸而，河水急，船很快飄出了射程。

船艙進了水，眼看要沈沒。進田用力踢開船板，爬到船上，又將阿蓮、盈盈和張九平都拉上夾板。驀地，一個大浪將船打翻了，他們都掉入河中。

進田及時抓住了阿蓮，卻不見了盈盈，他只得先將妻子救上岸。再要下水去尋女兒時，已沒了船和人的蹤影。他潛游了一陣，筋疲力盡，只得放棄。

阿蓮失了女兒，悲痛欲絕。

「沒法子，我們走吧。日軍恐怕就要追來了。」進田忍痛扶起她。

他們沿岸走了一會，發現了剛游上岸的張九平，但仍無盈盈的影子。眼看天黑了，只得含悲離去。好在，阿蓮把錢包繫在腰間，沒被河水沖走。一逃到國軍據守的城市，他們便乘車往重慶，找到了紹鵬的家。

孟紹鵬夫婦十分同情他們的遭遇，邀請進田和阿蓮住在家裏，又幫張九平找到了他的五哥。

尤洪得知進田和阿蓮逃走，便將江忠夫婦拘捕入獄拷問。可憐，兩個老人不堪折磨，雙雙在牢房上吊自殺。

在陝北一個山頭，程友義帶領的游擊隊正和日軍展開拉鋸戰。游擊隊剛收復山城，敵軍又回頭來包圍攻打。在敵方猛烈的炮火下，游擊隊傷亡慘重。

王蘭已懷孕五個月，仍在傷兵營中幫忙救護傷者。終因操勞過度，不幸流產了。友義回營房，探視妻子，留下一個小勤務兵守衛她，即又趕赴戰場。

休息了一日後，王蘭下床，走出營房。

「蘭姐，妳要去哪裏呀？妳流產時失了許多血，醫生說要多休養幾天才能走動。」勤務兵說。

「我已沒事了。聽這炮聲隆隆，待在家裏，反而不安。我想還是去傷兵營，守在傷者身邊，給他們打打氣也好。」

「好吧。我扶妳去。那邊人手不夠，我也想去幫忙。」勤務兵說。

不料，兩人剛離去不久，一顆炸彈，擊中了營房。

房子焚燒倒塌。有人以為王蘭被炸死，飛也似地去報告友義。

「什麼？王蘭死了。」友義大驚。

前一日，喪失了胎兒，他猶能忍住內心的悲痛，此時得知愛妻被敵人的炮彈炸死，他忍無可忍了，決定親自帶領一個敢死隊，繞到山後去銷毀敵人的大砲。

林志明勸他：「友義，你是總指揮，要以大局為重，不可輕易出擊。」

然而，友義不聽勸阻，拿起一把機槍，走了出去。

他帶了十幾人，攀越山壁，潛到敵人的後方。

在一個山頭，發現一隊日本兵正發射著三尊大砲。他一聲令下，敢死隊衝出，機槍和手榴彈齊發。日本兵慌忙還擊，終被殲滅。

友義奪得了一尊大砲，板轉砲頭向日軍部隊發射。因出其不意，日軍以為中方援兵開到，紛紛潰逃。山城裏的軍隊乘機出動追擊。友義身先士卒，參加戰鬥，不幸中槍受了重傷。

聽說我軍獲得大勝，不但打退了敵人，還擄獲許多大砲和槍械，山城裏的居民都歡欣鼓舞來迎接歸來的軍隊。連傷兵都撐著出營來觀看，蘭也站在他們中間。

忽見幾個士兵抬了一個受傷的軍官飛奔來到醫療營。

「友義。」蘭駭然叫道，但他已不醒人事。

軍醫和護士慌忙將傷者抬進手術室。她被擋在室外，只能著急地等待。

不久，志明來了，一見她，便驚奇道：「王蘭，妳怎麼會在這裏？有人到前線指揮部報告，說妳在營房被炸死了。」

「砲彈落到營房時，我已經離開了。友義以為我死了嗎？」

「正是。友義聽了報告，悲痛極了，親自率領敢死隊與敵人拼命。」

「呀，友義。」蘭掩面悲泣。

「妳別太悲傷。昨日才流產，身體還弱呢。快坐下吧。」志明說，扶她坐了。

好不容易才等到醫生走出手術室，王蘭即刻上前，問：「醫生，友義有救嗎？」

「我們已在他胸口取出一顆子彈。但他還昏迷著，未脫離危險。」醫生疲憊地說。

「王蘭，讓我來守夜。請妳到我的營房去睡吧。」志明說。

「不。我一定要親自守在他身邊。」蘭堅持。

醫生和志明都無可奈何，只得由她。

在昏暗油燈下，友義臉色蒼黃，氣息微弱，蘭傷心淚下，伸手去撫他的臉，卻見他微微張開了眼。

「啊，友義，你醒了。」她驚喜道。

「蘭，想不到我們還能在黃泉下相見。」他的聲音微弱。

「別亂說。這是人間。」

「妳不是被炸死了嗎？」

「不，那是誤傳。我還活著，你也要活下去。」她握緊了他的手說。

「啊，還活著。」他露出一絲微笑。然而，似乎疲乏了，閉上眼，又昏迷了過去。

昏昏醒醒，過了三天，友義終於脫離了險境，醫生認為是奇蹟。

言司令前來犒軍，聽了志明的報告，讚道：「友義不但戰勝了日軍，還戰勝了死神。這全是因為有王蘭在旁相助呀。」

【第十五章】
書生報國　分道揚鑣

最初，美國對中日戰爭持觀望政策，使得華裔留美學生大為洩氣。

「在這裏求人，不如回國參戰。我和琇瑩都決心投筆從戎了。」文康說。

「你別開玩笑，琇瑩已有六個月的身孕了。」曉鵑說。

「沒關係，趁現在走，總比孩子出生後，方便得多。」琇瑩說。

「這麼說，你們是認真的，可讓我也心動了。」紹卿說。

「不，你已是僑社的領導，還是留在美國支援抗戰吧。」文康說。

原以為，最多一個半月就可到達重慶了。豈知，輪船中途停泊遲誤了時日，過了兩個多月才到廣州。他們乘上火車，準備前往重慶。不幸，中途又遇上日本飛機轟炸，乘客們紛紛下車逃命。文康扶著琇瑩，逃到稻田裏躲避空襲。警報過後，屍體遍野，火車也被炸毀，倖存的乘客全成了難民。可憐，琇瑩捧著個大肚子，寸步難行。文康半扶半抱，拖著她走，好不容易才找到一個農家，她已撐不住。

農家的房子既破落又狹小，幸而，農民夫婦好心腸，見了琇瑩的情況，收留了他們，叫兩個孩子讓出一張床來，給他們睡。

半夜裏，琇瑩肚子劇痛，要生了。附近沒醫院，連產婆都沒有，農婦自告奮勇願意接生。文康不放心，乾脆親自動手。

琇瑩痛得大叫，文康也嚇得大喊。她哭，他也跟著飲泣。

一直煎熬到天明，孩子總算生下了，是個男嬰。

「上天保佑，你們母子均安。我想，就給他取名蘇君安吧。」文康說。

「君安、君安，我們有了兒子。」琇瑩笑了。

接著，問題來了。嬰兒早產了半個月，需要滋養。琇瑩旅途疲累，生了孩子更加虛弱，奶水不足。鄰近找不到奶媽，也沒牛奶，他夫妻倆束手無策。

隔了一日，文康黎明即起，決定步行到一個小鎮去求助。沿途見許多難民，老老少少露宿曠野，情況比他和妻兒更淒慘。他只能狠著心，裝作視而不見，匆匆趕路。走了一整天，筋疲力盡，才來到鎮上，卻見市面蕭條，屋宇破爛，比農村好不了多少。他問了幾家商店，都沒有鮮奶或奶粉出售。

他的腳已疼得受不了，只得在路邊坐下。脫了皮鞋，發現襪子沾滿了血。原來腳底起了許多血泡，有的已磨破了。他抬頭望著夕陽，心想已走不回農家，恐怕要倒臥在路邊過夜了，不由得著急。

驀然，見一輛軍用吉普車開過來，他急忙站起，來不及穿鞋，赤腳跑到路中央，雙手各拎了一隻皮鞋，揮舞著攔車。

因經常有難民攔車求助，軍方已下令寧可撞死人也不停車。眼看車子急速向他衝來，文康想走避都來不及了。

幸而，車上一位軍官，見他儀表不凡，還穿著西裝，臨時下令：「停車。」司機緊急剎住了車，車頭距文康已不到一尺。

「你是何人？為何攔車？」軍官問。

文康驚魂未定，慌張地說：「我太太早產了，母子倆體弱，恐怕性命難保，我想借用你的車送他們到城裏的醫院去療養。」

「胡說，軍車可借給你做私家車嗎？簡直是異想天開。」軍官怒道。

「可是，這是為了救兩條人命呀。請你發發慈悲吧。」

「不行。快讓開，否則撞死你，罪不在我。」軍官說，轉首令司機：「開車。」

文康見司機發動引擎，心中大急。平日，他不喜歡顯耀岳父的頭銜，此時萬不得已，只得拿來派用場，便發威，用皮鞋敲著車頭，大聲說：「且慢。高立將軍是我的岳父。你們撞死我不要緊，要是他的女兒和外孫有個三長兩短，你們見死不救，看他找不找你們算帳。」

聽他這麼一說，司機不敢亂撞，趕緊又停了車。陸軍上校驚愕地問：「你如何證明你是高將軍的女婿？」

「我叫蘇文康，我太太是高琇瑩。你若不信，就打電話去問高將軍吧。」

上校半信半疑，沈思了一會，說：「這樣吧，我帶你去見我們的司令官。但我警告你，你若說謊，會被當場槍斃的。」

「絕對真實。請你先接了我妻兒，一同去見司令，也省得再跑一趟，耽誤時間。」

「也好。你上車吧。」

文康大喜，即刻穿好鞋子，上了車。

司機照他的指示，將車開到農家，接了琇瑩和嬰兒，又將他們送到當地司令官的府上。司令聽說高將軍的女兒、女婿落難，來投靠他，便請他們進屋，隨即撥了個電話給高將軍。

高將軍聽了司令的報告，立即說：「高琇瑩是我的女兒，她在你那兒嗎？快請她聽電話。」

司令便將電話筒交給琇瑩。

「爸，我是琇瑩，我和文康回國了。」

豈知，她的話還沒說完，她爸便訓道：「你們在美國好好的，回來作啥？這裏每天都有空襲，豈不是來送死。」

「爸，請先聽我說完，我給你生了個外孫了。」

「呀，原來是帶外孫來給我看。好極了。他多大了？在哪裏生的？」

「才出生兩天，在一個農家，是文康親自接生的哩。」

「什麼！開玩笑。妳剛生完產兩天，怎麼能到處亂跑。孩子沒事吧？」

「我們都沒事。請你放心。」

「讓我和黃司令說話。……黃司令，拜托你照顧我的女兒、女婿和外孫，一個月內不許他們離開。等琇瑩做完月子，我會派人去接他們。」

「是，知道了。請你放心。我一定會盡力照顧他們的。」黃司令說。

文康一家三口被軟禁了一個月後，才被護送到高將軍的府宅。

高將軍抱了外孫，高興得哈哈大笑，說：「君安，你是個小寶貝。我已替你準備了搖籃，還請了保姆。你就住在外公家吧。」

「不。我們想租房子住，組織自己的小家庭。」文康說。琇瑩連忙抱回兒子。

「怎麼，住我這裏不好嗎？要去租房子。你有工作了嗎？」

「我想做一名戰地記者，到前線去採訪，已經和一家報社接洽過了。」

「一個文弱書生提筆上戰場，去當敵人的槍靶子嗎？你已在英國取得了文學碩士，還是博士候選人，去當槍靶子，不是太可惜了嗎？」

文康對岳父大起反感，譏道：「你說這種話，一點都不像個將軍。」

「嗄，你敢教訓我。」高將軍拍桌大怒，說：「真不識抬舉。我本來還想要請你做我的秘書呢。」

「我寧可做記者，不做你的秘書。」文康也不示弱。

「文康，爸爸，你們不要一見面就吵架嘛。看，孩子都給你們嚇哭了。」琇瑩急道。

「哼。」高將軍拂袖而去。

「琇瑩，走，先到我們蘇家去住，再租房子。」文康餘怒未息，站起來說。

「請忍耐點，我想等見了我哥哥後再走。」

「好吧。我也想見雲飛。」

次日，雲飛來了。兄妹久別重逢，份外親切。文康見了穿著軍裝的姻兄也十分敬愛。

「我的外甥呢？」雲飛問。

「他睡著了，我帶你去房裏看他。」琇瑩說。

君安睡在搖籃裏，又嬌嫩又安祥。雲飛喜愛地用一根手指碰了碰他的面頰，他竟像吃奶似地，蠕動小嘴。

「真可愛。等他醒了，我要抱一抱他。」

他們回到客廳裏坐了，文康問：「你那四位親密的空軍戰友，他們都好嗎？」

「秦隆、趙平、衛雄都已陣亡，只剩我和韓遜了。」

「呀，真令人難過。」文康和琇瑩都感到十分沉痛。

「文康，你回國有何打算？」雲飛問。

「我想做戰地記者，能到你們的營地去採訪嗎？」文康問。

「可以，隨時歡迎你來。」雲飛說。

文康開始了他的記者生涯，整天東奔西跑，還去到前線訪問將士。他的報導獲得廣大讀者的熱烈反應，增強了民眾抗戰到底的決心，也引起海外人士的響應，支援抗戰的捐款和物資源源而來。

高將軍開始對他刮目相看，誇獎他說：「文康，你的功勞不小，筆桿子果真和槍桿子一樣有用啊。」

文康原本想將空軍部隊作為第一個採訪對象，只因有更重要採訪任務而耽擱了，直到一年後，他才得如願以償。

空軍戰士高雲飛和韓遜親切地接待他，一同到會客室坐了。

「恭喜你們，聽說前天你們擊落了兩架來偷襲的敵機。可惜，我昨天晚上才回到重慶，錯過了作現場報導的機會。」文康說。

「你作過的現場報導還不夠多嗎？也該讓別的記者有發表的機會。」韓遜笑道。

「可不是嗎？文康，這一年來，你辛苦了，也為抗戰作了不少貢獻。」雲飛說。

「全靠琇瑩支持我，她才是幕後英雄。」文康說。

正說著，忽然警報聲大作。雲飛和韓遜立刻站起來，準備赴戰。

「敵機又來侵襲了，等我們去打他個落花流水。文康，你有好戲看了。」韓遜說。

「祝你們大勝而回。」文康說，目送他們跑出屋外，上了戰鬥機。

敵我雙方的戰鬥機在雲層間，忽上忽下，忽隱忽現，彼此追擊，展開了激烈的戰鬥。文康和一批地勤人員都仰首觀戰，心情緊張。

只見兩架敵機夾攻一架我方飛機，被追擊的飛機，情況危急。

驀地，一架飛機從雲層中鑽出來救駕，猛烈地向敵機開火。有一架敵機尾部冒煙，另一架回頭轉攻，擊中了來救駕的飛機。

敵機撤退。受創的我機也開始向下降落，不料，突然在半空中爆炸，整個飛機像一團火球墜落。消防隊急忙趕去搶救，從火焰中將受傷的戰士抬出機艙，帶到安全的地面。

文康跑到現場，拿起照像機，對準了受傷的飛行員準備拍照，鏡頭裏出現了一個全身被灼傷的軍人。

「雲飛。」文康大驚，立刻丟棄了相機，跪到傷者身邊，悲痛地喊道。

雲飛奄奄一息，困難地說：「不要讓琇瑩看見我這模樣，把我遺體火化。」

「天呀，你已被灼成這樣，怎麼還忍心說火化。」文康大慟。等他抬眼再看時，雲飛身上已被蓋上了白布。

醫護人員正要抬走屍體，卻見一個空軍軍人飛跑過來。文康認出他是韓遜。

只見他跑近，一手掀開白布，抱著屍體痛哭道：「雲飛，你為什麼要搶在我的前頭去呢，你留給我的包袱有多麼沈重呀！」

每次空襲警報響起時，琇瑩就特別緊張，不僅害怕轟炸，而且為當空軍的哥哥擔心。這天，因為文康去空軍基地採訪，她更加惶恐。

直等到天黑，才見文康回來。他臉上淚痕未乾，神情沮喪。

琇瑩一見他的表情，心就慌了，害怕地問：「文康。你看見我哥哥了嗎？」

文康抱住了她，流淚說：「雲飛已英勇犧牲了。」

「呀。」琇瑩幾乎暈到，文康連忙扶她坐下了。

「雲飛的屍體在哪裏？我要去看他。」她泣道。

「不，請妳暫時不要去。雲飛臨終時吩咐我，不要讓妳見到他被灼傷的模樣。他還遺言要將屍體火化。」

「他臨終時還想保護我。我豈能不看他最後一眼。」她站起來說。

「他的屍體仍停放在空軍基地。我帶妳去吧。」

琇瑩站在靈柩旁，不哭，用手輕撫雲飛的遺體，含淚說：「哥哥，請你安息吧。等勝利來臨的那一日，我一定會祭告你的。」

周圍站立的將士們都感動地向她致敬。

日軍偷襲珍珠港，贏了一戰，但輸定了大局。

美國參戰，成了中國的同盟國，中美雙方官員開始頻繁交往。

孟紹卿已經是知名的物理博士，被美軍顧問團邀請為隨員之一，來到重慶。他剛住進賓館，蘇文傑和文康兩兄弟便來探訪，故友重逢，十分歡暢。

「文康，你真了不起。你的戰地報導令美國人認識了中國軍民英勇抗戰的決心，我們因而募集了不少捐款哩。」紹卿說。

「謝謝誇獎，但我已經不再是戰地記者了。」文康說。

「呀，你改行了，目前在哪裏高就？」

「我的岳父經常要和美國軍官打交道。我被他徵召，當了他的英文秘書。」

「真的。哪麼，以後我們將會在公務上見面了，因為我成了美軍顧問團的隨員。」

「我們的情報組也開始和美方密切合作，就像有個巨人加入了我們的抗戰行列，這場戰爭我們是贏定了。」文傑說。

因公務的關係，加上深厚的私誼，孟紹卿和蘇文傑，文康三人時常碰面。

一日開完會後，文傑私下說：「紹卿，今晚小蔣想請你吃飯，並邀請我和文康作陪。你肯賞光嗎？」

「啊，他有什麼事要找我談嗎？」紹卿問。

「他說，因慕你之名，想和你交個朋友。」文傑說。

「好，今晚我一定應邀前往。」紹卿答應說。

「很抱歉，今晚我已另有約會，不能和你們同去。」文康說。

「沒關係，反正你只是陪客。」文傑說。

這晚，文康的約會原本很單純，只是去會見一位老朋友，侯健民。他萬萬沒想到自已將被引導走上另一條路線，從此與他的親兄和摯友分道揚鑣。

原來，健民也成了一名戰地記者。一年前，文康到共軍營採訪時，與他重逢。剛巧，遇上日軍來襲，他們共同目睹了生死搏鬥的慘烈場面，僥倖沒被敵人的炮火炸死。逃過一劫後，兩人之間的友誼增進不少。

然而，這次健民專程從延安來到重慶，邀文康相會，並非為了私人交情，而是肩負了一項秘密的任務：帶他去見一位姓周的高級領導人。

【第十六章】

烽火又起　哀鴻遍野

八年抗戰結束了，戰士們莫不盼望早日回鄉。孟玉祺也不例外，他已向軍方提出了退伍的請求，但是他所屬的部隊剛接到一項命令，必須到湖北接收一個曾被日軍佔領的城鎮。延遲兩個月退伍，玉祺並不以為意。於是，他隨著一支有五千人的軍隊，唱著凱歌，向目的地進發。

不料，兵臨城下，卻發現早已被共軍捷足先登了。

國軍指揮官，梁柱上校，聽了前鋒隊長的報告，大怒，說：「我們奉蔣委員長之令來接收此城，他們憑什麼先佔領了。若他們不撤退，我們就進攻。」

梁上校派人去向守城的共軍交涉，一言不和，雙方開戰。

共軍以逸待勞，且早已備戰。國軍原以為只是來接收，毫無作戰的心理準備，一見情勢失利，士兵們紛紛逃散。剩餘的寡不敵眾，除了戰死，全被俘虜了。

俘虜們被押到一個操場上，一排排站立，等候處置。玉祺和梁上校並肩站在第一排，心中都充滿悲憤。不久，來了一位共軍長官，準備訓話。

梁上校不等他開口，先指著他大罵：「共匪，你們今日所為，天理難容。」守衛的士兵發怒，舉起槍柄猛向他胸口擊去。

玉祺見狀，連忙挺身去掩護梁上校，卻被擊中倒地，痛得捲曲了身子。

「住手。」共軍長官喊道，走到玉祺身邊，去扶他，問道：「你受傷了？」

玉祺抬頭，看見了那人的臉，驚呼：「姐夫。」隨即吐出一口鮮血，暈了過去。

「玉祺？」友義也驚異地叫道。

自從當了兵，飽經風霜和苦難，玉祺變得又黑又瘦，與當年作大少爺時的神情已迴若兩人，因此，若非他先叫了一聲，友義很難辨認出他。

「快去拿擔架。抬他去醫務室，」友義隨即下令。

「是。」兩個士兵立即將玉祺抬走了。

友義走回台上，高聲說：「你們瞧見了吧。孟玉祺，原來是我的內弟。他的姐姐也在我們的軍中。國民黨若再次發動內戰，將會造成骨肉相殘的悲劇。你們忍心助紂為虐嗎？」

「住嘴，說什麼助紂為虐。我們奉令接收此城。你們為何爭奪，殘殺我軍？你們才是內戰的禍首。」梁上校罵道。

「梁柱上校，你是抗日英雄，我們久仰大名。原先不知是你帶兵來到，有失遠迎。本來可以談判，但你們卻先開火了。」

「你不必口蜜腹劍，欺世瞞人。可恨，我軍抗日勝利，居然將死在你們的手中。」

「不，你們都不必死。凡是願意解甲還鄉的戰俘，都可獲得釋放。」

「真的嗎？你肯放我們回鄉，不附帶條件嗎？」一個俘虜說。

「沒別的條件，只要你們宣誓脫離國軍，不再與共軍作戰，就可獲得釋放。」

眾俘虜聽說，雀躍歡呼，都紛紛舉手宣誓，同意退伍。

「不要上他們的當。不可投降。」梁上校喊道。

然而，士兵們早已厭戰，恨不得早日解甲返家，最後只剩五個人站在他這一邊。

「梁少校，既然你非要和我們為敵，視死如歸，我們只好成全你。但是我可以給你十天的時間，希望你能重新考慮。」友義說。

王蘭聽說弟弟被俘虜又被打傷，驚慌地趕到醫務室裏，見他躺在病床上，胸部綁著繃帶，她撲到床邊，叫道：「玉祺。」

玉祺已經甦醒，悲不自禁，泣道：「姐姐，想不到我們會如此相遇。」

「你先養傷，不要激動。我再不會讓任何人傷害你了。」

友義來了，說：「玉祺，我已問過醫生，你的傷不重，只要休養幾天就會好的。等你復元了，我會讓你姐姐陪你一起回家。」

「謝謝姐夫。你也能放了我的戰友們嗎？」

「那些同意解甲還鄉，不再和共軍作戰的，都已獲得釋放。現在只剩梁柱等六人，仍不肯降，我給他們十天時間考慮。」

「如果十日後，他們還是不降呢？」

「到時候再說吧。你先靜心養傷要緊。」

當晚，言軍長親自來慰問，並且向蘭開玩笑，說：「孟玉祺真是妳的弟弟嗎？啊，我差點忘了妳的本名是孟玉蘭。」

「軍長，我可以帶弟弟回宿舍住嗎？」蘭乘機請求。

「若我不答應，妳恐怕要在此陪他過夜吧，那可要為難程友義了。好吧，准了。」

「謝謝你。」蘭喜道。

期限到了，梁柱和他的同伴們仍不肯投降。

「姐夫，我聽說梁上校他們明日就要被槍斃了。這是真的嗎？」玉祺著急地問。

「我方已經仁至義盡，他們寧願死。有什麼辦法呢？」友義說。

「梁上校今年已四十六歲了。他的大半生是在軍隊裏過的，參加過北伐、抗日，對國家做出了不少貢獻。你們就不能赦免他嗎？」

「你遺漏了一點。他也曾參加過圍剿共軍，至今仍與我們誓不兩立。」

「你能讓我去見他們最後一面嗎？」

「好吧，你可以去和他們一同進晚餐，乘機說服他們歸降。」

梁柱等圍坐在餐桌上，正要開始吃晚餐，忽見玉祺走進來，都感到意外地驚喜。

「孟玉祺，你來得正好。這是我們最後的晚餐，你來陪我們一同吃吧。」梁柱說。

「梁上校，你家裏不是有妻子兒女嗎，為什麼一定要參加內戰呢？」玉祺說。

「他們殺了我們多少兄弟，這筆血債，難道你已忘了嗎？」梁柱憤然說。

其他的戰俘開始哭訴：「我們若投降，將被國軍視為叛徒，免不了被抓去坐牢，甚至槍斃。橫豎是死，倒不如死在這裏，落得個慷慨就義之名。」

「八年抗戰，勝利了，卻落得這樣的下場，我們當兵的，可真命苦呀。」

舉座一片哭聲，玉祺也不禁淚如泉湧。

梁上校慷慨舉杯，說：「玉祺，謝謝你來陪伴我們吃最後的晚餐。我敬你一杯，祝你平安地回到家鄉。」

玉祺霍然站起來，說：「不，我決不能眼睜睜看你們被槍決，獨自回家。我一定要設法救你們。」說完，他跑出了囚營。

王蘭正在房裏整理行裝，見他跑進來，便說：「玉祺，你姐夫見你的體力恢復，可以旅行了，建議我們回鄉探親。明日一早，我們就動身吧。」

「不，姐夫想打發我們，因為他要槍斃我的六位同志。」

「我聽說，他們堅決和共軍為敵，自取滅亡。」

「他們實有難言的苦衷呀。降也死，不降也死。這對抗戰八年的戰士而言，實在太不公平了。」玉祺向姐姐陳訴戰囚們的苦衷。

「原來如此。他們的處境實在可憐，讓我去向言軍長求情吧。」

「我和妳一起去。」

「不，還是我一個人去較好。請你在這裏等著。」蘭說完，走了。

玉祺稍為安心，眼光移到行李箱中，發現一支手槍。他拿起來，凝視了一會，帶著它走進了他的房間，開始給國共兩黨的領導人寫陳情書。

驀然，他聽見有人聲，是他姐姐和姐夫回來了，但他們在吵架。

「妳瘋了嗎。竟敢在軍長面前胡言亂語。」

「我說錯了嗎？大地腥血未乾，抗日戰士屍骨未寒，絕不能在剛打敗外敵時，就對同胞開殺戒。」

「妳不懂。抗戰結束，國民黨又在打算消滅異已了。像梁柱這樣堅決的反共份子，必須乘早消滅。」

「就看在他們抗戰的功績上，我們再去請求軍長特赦吧。」蘭懇求說。

「不許再說。明日一早，妳就帶玉祺走。否則你們將會後悔莫及。」友義威脅道。

忽然，臥室中傳來一聲槍響。蘭和友義都大吃一驚，同時向裏面的房間跑去。推開房門，只見玉祺倒臥在桌子上，血從額角上汩汩流出，一支手槍掉落在身邊。

蘭大駭，叫道：「玉祺。」撲上去，抱住了弟弟，放聲大哭。

剎時裏，玉祺氣絕，友義驚慌得不知所措。

言得軍聞訊而至，駭然問：「孟玉祺死了？」

友義拿起兩封沾滿了鮮血的信，說：「他自殺了。留下兩封遺書，請求國共雙方停止內戰，並為梁柱等求命。」

言軍長接過血書來看，信封上標注著「一個抗日戰士的請願」。他不禁動容，說：「王蘭，妳別難過，孟玉祺的血不會白流的。我決定無條件釋放梁柱等戰犯。」

蘭抬起淚眼，呆望著他，心想：「你若早點答應，玉祺就用不著死了。」

次日上午，梁柱等六個戰俘，被押出囚房。他們都以為是去刑場赴死的。不料，屋外停著一輛軍用卡車，程友義站在車邊招呼他們。

「你們被無條件釋放了，我派人開車護送你們出城，請上車吧。」

「你弄什麼玄虛。既要槍斃，就該正當地執刑，別把我們當逃犯暗殺。」梁上校說。

「你們的命是孟玉祺犧牲自己的性命換來的，昨晚他留下血書，自殺了。」

「什麼！孟玉祺死了？你騙人。」梁柱驚道。

「信不信由你。他是我的內弟，我也很難過。」

梁柱見他神色疲憊，帶著悲傷，不由得相信了，跪倒在地上，失聲哭泣。其他的戰俘也都跪下，哭喊：「天呀，孟玉祺，你死得冤枉呀。」

友義向兵隊長下令：「讓他們上車，帶他們出境後就釋放了。」說完，轉身走了。

車子開到共區的邊界，兵隊長說：「前面不遠，就是國軍的領域了。請你們下車，自己走過去吧。」

「謝謝你。」梁柱下了車，說。他對共軍的敵意已大大地減少了。

他們既為獲得生還而慶幸，又為孟玉祺的犧牲而感傷，緩緩地走向國軍部隊駐守的地帶。然而，走了大半日，仍不見軍營。天黑了，他們也都累了。

「看來只能在這荒郊過夜了。明日再走吧。」梁柱選了一塊空地，坐了下來。眾人生起火，一面吃乾糧，一面聊天。

「好在共軍給了我們一些乾糧和水壺，他們之中還是有好人。」

「孟玉祺的姐夫說的對，要是國共打起來，真不知會有多少骨肉相殘的悲劇。」

正說著，突然從樹林裏竄出許多士兵，用槍指定了他們，喊道：「不許動。」

「我們原是國軍部隊的。我叫梁柱，是上校。」

哨兵隊長聽說了他們的經歷，便帶領他們去軍營。

營長接見了他們，聽了報告，懷疑地說：「你們被共軍俘虜，又無條件釋放了，他們還護送你們出境，真有這樣的好事嗎？」

「千真萬確。我們寧死不投降，若非孟玉祺同志捨命相救，早已被共軍槍決了。」

「說謊。」營長拍案怒道：「你們一定已經投降，來這裏做間諜，準備和敵人裏應外合。再不從實招來，我就不客氣了。」

「請你不要血口噴人。」梁上校也發怒了。

「哼，看來是不打不招。來人，將他們帶下去嚴刑拷問。」

一群士兵上前，拖著他們往外走。

「冤枉呀。」他們喊著。

審問了一夜，受刑者都不認罪，只是喊冤。到後來，審問者都累了，關上牢門走了。

梁上校滿懷悲憤，心想活不成了，但死不瞑目。忽聽得外頭走廊上傳來急促的腳步聲，接著有人打開了牢門走進來。他抬頭看，竟是他的舊部下張寶。

「梁上校，我來救你們了。」張寶上前，一邊替他打開腳鐐手銬，一邊說：「上回的戰役中，我帶了一隊人衝出了共軍的包圍，投奔了這個營。前幾日，有一群我們的弟兄，被共軍俘虜又釋放了的，也來投營，不料，營長下令將他們全部當作叛徒處決了。剛才聽說你們也被捉來，當作間諜拷問，我便和隊裏的人商量，決定救了你們一起逃走。」

「我們原是寧死不降的。沒想到，死裏逃生竟遭受這般待遇，豈不是逼人造反。如今，我若能逃出去，就去投共了。」梁柱說。

「無論你投靠那邊，我們都願跟隨你去。」張寶說。

張寶和三十來個伙伴救出了梁上校，扶起傷者，悄悄地向軍營外逃走。

一個時辰後，巡哨的士兵發現被打死在牢門外的守衛，立刻去報告營長，出動了大隊去追捕。

共軍聽得槍聲密集，以為國軍來突擊，於是，也出動了軍隊。

守界的兵隊長一見梁上校，驚奇道：「你這麼快就率軍來攻打我們了嗎？」

「不，我們是來投誠的，正被國軍追擊。請相救。」

「好，我們幫你打退追兵。」共軍隊長說。

程友義聽說梁柱前來投誠，立刻親自出來迎接，握著他的手，說：「梁上校，歡迎你歸來。我們真是求之不得。」

「我要為冤死的弟兄們報仇。今後，願在共軍中作一名先鋒。」梁上校發誓。

「好極了。有你梁上校為先鋒，我們還能不打勝戰嗎。」友義喜道。

一九四六年的春節裏，孟紹鵬和紹卿兩兄弟都先後攜眷還鄉。孟家莊足足放了十串鞭炮，慶祝光復國土和家人團圓。

崇漢已七十中旬，頭髮全白，慧娘也顯得老了。他們捱過了八年艱苦的歲月，終於得以重享四代同堂之樂，又見了新添的孫媳婦和孫兒們，份外高興，親親這個，抱抱那個，笑得口合不攏。

孫兒玉棠娶了個嬌媚的四川姑娘名叫簡薇。新添的孫兒玉思，五歲了，是紹卿和曉鵑生的。阿蓮和進田在逃難中喪失了一個女兒，後來又生了一個兒子，名重慶，滿三歲了。曾外孫程克強一直由外公和外婆扶養長大，已經是十三歲的少年。

「現在只差玉蘭、友義和玉祺還沒回來。」慧娘說。

「戰爭已結束，我看，他們也都快回來了。」崇漢樂觀地說。

元宵節前夕，玉蘭終於回來了。只見她眼中含淚，手捧骨灰盒，大家都誤會了。

「啊，友義陣亡了嗎？」他們驚問。

玉蘭跪下了，哀傷地說：「爸爸、媽媽，對不起，我沒能好好照顧弟弟玉祺，只能把他的骨灰帶回來了。」

「啊，玉祺死了？」婉珍一聽，差點暈倒。紹卿和曉鵑連忙扶住了她。

「玉祺是怎麼死的？他的骨灰怎會落到妳的手裏？」紹鵬悲痛地問。

「他是自殺的。」玉蘭泣不成聲，咽咽嗚嗚地說。

面對著玉祺的靈位，孟家老幼都感到悲痛和沮喪。

媽。」紹鵬勸阻他們。

「太可恨了。我一定要為哥哥報仇。」玉棠口口聲聲地說。

「小舅舅，請你別說了，免得我媽更難過。」克強說。

「我偏要說。最好別讓我見到你爸，我會揍他。」玉棠說。

「既然你這麼恨我們，我馬上帶克強走吧。」玉蘭說。

「玉棠，你少說兩句吧，別再增加大家的痛苦了。玉蘭，妳不要急著走，明天跟我們回家，好安慰媽

玉蘭答應了。她打發了一個年輕隨從，請他回去報知友義，她已平安回家。

次日，紹鵬夫婦帶著一家人回上海。

又過了一日，紹卿也帶著妻兒離去。他已被任命為一個科學院的院長，要到南京去上任。

江進田的房子和田地，全被一批難民佔據了。他上告官府都沒結果。有人告訴他，沒錢休想叫政府人員辦事。好在，他一家人還不至於流落街頭，住進了孟家莊，就算是到阿蓮的娘家住。

孟家還收留了另一個有家歸不得的人，是李勇的妻子勤姐。

當初，李勇去參加游擊隊，房子被偽政府沒收了。尤洪將房子低價拍賣給他的朋友范實。戰後，勤姐去要回房子。豈知，范實拿出地契，說是買來的。因謠傳李勇已陣亡，勤姐孑然一身，鬥不過有錢有勢的范家。

其實，李勇並沒死，只是被砲火炸斷了右腿，在傷兵醫院住了半年，才養好傷。軍部派人來，給了他一張退伍證書，一付拐杖和些許還鄉的路費。

「我為國家打了八年戰，失了一條腿，只換來了兩根拐杖。」他苦笑說。

他的兩個戰友，一個叫魯冬，另一個叫李柏，都是三十來歲的中年人，來為他送行。

李勇得知他們也都被迫退伍了，正愁無家可歸，便說：「如果你們願意，就跟我回家吧。我缺了一條腿，不能開卡車了。家裏還有幾畝田，你們幫我耕種，我付工資。你們願意嗎？」

「我們願意。」魯冬和李柏都喜出望外，就幫李勇提了行李，一起走了。

勤姐聽說李勇回來了，連蹦帶跳地跑出去，見他被村民擁護著，扶著拐杖走來。她驚得站住了，說：「老公，你、你的腿？」

「別怕。我失了一條腿不要緊，至少還活著回來了。」李勇說。

「老公。」勤姐抱住他，痛哭。

「你們母子吃苦了。我聽說妳和吉兒都入了獄。」李勇還不知道兒子死了，因為沒人敢告訴他。

「我們先到孟家莊再說吧。」勤姐收淚，說。

「不，還是先回家。找不到車，我是一路走回來的。我要休息。」

「我們的房子已被尤洪賣給范實了。我現在寄住在孟老爺家裏。」

「豈有此理。我這就去把房子要回來。」

李勇來到家門口，叫道：「范實，你給我滾出來。」

屋內沒回應，他便令魯冬踢開門。

「你，你們為何闖入我家？」范實驚慌地說。

「你的家？鳩佔鵲巢，還不快給我滾。」李勇罵道。

范實見他只剩了一條腿，便壯著膽說：「這房子是我出錢買下的。我有地契。」

「什麼地契？拿來我看。」

范實取出一份文件給他看。不料，李勇奪過了，看也不看就撕成兩半，丟在地上，說：「偽政府偽造的文件有個屁用。你再不走，我就向你討還八年的房租。」

「你撕毀我的地契。」范實大怒，欺李勇獨腳，便想撲上前毆打。不料，突然被兩個大漢左右持住了臂膊，將他提起，扔出了屋外。

圍觀的村民，都拍手喝彩。

勤姐原以為魯冬和李柏只是路見不平，拔刀相助。但見他們一直站在李勇身邊不走，便覺得奇怪，問：「這兩位是何人？」

「他們是我部隊裏的戰友，現在都已退伍了。我請他們來我們家作長工，妳要對待他們像我的親兄弟一樣。」李勇說。

「好。以後我們和這兩位弟兄就如一家人了。」勤姐說。

為了讓丈夫好好休息，勤姐絕口不提兒子遇害的事。當李勇問起時，她含糊地說吉兒在孟家。

次日，李勇來到孟家道謝：「孟老爺，夫人，多謝你們收容我的妻兒。」

「請不用客氣。你捍衛國家，我們怎能不照顧你的家人呢。」崇漢說。

「我的兒子應該有十二歲了吧。他怎麼不出來見我？」李勇四面張望，說。

「你等著。我去帶他出來。」勤姐說，即去捧了骨灰盒出來，又說：「李勇，你不要悲傷，我們的兒子已經長眠了。」

「什麼，阿吉死了？怎麼死的？」李勇驚道。

眾人都不敢出聲，只有江進田壯著膽說：「他在獄中出水痘，尤洪奉了日本人的命令，將他用火燒死了。」

果然不出所料，李勇大怒，獨腳一蹬，站起來罵道：「啊，狗漢奸尤洪，我要將他挖心刮腹，為我兒子報仇。」

「請你息怒。尤洪已經被捕入獄了。」崇漢說。

「可是，尤家用錢上上下下都打通了。尤洪至今尚未被判刑，他簡直是將監獄當避難所，逃避要向他討回血債的人。」進田說。

「就算他躲到監獄，我也要將他揪出來，活活打死。」李勇說，撐著拐杖就往外走。

「我和你一起去。我早想為父母和女兒報仇。」進田說。

村裏的人，哪個沒受過尤洪的迫害，一聽說李勇要報仇，都紛紛響應，一下子就有上萬人來跟隨，浩浩蕩蕩地游行示威。

「快把漢奸尤洪拖出來，當場槍斃，否則我們就要闖獄劫人了。」李勇立在監獄門前大聲說。眾人跟著吶喊。

監獄長聞訊，慌忙走出來，向李勇必恭必敬地說：「李大英雄，你回來了，想是要找尤洪尋仇報復。實不相瞞，三天前，他已被遷移到別的監獄去了。」

「他被調到哪個監獄去了？」

「這個，我實在不知道。他們提走犯人，只給了張收條，但不肯說押去哪裏。」

「哼，不管他躲到哪裏，我們都不會放過他。走，我們到省政府去請願。」李勇說。

李勇帶領大眾直接去省府門前示威請願，露宿了三天三夜，省級官員終於答應從速處理尤洪的案子。

一個月後，尤洪被判無期徒刑。村民都不服氣，但無可奈何，只有痛罵貪官污吏。

玉蘭停留在娘家，一住就是一年。儘管友義不斷派人來催，她還是遲遲不歸。因玉祺之死，她需要時間來平復內心的創傷和歉疚。然而，國共之爭日益惡化，她的安全開始受到威脅。一日，她出外時被特務跟蹤，險遭綁架，她知道在上海待不住了。

正巧，蘇文傑夫婦來探望她。

「玉蘭，明天我們就要搬到南京去了，今兒特地抽空來向妳辭行。」蕙英說。

「啊，你們來得正好，因為我也不得不離開上海了。」玉蘭說。

「對，妳還是儘快離開才好。因為內戰就要爆發了。」文傑說。

「若真打起戰來，我們會處於敵對的陣營。但無論如何，我會永遠珍惜你們的友誼，請你們保重。」玉蘭說。

「再見，玉蘭，但願我們後會有期。」蕙英悲傷地走了。

凌晨一點，玉棠夫婦才從夜總會回來，兩人都喝醉了。

走進院子裏，玉棠突然在一顆樹下坐倒，掩面哭了。

「你怎麼啦？」薇薇問。

「我真該死。哥哥沒了，只剩一個姐姐，我卻整天和她過不去。天亮她就要走了，我怕再也見不到她了。」

「那麼，趁她走前，我們向她陪個不是吧。」

「我怕睡著了，醒不來。她若悄悄地走了，我會終身遺憾的。」

「既然如此，我們就在院子裏過夜吧。這樣，她黎明出門前，一定會看到我們的。」薇薇頭腦不清地說。玉棠居然同意了。

於是，他們不進屋裏去了，就用外衣當被子，靠在樹幹上睡著了。

黎明，玉蘭已準備好出發。她的父母都一夜未眠，等著為她送行。

「妳去把玉棠叫醒吧。好歹也是姐弟一場，他總不能不送妳呀。」婉珍說。

「不。他昨晚午夜都還沒回來，現在恐怕才睡著不久，就不用打攪他了。他是我剩下唯一的弟弟，無論如何，我都會愛他的。」玉蘭說，準備出門。

管家領先走到院子，卻見兩個人頭露出在樹下。他以為有賊，躡足走過去一看，驚奇地大叫：「二少爺，二少奶奶，你們怎麼睡在這裏呀？」

玉棠和薇薇被吵醒了。

「真太不像話，你們醉得連臥房在哪裡都分不清了。」紹鵬跺腳，罵道。

「不，我們是怕姐姐悄悄地走了，所以特地在這裏守著。」玉棠說。

「是呀，我們為了要向姐姐道歉，決定守夜，但不知不覺睡著了。」薇薇說。

玉蘭喜極而泣，彎腰去扶他們，說：「弟弟、弟妹，我很感動，你們快起來吧。」

玉棠站起來，抱住了她，哭道：「姐姐，我實在是捨不得和妳分離。」

「弟弟，我也會想念你的。我不在時，請你和薇薇孝順爸媽，別令他們擔心。」

「請妳放心。今後我一定改過，再也不自暴自棄了。」

「小舅，你一直看護我長大，我真捨不得離開你，但我必須去找爸爸。」克強說。

「我知道。你替我警告你爸爸，不要欺負你媽媽，否則我會找他算帳。」

「小舅，你真是杞人憂天。」克強笑道。

聽見有人敲門，玉蘭說：「有人來接我們了，克強，我們走吧。」

「玉蘭，克強，你們這一去，幾時才會回來呀？」婉珍忍不住悲傷。

「媽媽，別難過。我相信，我們一定還會團圓的。」玉蘭安慰母親。

經歷過抗戰時期的離合，婉珍不懷疑將會有重聚的一日，忍悲說：「是的，但願早日團圓。你們去吧，路上小心。」

【第十七章】
手足對立　江山易幟

內戰爆發，國民黨軍隊節節失利，民心恐慌，政府企圖封鎖戰敗的消息，徒然無效。南京的情報局，奉命偵查消息來源，緝捕間諜。

一個深夜裏，蘇文傑率領他的偵查組破獲了共產黨的地下報社，人贓俱獲。他決定親自審問被捕的報社編輯。

「你叫什麼名字？報上有關軍事的消息，你是從哪裏獲得的？」

犯人回答得很爽快：「好，我招。我叫侯健民，供給我情報的是蘇文康。」

「你胡說。」文傑驚怒。

「千真萬確，我知道你是他哥哥，否則絕不會招的。蘇文傑，希望你也能成為我們的同志。」

「住口。你休想誘我投共。你若有半句謊言，我決不饒你。」文傑憤然離開了牢房。

因事關緊要，文傑立即回家叫醒了父母和妻子。

「今夜，我們捕捉了一個共產黨人，他說文康供給他戰事情報。若他說的是真話，我該怎麼辦呢？」

「這人胡說，不可相信。」蘇錦山夫婦都說。

「這事只要去問文康，不就知道真假了嗎？」蕙英說。她懷有七個月的身孕，肚子鼓鼓的，身體也顯得胖了。

「我本想直接去問他，只怕你們不信，所以想讓你們親耳聽他的口供。」

「這樣吧。你立刻打電話給他，就說我心臟病突發了，叫他趕快過來。到時由我來問他。」錦山說。

不久，文康和琇瑩一起趕來了。

「哥哥，爸爸到底怎麼了，情況嚴重嗎？」文康一進門，著急地問。卻見父親好端端地坐在客廳裏，他看出苗頭不對，猜想這是誘捕他的圈套，便回身想走，卻被文傑阻擋他的去路。

「你見到爸爸，為何不問候一聲就想走。是因為做了虧心事嗎？」文傑厲聲說。

文康目瞪口呆，不知所措。

「文傑，這是什麼回事？爸爸沒病，你半夜三更騙我們來，還指控文康做了虧心事，有何證據？」琇瑩感到困惑，反問。

「我剛破獲一個共黨地下報社，犯人侯健民招供說文康給了他國軍情報。文康，你說，可有此事？」

文康垂頭不語，像是默認了。

「文康，你是我爸爸的機要秘書呀，怎麼可以背叛他呢？」琇瑩驚怒，責道。

「眼下哀鴻遍野，民不聊生，我只想令內戰早日結束，給中國一個起死回生的機會。」文康難過地說。

「住口。」錦山指著他，罵道：「你這逆子。你岳父、你父親、你哥哥，全都是國民黨員，你卻背叛了我們，去和共產黨人為伍。你想氣死我嗎？」

他因氣憤過度，臉色發青，全身顫抖，像要休克。

「老爺，你怎麼了？」蘇老夫人驚駭地叫道，上前用手按撫丈夫的胸口。

文康連忙跪下，泣道：「爸爸，兒子不孝，請你千萬別氣壞身子，不然，兒子的罪孽就更深了。」

錦山好不容易才喘過一口氣來，淚流滿面，說：「我只當沒你這個兒子了。你去自首吧，不要令你哥哥為難。」

「好。一人做事，一人當。哥哥，你抓了我去交差吧。」文康站起來，說。

「走吧。」文傑狠著心說，然而，他的雙腿發軟，竟無法舉步。

「不。文傑，你不能讓弟弟去送死。他們連同情共產黨的人都殺，決不會對共諜留情的。媽給你跪下了，求你放了弟弟吧。」蘇老太太跪下，大哭。

「媽，請你不要這樣，快起來。」文傑驚恐地彎腰去扶母親。

「不，你若不答應設法救弟弟，我就跪著不起來。」

「夫人，妳快起來吧。妳若捨不得小兒子，就會害了大兒子。文康作孽，總不能叫文傑去替罪呀。」錦山悲傷地說。

蘇老太太由兒子和媳婦扶起，坐下了，哭道：「老天爺呀，他兄弟倆從小相親相愛，怎麼會變成了敵人，落到非要你死我活的境地呀。」

文傑、文康都淚濕衣襟。

「文傑，你快想法子，救弟弟一命吧。」蕙英說。

「文傑，我求你，放了文康，一切後果由我擔待。」琇瑩也哀求。

文傑緊閉了嘴，一言不發，他知道，若是答應放了弟弟，他就得付出自己的性命。

「你們不必為我求情了。我不懼死，也不後悔。」文康說。隨即拉了文傑的手臂，又說：「哥哥，請你快帶我走吧。如果我是你，我也一定會這麼做的。」

文傑凝視著弟弟，想起小時候，弟弟常請求他帶出去玩。怎也想不到會有今日，要他帶去赴死。他萬分不忍，暗嘆一聲，緩緩地說：「你去自首吧，我不奉陪。」

「你讓我自己走，不怕我逃走嗎？」

「目前除了我和侯健民，還沒第三者知道你的秘密。我勸你自首，已盡了我的責任，你好自為之吧。」

文傑這麼一說，無異是叫弟弟放心逃走了。文康感激不盡，錦山夫婦也都鬆了一口氣，只是心照不宣，不敢說出來。

琇瑩暗喜，立即拉了文康，說：「走，我陪你去自首。」

「爸爸、媽媽，我走了，請你們保重身體。哥哥、嫂嫂，你們的大恩大德，我將永遠感激。」文康含淚說。

「文康，你自己也要保重呀，但願我們還有重逢的日子。」錦山夫婦上前抱住了小兒子，惟恐是永別。

「時間不早，你們快讓他走吧。」文傑警告說。

「好，琇瑩、文康，你們去吧。」錦山忍悲，說。

一走出大門外，琇瑩便說：「文康，我們回家帶了孩子，立刻逃往香港，離開這是非之地，不要介入國共之爭。」

「不。此時我若逃到國外去避禍，就是一個可恥的叛徒，不配作妳的丈夫，也不配作君安和君怡的父親。我必須去追求理想，建立一個新中國，才能贖我今日之罪。」

「難道你想拋棄我和兒女，去投共嗎？」

「為了挽救中國於淪亡，我已準備將生命、愛情和家庭全豁出去了。」

「不管你用什麼藉口，你若敢拋棄對我的海誓山盟，我就世世代代與你為仇。」琇瑩又氣又急地說。

「妳若要報仇，不必等到來世。現在就帶我去見高將軍，讓他當場槍斃我吧。」

她崩潰了，緊緊抱住了他，哭道：「看來我留不住你了。文康，幾時你才會回到我的身邊呀？」

「倘若我的夢想實現了，我會馬上接回妳和孩子們。萬一我失敗了，或不幸身亡，妳不必為我守寡，改嫁吧。」

「好，你走吧。我會等你歸來，因為我愛你甚於我自己。」

「琇瑩，我愛妳。」他情不自禁，親吻她。

他倆相吻著，難捨難分，忽然，她推開他，說：「天快亮了，你還是趁早逃走吧。」

「琇瑩，我不得不走了，再見。」文康匆匆地跑了。

琇瑩望著他的身影消失，沮喪地獨自回家。

次日，文傑故意拖延時間，等到下午才去上班。

鄭達見了他，問：「聽說你已抓到共諜，問出口供了嗎？」

「犯人招供了，出賣情報的是蘇文康。」文傑含淚說。

鄭達驚奇說：「是你弟弟？」轉而一想，又說：「嗯，他是高將軍的機要秘書，要竊取情報，輕而易舉。文傑，你已將他緝捕歸案了嗎？」

「我已勸他自首。」

「要他自首！笑話。你分明是故意縱放弟弟逃走。」鄭達拍案大怒。

「我承認失職，願受處分。」文傑說。

「放走匪諜，罪不容赦。雖然我和你父親是世交，但絕不能徇情。」

「我明白。」文傑說。自動將身上的手槍、身分證，全放在桌上。

鄭達隨即按了桌上的警鈴，喊道：「來人。把他拘捕，押到牢裏去，嚴密監視。」

文傑被反銬雙手，押著走了。

鄭達點起一支煙抽著，露出幸災樂禍的奸笑。

早年，他曾視文傑為世侄。然而，自從文傑進入情報局後，屢次立功，他忌才妒能，擔心文傑會奪取自己的地位。加以，他貪污受賄，文傑不肯同流合污，還時常直言規勸，更引起他的猜忌。他決定乘此機會拔除眼中釘。

當天晚上，他乾脆一不作，二不休，將文傑和文康兄弟兩家都查抄了。還把蘇錦山和高琇瑩都逮捕入獄。

高將軍因女婿叛變，受了譴責，被迫停職，留在家中反省。他又震驚又憤怒，恨不得親手殺了他的女婿。

聽說親家母帶了他的外孫和外孫女求見，他畢竟還愛孫兒女，就讓他們進來了。

君安和君怡一見他，便哭訴：「外公，我們的爸爸出走了。警察把媽媽、爺爺和伯父都捕捉到監獄去了。請你快設法救他們呀。」

「嗄，連你們的媽媽也被捕了嗎？」高將軍驚問。

「是呀。昨夜，鄭達帶人來抄我們的家，把錦山和琇瑩都抓走了。文傑也已入獄。高將軍，現在只有你能救他們了。」蘇老太太說。

高將軍令僕人先將他的外孫兒女帶進屋裏休息，方才向親家母說：「這都是文康惹的禍，害我都受了譴責。你們知道他叛變，為何不將他送交官府？居然還敢放他逃走，真是罪有應得。」

「原說好，他去自首的，還是由琇瑩陪他一起出門的，誰知他跑了。」蘇老太太說。

「哼，分明是你們放了他，妳還敢強辯。」高將軍怒道。

「對不起。我們錯了。請你看在外孫兒女的份上救救他們的媽媽、爺爺和伯父吧。」

「琇瑩是無辜的，我自然會設法救她。你們蘇家的人，我愛莫能助。」

「錦山和文傑也是無辜的。高將軍，求求你，發發慈悲吧，別讓他們被槍斃。」

「我自身難保呢。妳少廢話，走吧。」高將軍一肚子怒氣，不客氣地下了逐客令。

「那麼，讓我帶君安、君怡回去吧。」蘇老太太無可奈何地站起來，說。

「我的外孫兒女就留在這裏了。妳自己走吧。」高將軍無情地說。隨即令身邊的衛士：「送客。」

蘇老太太被逐出了高將軍的官邸，悲傷地走到大街上，六神無主。忽然，一個男人衝到她面前，奪了她的錢包，將她推倒在地上，逃跑了。

「救命。捉賊呀。」她躺在地上喊道。

有一個好心的少婦蹲下去扶她，說：「沒法子追了，報警也沒用。如今，小偷強盜到處都是。下回出門，妳小心點吧。」

「唉呀，我的右腿好痛，站不起來了。」蘇老太太痛苦地說。

「糟了。妳的腿大概跌斷了吧。妳家裏有什麼人，我替妳打電話叫他們來接妳吧。」

「我家裏只剩下一個懷孕七個月的媳婦和兩個幼小的孫女。昨夜，家中出了事，電話線路也被切斷了。」蘇老太太淚下。

陌生女人起了同情心，說：「這附近有一家醫院。我先雇車送妳去醫院，再去妳家通知妳媳婦吧。」

「太感謝妳了。請問妳貴姓大名？」

「妳就叫我李太太吧。其實，我家中也有許多事，能幫妳的，只有這麼多了。」

「李太太，妳真是好人。」

李太太雇了部人力車，吩咐車夫送蘇老太太去醫院。她拿了蘇家的地址又另雇了一部車去報信。

蕙英聽說婆婆受傷，被送到醫院，心想：「真是禍不單行。」

她匆匆趕去醫院，發現婆婆就地躺在擁擠的走道邊，頓時覺得心好痛，連忙上前蹲下，叫了一聲：「媽。」

「蕙英。」蘇老太太拉住了媳婦的手，哽咽難言。

「妳已給醫生看過了嗎？怎麼不住病房，他們沒空位嗎？」

「還沒看醫生，因為我的錢包被搶走了，沒錢掛號。家裏的錢財也都被抄走了，我看住不起病房，妳還是帶我回家去吧。」

「不，妳別為錢擔心。文傑在銀行裏大概還有些存款。」

「文傑的存款恐怕不多，妳去銀行提款時，最好把妳公公的圖章也帶去。」

「好吧。我先為妳掛號，看了醫生再說。」

蕙英去掛了號，又請求護理人員找來一張擔架床給她婆婆躺了，便坐在邊上陪著。

「媽，妳見過高將軍了嗎，他怎麼說？還有君安和君怡呢？」

「見過了，君安和君怡都被他留下了。但是，他恨文康，不肯幫忙營救妳公公和文傑。」

蕙英強忍內心的失望，安慰婆婆，說：「媽，妳別太傷心。我想，爸爸和文傑的罪都不至於被判死刑，我們慢慢想法子吧。妳先養好腿傷才是。」

「都是我不小心，碰上了歹人，失了錢，還受了傷。妳已懷胎七個月了，我不但幫不上忙，反而拖累了妳。我真恨不得死了。」蘇老太太開始自怨自艾。

「千萬別這麼說。現在，我們無論如何要振作起來，才能度過難關。」

看了醫生，才知蘇老太太的右腿骨跌斷了，必須住院，動手術接合。

「醫生，請你儘快為我婆婆醫治吧。」

「妳必須先繳一筆手術費和住院費。」

「今天銀行已關門了。請先讓我婆婆住院，明日我就把錢送來，可以嗎？」

「好吧。我們先通融一日。」

「謝謝你了。」

蕙英等婆婆住入病房後，才離開。她疲乏地回到家，已經天黑了，卻發現君美和君婉都坐在門口等著她。

「咦，你們怎麼坐在這裡，李嫂呢？」

「李嫂走了。我們還沒吃晚飯，我肚子好餓。」君婉哭道。

「什麼？」

「李嫂說我們家倒霉運了，恐怕沒錢付她的月薪。妳出門不久，她就提著包袱走了。」君美說。

「唉，真太無情了。不過，她走了也好，我們真的請不起佣人了。」蕙英嘆道。

次日，蕙英一大早就出門去銀行提錢。銀行十點才開門，她八點鐘就到了，但門前已排了長龍，她只能排到兩條街外。

一直排到下午兩點，總算被她挨到了銀行的櫃台口。

她取出存摺和圖章，扶著櫃台，說：「這個存款帳戶裏的錢，我想全部提出來。」

出納員查了半天，查不到帳戶，又走進去找經理。

最後，一個經理走出來說：「妳是蘇文傑的太太嗎？對不起。妳先生的帳戶已經被政府查封了。」

「嗄，有這樣的事。」蕙英大驚，又趕緊說：「那麼，我公公，蘇錦山的帳戶呢，他也給了我圖章和簿子，託我替他提款。」

「蘇錦山的帳戶也被查封了。你們家到底出了什麼事呀？」銀行經理說。

「天呀。」蕙英幾乎暈倒。

她身後的人卻都已等得不耐煩了，紛紛催道：「喂，妳不提款，就快走呀。」「他媽的，浪費將近一小時，銀行都快關門了，別害我們白等。」

她只得困難地舉步，走離了櫃台。心想，沒取到存款，別說醫藥費，連一家人的伙食費都即將成問題，她考慮要不要回頭請求銀行經理貸款。然而，抬頭看見牆上的時鐘，已經是下午三點了，她心中又是一驚，害怕婆婆被趕出醫院，於是加快了腳步走出銀行。

到了醫院門口，她還想不出個法子，望著大門，竟沒勇氣走進去。

「沒取到錢，怎麼和醫院的主任交涉呢？」她心中自問，欲哭無淚。

忽然，瞧見一個熟人自醫院裏走出來，她不由得喜出望外，大叫：「孟紹卿。」不顧一切，上前緊緊地抓住了他的手臂，深怕走脫了唯一的救星似地。

「蕙英，可巧在這裏遇見妳。妳懷孕了，來看產科醫師的吧，文傑沒陪妳來嗎？咦，妳怎麼哭了？」紹卿驚訝地說。

「紹卿，你怎麼會在這裏呢？」蕙英一邊拭淚，一邊反問，盡力壓抑自己的情緒。

「我的一個朋友病了，住在這家醫院裏，我剛才來探望他。蕙英，妳看來很憔悴，是不是生病了？」

「不。我沒病，但是我家裏出了大事。」

「出了什麼事，妳快說吧。」

「一言難盡。因文康投共，洩漏軍機，文傑代弟受罪，連同他爸爸和琇瑩都被捕了。禍不單行，昨日我婆婆又在街上跌斷腿，醫生說要動手術接骨，可是需要一大筆醫藥和住院的費用。今天一早，我去到銀行排隊提錢，不料，文傑和我公公的帳戶都已被查封了，我們一家人即將面臨絕境。」

紹卿平日工作忙碌，很久未與文傑和文康見面了。又因當局封鎖了消息，此案不見報導，所以蘇家發生的事，他一無所知。聽了蕙英的陳訴，他決定全力相助。

「蕙英，妳不用害怕，從今起，妳不再孤單了。我和曉鵑都會幫助你們度過難關的。我們也會設法營救文傑和他的父親。」

當下，他承擔了蘇老太太的手術費和住院費，並解決了蘇家老小一家人面臨的生活困境。然而，他想不出救文傑的辦法，心中焦慮。

高琇瑩入獄一個月後，獲准由她父親保釋。

「爸爸，你為什麼只保釋我一個人。你忍心讓文傑和他父親被處死嗎？」

「我能把妳保釋出來，已經很不容易了。妳知道我託了多少人情嗎？妳居然不感激，還責怪我。再說，文康背叛了我，要我去救他家的人，休想。」

「可是，他們究竟是君安和君怡的爺爺和伯父呀。」

「不要再說了。從今起，我們沒這個親家，我要妳立刻公開申明和蘇文康離婚。」

「我不要離婚。如果你想逼我，我就帶君安和君怡回婆家。」

「別胡鬧。老實告訴妳吧。蘇家完了。三日後，蘇文傑就要被槍決。」

「天呀，這是多麼殘忍。文傑一向忠黨愛國，只是不忍心捕殺弟弟。若非他自首，至今也沒人知道文康叛變的事，為什麼要處他死刑呢？」

「文康罪不容赦，文傑願代弟受刑，活該。」

「不。文傑只是代罪羔羊，爸爸，我求求你，設法救他吧。我向你跪下了。」

「唉，處決令是欽命，任何人都無法改變。何況，我自己都是帶罪之人，有什麼權利說話呢。」

忽然，君安和君怡跑出來，叫喊：「媽媽。」一起投向母親的懷抱。

「孩子，我們走。」琇瑩一手牽了一個孩子，就要往門外走去。

「來人，快攔阻他們。把她關到房裏去。」高將軍喝道。

琇瑩被強迫與兒女分開，單獨關在臥房。她一氣之下，找出一把剪刀，割腕自殺。

一個女僕端了雞湯來給她喝，發現她暈倒在地上，大喊救命。高將軍也慌了，連忙將她送往醫院救治。

一大早，紹卿開車和曉鵑一起到醫院，準備為蘇老太太辦理出院手續。他們剛下車就望見一個穿軍便服的中年人走出醫院大門，上了部軍字號的汽車。

「咦，那個人好像是高將軍。」紹卿說。

「你說是琇瑩的爸爸？我們快去向他打聽琇瑩的下落。」曉鵑說。

他們正想跑過去，卻被幾個警衛員阻擋了去路，只能眼看著高將軍的座車開走了。

來到辦理手續的窗口，紹卿一面填表，一面問女職員：「剛才我看見高立將軍走出醫院，他是來看病的嗎？」

女職員看看左右無人，低聲說：「昨晚，高將軍的女兒割腕自殺，被送來急救。高將軍一直陪著她，剛才離開。」

「嗄，高琇瑩自殺，有生命危險嗎？」紹卿和曉鵑都大吃一驚，異口同聲問。

「她已脫離險境了。你們認識她嗎？」

「我是她的大學同學，妳能告訴我她的病房嗎？」紹卿說。

「不行。高將軍令醫護人員守密，還派了便衣警衛員守著病房，不許外人探訪。」

「求求妳，告訴我們吧。高琇瑩是我們的至交，目前她正需要朋友。」曉鵑懇求。

「好吧。我告訴你們，但你們千萬不可和別人說。」

「謝謝妳。我們答應，絕對保密。」

離開了櫃台，曉鵑即向紹卿說：「我們快去看琇瑩吧。」

「不，還是先送蘇伯母回家吧，免得蕙英著急。回頭我們再來不遲。」紹卿說。

「也好。」曉鵑同意了。

他們用輪椅將蘇老太太推出醫院，扶她上了車，便開車到蘇家。

果然，蕙英已站在門外等待了。

老太太躺到了自己的床上，欣慰地說：「能回到家真是太好了。紹卿、曉鵑，都虧你們的幫助。還有蕙英也給我累壞了，今後她不必每天跑到醫院去照顧我了。」

「請別客氣。只要伯母的身體早日恢復健康就好了。」曉鵑說。

「可是錦山、文傑和琇瑩都還在監獄，我實在不能安心呀。」老太太又開始難過了。

「我聽說琇瑩已經出獄了。」紹卿說，同時向曉鵑使個眼色。她會意，不說出琇瑩自殺未遂的事。

「真的嗎？你們已見過她了嗎？」蕙英和她婆婆都驚喜地問。

「還沒見過，我們也是剛聽到消息。」紹卿說。

「我要去見她。請求她設法救文傑和爸爸。」蕙英急切地說。

「聽說她被高將軍軟禁了。妳要照顧婆婆，還是讓我們想法子去見她吧。」曉鵑說。

「是的。請你們放心。我和曉鵑還有事要辦，告辭了。」紹卿說。

他們夫婦倆匆匆地重返醫院，到了三樓，遠遠望見走廊盡頭的一間病房門外有兩個便衣站著，他們猜想那就是琇瑩的病房。

「看來，我們只能作一次小偷了。」紹卿說。

「偷什麼？」曉鵑說。

「醫師的白外套和護士的制服。」

「好主意，我們各偷各的吧。然後，再到這走廊口集合。」

他們扮成醫生和護士，瞞過了警衛員，進入了病房。

病床上，琇瑩閉著眼，臉色蒼白，左手腕綁著繃帶，右手背插著滴液的針頭。

「可憐，她變得如此憔悴。我們要叫醒她嗎？」曉鵑難過地說。

「她一定失了許多血，需要休息，我們還是等她醒吧。」紹卿說。

不料，琇瑩突然睜開眼，驚奇道：「紹卿、曉鵑，你們怎麼會在這裏？」

「噓。小聲點，外面有警衛。我們是偷偷混進來的。」曉鵑俯身說。

「琇瑩，蘇家發生的事，我們都知道了，但不知妳是何時出獄的，為什麼要自殺？」紹卿說。

「昨天，我才被爸爸保釋，因他不肯救文傑和我公公，又下令將我軟禁。我氣憤不過，就不想活了。」

「唉，妳還有一對兒女，怎麼忍心捨棄他們呀？」曉鵑說。

「我爸將我和兒女隔離了。這是我的抗議，我知道很傻，只是控制不住自己。」

「琇瑩，妳有文傑的消息嗎？」紹卿問。

「再過兩日，他就要被槍斃了。據我爸說，已經沒人能救他了。」

「唉，我本想去向小蔣求救，可是聽說他到台灣去了。只剩兩日，真沒辦法了。」紹卿絕望地說。

突然，琇瑩挺身坐起說：「紹卿，快幫我拔掉右手的針頭，我們馬上去台灣。」

「怎麼去法？」紹卿愕然。

「坐飛機呀。我哥哥的朋友，韓遜，已昇為空軍少將，只要我去請他幫忙，相信他一定會答應的。」

「啊，原來妳如此神通廣大，要是自殺身亡，多可惜呀。」紹卿嘆道。

「少廢話，快拔針頭。」琇瑩不耐煩地說。

「不行，妳失了血，身體弱，而且門外又有警衛員守著。」紹卿仍然猶豫著。

琇瑩乾脆自己用嘴拔出了滴液的針頭，跳下床來，問：「你們怎麼進來的？」

「我們裝成是醫生和護士呀。」曉鵑說。

「曉鵑，我的衣服在那邊，請妳幫我拿來換上，再將妳身上的護士服給我穿。妳就裝成是我，躺在床上，等我和紹卿出去後，妳再設法逃走吧。」

「好。」曉鵑一口答應，立刻拿了琇瑩的衣服來，顧不得目瞪口呆的紹卿，當著他的面，替琇瑩脫去病人裝，換好衣服，然後，她自動上床躺下了。

「你還發什麼呆，走吧。」琇瑩向變得木然的紹卿說。

「是。」紹卿如夢初醒，前去開門，內心暗嘆：「啊，女人，真不可思議！」

琇瑩低著頭，和紹卿一起走出了病房。那兩個警員一時沒注意，只瞧見她的背影，雖有點懷疑，但回頭望見病人安然躺在床上，也就不去追究。

曉鵑躺了一會，見門外沒有動靜，猜想琇瑩和紹卿已走了。她掀開被子，下了床，躲到門邊。等到真的醫生和護士來視察時，發現病人不見了，警衛員驚慌失措，她乘亂逃跑了。

韓將軍聽說高琇瑩來找他，立刻親自出來迎接。

「琇瑩，好久不見了。今日是什麼風把妳吹來呀？」

「無事不登三寶殿。韓遜，我先替你介紹，這位是我的朋友孟紹卿。」

「孟博士，我們見過。抗戰時期，你曾經是美軍的顧問，不是嗎？」

「是的。韓將軍，你好。」

「請到裏面坐，我們再聊吧。」

進入一個廳裏坐下了，琇瑩便迫不及待地說：「韓遜，我們有急事，要到台灣去找小蔣，你能不能讓我們搭飛機前去？」

「什麼事，這麼急呀？」韓遜驚異地問。

「我長話短說吧。文康投共了，他的哥哥文傑成了代罪羔羊，後天就要被處決。我們想去向小蔣求救。」琇瑩說。

「啊，連一向愛好自由的蘇文康都倒戈了，局勢真是對我們不利呀。」韓遜嘆道。

「希望你能站在人道立場，幫助我們援救蘇文傑。」紹卿說。

「好吧。正巧，我剛要乘軍機去台灣議事，就帶你們一同去吧。」

「好極了，謝謝你。」琇瑩和紹卿都覺得慶幸。

因韓將軍之助，紹卿取得了小蔣的一條手令，要求鄭達將文傑的處決日延緩一個月。小蔣還答應回南京後，再為文傑請求減刑。

「好極了。有這條手令，文傑一定有救了。」

紹卿和琇瑩以為達成目的，次日一早便乘飛機回到了南京，立刻就去見鄭達。

「這是小蔣的手令？他人不在南京。你們怎麼弄到的，不會是偽造的吧？」

「確實是他親手寫的，我們剛從台灣回來。」紹卿說。

「喝，你們真是神通廣大呀，但孫悟空翻不出如來佛的手掌，這封信根本沒用，他無權過問此案。」

「他是你的上司，你敢抗命？」琇瑩怒道。

「我只聽他老子的。」鄭達不屑地說，當場將信撕毀，丟在地下。又說：「明日上午十時，你們來為蘇文傑收屍吧。」

「啊。」琇瑩氣極，竟暈倒了。

紹卿驚慌，無暇和鄭達爭論，趕緊抱起琇瑩，送她到醫院。

高將軍聽說女兒被送回醫院，急忙前來探視。

他表露了對女兒的關切，說：「琇瑩，妳失蹤了一天一夜，可把我急壞了。妳究竟去了哪裏呀？」

琇瑩剛被救醒，流淚說：「我想救文傑，所以和孟紹卿一起去台灣向小蔣求助。」

「唉，妳自己都差點沒命了，還想去救別人。」

「小蔣下令，將文傑的刑日延遲一個月，沒想到鄭達抗令，堅持要在明晨十時執行槍決。我當場氣暈了，剛才被醫生救醒。」

「事實上，除非總統下特赦令，誰也救不得文傑了。」

「那麼，我們只能去向總統求情了。」紹卿說。

「沒用的。要是能說服總統，我早就自己去說了。」高將軍搖頭，說。

「文傑與我情同手足，我不能見死不救。高將軍，請求你幫忙安排，在明日上午十時前，讓我去見總統，可以嗎？」紹卿說。

「我實在無能為力呀。」高將軍說。

「爸，請你想辦法託個人情吧，這是我最後一次求你了。」琇瑩說。

高將軍聽她說「最後一次」，深怕女兒再度自殺，只得勉強答應：「我盡力而為吧。孟博士，請你把家裏的電話號碼給我。無論成或不成，今天晚上，我一定會通知你。」

當天晚上，紹卿一直守在電話旁等候消息。直等到午夜才接到高將軍打來的電話。

「孟博士，好消息，我已託人將你的名字插入總統會客的時間表裏。約會時間是明天早上九點半，但你只能會見總統五分鐘。」

「呀，要在五分鐘內，獲得特赦令，恐怕希望渺茫。」

「老實說，是妄想。但我好不容易才為你定妥了約會，你可不能失約呀。」

「我知道了，謝謝你的幫忙，無論如何，我要試一下。」

次日，早上九點鐘，紹卿便到達總統府等候傳喚。他不停地看手錶，想著每過一分鐘，文傑就走近死神一步，他的心就驚慌。

終於，等到九點半，他走到一位職員面前，說：「我和總統約會的時間到了。我可以進去見他了嗎？」

職員詫異地望著他，說：「醫生看病人都不一定照時間表，總統接見訪客就非得準時嗎？何況，你是求見他的人，不是他召見的人，到時他願不願見你，還不知道呢。」

「可是，我有極重要的事，請你儘快傳報一聲，可以嗎？」

「廢話。總統處理的事，那一件不重要呢？」

「我想請求他的事，關係一條人命呀。」

「原來你想求總統特赦，這麼大的恩典，就是等上三天三夜也應該，你竟連一分鐘也等不得，真豈有此理。」職員生氣，掉轉頭不理他了。

過了九點三刻，紹卿正著急，忽見一人自外走進來，他驚喜地大叫：「小蔣。」

然而，來人視而不見，聽而不聞似地，沒理會他，逕往裏面去了。

紹卿有了希望，便坐下來，耐心地等。可是，時間一分一秒地過去，轉眼到了十點鐘，既不見小蔣出來，也沒人傳喚他。又等了十分鐘，他完全絕望了，心想好友已被處決，悲傷地將頭埋入了手掌中飲泣。

忽然，聽見一人走到他身邊，說：「孟紹卿，恭喜，蘇文傑已獲赦了。」

他驚異地抬起頭，半信半疑地問：「你是如何說服令尊的？」

「我起初說了許多，他都不聽。我以為無望了，便嘆道：可惜，殺了一個不可多得的電報密碼專家，而我們眼下正需要這種人才。沒想到，這句話打動了他，就赦了。可真險，再遲一分鐘，文傑就沒命了。」

紹卿大喜，站起來，握住了他的手，說：「多謝你。但你怎麼會趕回來呢？」

「昨夜，我猜到鄭達不會買我的帳，臨時決定，今天一大早就乘專機趕來了。」

「太好了。文傑有你這樣的朋友，真值得慶幸。」

「他有你這個朋友，也不差呀。還有，我父親說，他今日實在太忙，不能見你了。」

「沒關係，不用見了。請你代我謝謝他。我要趕去蘇家報喜，告辭了。」

「再見。」

蕙英得知丈夫死裏逃生，喜極而泣，因過分激動，竟要早產了。紹卿夫婦連忙送她去醫院。當晚，她又生了一個女兒。

一個月後，蘇錦山和文傑父子都獲得特赦，釋放了。

不久，國民黨政府決定退守台灣，他們一家人也跟著撤退人員遷移。

內戰爆發，烽火蔓延全國，華夏人民又一次面臨骨肉分離的命運。孟家三代人也被迫為去留問題作出困難的抉擇。

「日本人來了，我們都沒逃，現在逃什麼？」慧娘說。

「說的是，我們兩個老的絕對不走。紹鵬，紹卿，你們各自打算吧。」崇漢說。

婉珍也不想走，說：「若是共產黨獲得勝利，友義和玉蘭就可帶克強回來了。我們何必逃呢？」

玉棠抗議：「我和簡薇都反共，已決定搬去香港定居。薇薇懷孕了，你們若想看孫子出生，就得跟我們走。」

「婉珍，妳還是先和玉棠夫婦去香港，逃避戰禍。我留下陪爸媽，等局勢穩定後再接你回來。」紹鵬說。

「我們一家人也已決定去香港。過兩天就要走了。」紹卿說。

上海碼頭上，到處人山人海，孟紹鵬送妻子和兒子媳婦上船，覺得寸步難行。他們正在著急，忽聽見一個女人高喊：「孟先生，你們也要去香港嗎？」

紹鵬轉頭看，原來是高琇瑩。她身邊有兩個軍人，幫她提著行李，還有一個女僕幫忙照顧兩個孩子，所以她一下子就擠過來了。

「啊，原來是高小姐。我不走，只是送我內人和兒子媳婦上船。」紹鵬說。

「孟夫人，我們到船上就在一起作伴吧。」琇瑩說。

「好極了。旅途中，我們可以互相照應。紹卿一家人已先去香港了，到時他會來接我們。」婉珍高興地說。

「高小姐，妳可知道妳公婆家人的下落嗎？」紹鵬問。

「他們和文傑一家人上個月都已搬到台灣去了。」琇瑩說。

人們前擁後擠，搶著上船，他們的談話已無法繼續。

「爸爸，我們要上船了，請你回去吧。再見。」玉棠說。

「你們都保重。再見。」紹鵬揮手叫喊，很快被人潮擠到一邊，他只能遠遠望著輪船駛出港口。儘管他以最樂觀的態度來面對這次離別，仍免不了內心的憂傷。

孟家莊座落的村子裏，地主們逃走了一些，但大多數捨不得家園和財產，決定留下觀望。大地主尤金滿也沒走。一來，他認為無官不要錢，換了共產黨的朝代也一樣，只要巴結新官就行了。二來，他的長子尤洪因漢奸罪仍被關在獄中，他想乘亂買通獄卒，救出兒子。沒料到，國民政府倉促撤退，監獄沒人管，犯人都越獄跑了。

尤洪知道共產黨的厲害。一溜回家，立刻勸父親逃到國外去。於是，尤金滿雇了條船，準備逃亡。可是遲了一步。他們一家人剛要出門，已被村民包圍了庭院。受過尤洪迫害的人，揮臂高喊，要他償命。嚇得他和家人都退回屋內，緊閉了大門。

不久，解放軍開到。村民幾乎全體出動，夾道歡迎。

先是一隊隊風塵僕僕的步兵走過。接著，一列車子緩緩開到。民眾以熱烈的掌聲和歡呼迎接勝利者，坐在開蓬的吉普軍車上的兩個軍官亦向民眾舉手致敬。

忽然，李勇大喊：「啊，你們瞧，王竹清坐在車上。」

「是他，是他。」勤姐興奮地大叫。

「我們快去見他。」江進田說，領先跑下斜坡。

「竹清、竹清。」李勇邊喊邊跑。但他的右腿義肢不穩，一起跑就摔跤了，整個人滾下坡來。進田回頭扶起他，和勤姐一起架著他跑。

「王竹清是誰？」紹鵬一時裏記不起了，問身邊的阿蓮。

「他以前是尤家買來的童奴，綽號叫小竹子。」阿蓮說。

聽見呼喚聲，王竹清站起來舉目眺望，瞧見李勇由人扶著，一拐一拐地跑過來。他即向身邊的軍官說了幾句話，那軍官便下令停車。

竹清跳下車，走向李勇，叫道：「李大哥，我回來了。」

「竹清，你勝利榮歸了。」李勇激動得熱淚盈眶，握住他的手說。

「是人民勝利了。咦，李大哥，你的右腿怎麼了？」

「抗戰時，被敵人的炮彈炸斷了。」

「我帶你去見我們的團長于帆。」竹清說。即扶李勇到軍車旁，說：「報告團長，這位就是我向你提起過的李勇。他在抗日戰爭中失了一條腿。」

「李大哥，久仰，久仰。我早聽說你是個英雄好漢。」于團長客氣地和李勇握手。

「不敢當。」李勇受寵若驚，當下宣誓：「于團長，有你和王竹清率領解放軍。我李勇一定擁護共產黨。」

「好極了。有李大哥的擁護，我們的新政府一定會成功的。」于團長笑道。又轉向竹清說：「王副團長，別讓隊伍久等，快上車吧。我們改天再請李勇來聊。」

「是。」竹清上了車，揮手說：「李大哥再見。改天我再來拜訪你和勤姐。」

村民們紛紛向李勇道賀，也各自慶幸。新的統治者中有個善良的鄉親，令他們放心不少。

于帆在縣裏實行軍管，首先公開審判了一群罪犯。曾經是漢奸又作惡多端的尤洪，被當場槍斃。人心大快。接著推行土地改革，惡霸地主遭受鬥爭，田地全被沒收分給了佃農，但于帆允許他們保留住屋。

早幾年，孟崇漢已將田地賣了，只剩一座莊院。紹鵬常勸父母搬到上海去養老，但他們因捨不得離開祖傳的家園而拒絕了。解放後，于帆由王竹清陪同一起來慰問，主客談笑皆歡。這一來，崇漢夫婦更不想搬家了。

「瞧，于團長為人多親切，王竹清也還念著與我們的舊情。我早說過，不用擔憂的。」崇漢說。

「紹鵬，你還是早點回上海去吧，相信玉蘭不久就會和你聯絡的。」慧娘說。

「好，明天我就回上海，儘快讓我的工廠恢復生產。等見到孫子出生後，婉珍也可以回來了。」紹鵬同意。

一九四九年十月，江山易幟，大陸上佈滿了五星紅旗。毛澤東登上天安門，振臂一呼：「中國人民站起來了。」搏得四海歸心，億萬人民都成了他的信徒。

【第十八章】
情天恨海　虎女闖關

黑夜，天空映著半輪明月，無數群星。

大海中一葉扁舟，隨波蕩漾，渺小，不及宇宙中的微塵。然而，舟中三男一女卻都心事重重，彷彿懷著大海載不盡的愁，巨浪沖不走的恨。

一陣急風和大浪幾乎令小舟顛覆。高琇瑩縮下身子，雙手抓緊了船舷，唯恐被海浪捲走。海水打濕了她的衣裳，她不禁起了個寒顫。驚回頭，已看不見岸。她希望這只是個惡夢，但是濕冷的海水，撲面的海風，提醒她這不是夢。

「文康呀，文康，你害慘了我。」她心中埋怨著，往事歷歷湧上心頭。他們原是恩愛夫妻，家庭幸福。豈知蘇文康投共，她自殺未遂，帶領兒女遷居香港。新中國建立，文康來信懇求她回國團聚。若她順從了丈夫的意願，就得從此與在台灣的親人隔離，因此她猶豫了一陣子才回信答應他。不料，他又寄來了一封信，說他愛上一位女同志，要求離婚並勸她改嫁。

她因氣憤而失眠，深夜到海邊徘徊，撞著一艘偷渡船，船邊有三個人，他們過來和她說話。她已記不清是被迫上船，還是自願的，也許是一半一半。他們願意載渡她到大陸，她即冒冒失失地上了船。等她神智清醒時，船已遠離岸邊，大海茫茫，回頭無路，後悔莫及。

剛上船時，她並不理會船上其他的人。這時，藉著一盞油燈的光，定睛看，掌舵的船夫，頭髮半白。兩個男乘客卻都是壯漢，他們似乎也正在打量她。她暗驚。

「唉，像妳這樣漂亮的女人，難道嫁不到郎，非幹這種賣命的行業嗎?」一個帶著閩南口音的壯漢說。

「我只是回去尋找親人，不是做非法勾當的。」琇瑩說。

「尋親，值得冒生命危險嗎?我看妳的模樣，就像一個女間諜。」另一個壯漢說，他抽著香煙，一雙眼緊盯著她。

「瞎猜。」她轉首望江面，不再理會他。

不料，抽煙的壯漢，拋了煙蒂，突然湊到她身邊，一手攬住她，一手在她身上亂摸，說：「我們同舟有緣，妳從此跟了我吧。」

琇瑩使盡力氣仍推不開他，急得大叫：「救命。請拉開他。」

「小李，別作孽，放開她。」操閩南語音的男子說。

「嘿嘿，你吃醋了。我們出生入死，隨時都會見閻王，難得有美人同舟，和她樂樂，有何不可。」小李不顧警告，整個身子壓住了琇瑩。

「小李，你給我起來。」閩南漢子上前來拉扯他的同伴。

「你別管閑事。」小李惱怒。兩人竟扭打起來。

船夫大急，叫道：「快停手，船要翻了。」

驀地，出現了一艘巡邏軍艦，兩個漢子停止了打鬥。

「糟了。快熄燈。」小李驚慌說，提起油燈便往海裏拋。太遲了，他們已被發現。巡邏艦迅速開到，探照燈射出一道強烈的燈光，把小舟籠照住了。

「不許動。」艦上的海軍軍官用喊話筒下令。

小李轉向琇瑩罵道：「他媽的。都是妳這白虎星害的。」即縱身跳入海中，企圖逃走。

一排機槍向海面射下來，小舟傾覆。

琇瑩驚呼著落海，愈掙扎，身子愈往下沈。幸而，有一隻強壯的手臂攬住了她的腰，將她提出水面，她聽見那帶閩南語音的人喊道：「別開槍。我們投降。」

一群穿了蛙人裝的水手跳下了軍艦，將他們押帶上艦。

琇瑩踏上甲板，向救她的人道謝：「謝謝你救了我。」

「不用謝了。也許生不如死呢。」那人苦笑說。

蛙人又抬上兩具屍體，一具是船夫，另一具是被喚作小李的，他們的頭顱都佈滿彈孔，仍在流血。

琇瑩一看，當場嚇暈了過去。

早晨，君安和君怡兄妹倆，起身洗漱，穿戴完畢，一起來餐廳吃早餐。

君怡不見母親，便問女僕張嫂：「媽媽呢？還沒起床嗎？」

「說也奇怪。太太一早就出去了，也沒告訴我一聲。」張嫂說。

「或許她去辦回鄉證了，她決定帶我們去找爸爸。」君安猜測說。

「這倒是有可能的。」張嫂同意說：「聽說你們的外公不准她回大陸，曾企圖阻止她辦回鄉證，所以她想大清早去，免得被人盯哨。」

「我聽外公說，如果我們回到爸爸那邊，以後就再也見不到他了，也見不到爺爺奶奶和伯父一家人了。」君怡難過地說。

「妳放心。等我們見了爸爸，就勸他搬來香港住好了。」君安說。

「好了，你們別說了。吃完飯，快上學吧，別忘了帶中午的便當。」張嫂催道。

「張嫂再見。」兩個孩子背了書包，提了便當盒走了。

張嫂清理了飯桌，又去收拾孩子們的房間，最後才走進琇瑩的房間去鋪床，卻發現琇瑩的手提包在床頭，沒被帶走。她覺得事態有點不尋常，開始著急了。

左等右等，直等到中午。聽到有人敲門，她去開門，叫道：「太太，妳回來了。可把我急壞了。」

不料，門外站著的是林曉鵑。

「張嫂，妳說琇瑩出去了嗎？奇怪，我和她約好，早上十點在玫瑰美容院碰面，一起作頭髮，然後去吃中飯，可是總不見她來，我還以為她忘了。」曉鵑說。

「原來是孟太太，快請進來。我家太太失蹤了。」張嫂很失望，但慶幸來了個能幫她尋找琇瑩的人。

「失蹤，不會吧。她是幾時出門的？也許她聽錯了我們約會的地點，到別家美容院去了。」曉鵑邊進門邊說。

「請聽我說，大約早上七點鐘，我發現她房門半開，人已不見了。我和孩子們猜測，她一早出去辦回鄉證了。後來，我進她的房間去鋪床，才發現她出門沒帶皮包。」

「會不會她換了個皮包呢？錢和證件也沒帶走嗎？」

「我沒敢打開她的皮包。我去拿來給妳看吧。」

曉鵑瞧見皮包，認出是琇瑩平日提的，即打開來看。發現錢和證件袋全都在，又看見一封信。情急下，也顧不得這是私人的東西，就取出來看了。一看大驚，當下吩咐張嫂：「妳在家等著。我去找孟先生商量此事。」說完即衝了出去。

曉鵑在大學教授的辦公室找到丈夫，驚慌地說了琇瑩失蹤的事，又拿出信給他看，說：「你看，文康要求離婚。琇瑩一定是受了刺激，深夜走出家門。她家靠近海邊，不知是否去跳海自殺了。」

紹卿也感到震驚，但安慰妻子說：「妳先別急，琇瑩上次自殺未遂，我想她再也不會幹這種傻事了。也許她出門散心，不久就會回家的。」

當天晚上，紹卿夫婦和兒子玉思都到琇瑩家陪伴她的兩個孩子，等候她回家。然而，一直等到深夜，仍不見她回來。

「紹卿，你先回家吧。我和玉思今晚就留在這兒，陪君安和君怡過夜。」曉鵑說。

「好吧。我回去馬上打長途電話給蘇文傑，請他協助尋找琇瑩。」

次日，文傑從台北來到香港，紹卿到碼頭接他到家裏。

「想不到文康會寫信給琇瑩要求離婚，這可能這是導致琇瑩失蹤的原因。」紹卿說。

「我猜想文康有不得已的苦衷。聽說他發表了反韓戰的社論，已被捕了。」文傑沉痛地說。

「這是真的嗎？你為何不一早警告琇瑩呢？」紹卿驚道。

「我也是剛才知道的。我早已不在情報部門工作了，昨夜接到你的電話後，特地去向一位以前的同事打聽，才獲得這個消息。」

「琇瑩失蹤的事，要不要報警呢？」

「不。千萬不要報警，我猜想她已不在香港了。」

「你懷疑她回大陸了嗎？」

「根據情報，就在她失蹤的夜裏，有兩個我方特務在偷渡時被共方的巡邏艦發現，其中一個特務被殺，另一個被活捉。但不知為何，有個身分不明的女人也在船上被捕了，她可能就是琇瑩。」

「不可能。聽張嫂說，琇瑩出門時，什麼都沒帶走，可見她沒有出走的計劃。」

「或許她到海邊散步，撞上了特務，被他們挾持上船了，也未可知。」文傑推測說。

「嗄，果真如此，她可慘了。」紹卿驚道。

「一旦琇瑩的身分暴露，處境就更危險，所以目前我們只能暗中偵查。」

「唉，可憐的琇瑩。還有君安和君怡，他們一意要等媽媽回來，曉鵑和玉思已過去陪伴他們了。」

「謝謝你們一家人照顧我的侄兒女，但我們剛才談的事，千萬不能讓他們知道。」

「我明白。我們一起過去看他們吧。」

孟玉蘭早已習慣被人稱呼為王蘭，兩個月前，她剛生了一個女兒。醫生曾經建議她墮胎，因她流過產，她卻寧可冒生命危險也不願毀掉孩子。幸而，母女平安，嬰兒的哭聲，在她聽來像悅耳的鈴聲，於是她徵得丈夫的同意，為女兒取名小鈴。

「老蚌生珠。我原先還以為妳要替女兒取名為寶珠呢！」友義曾取笑她。

「你才是老蚌呢！」她回敬他。

這年，她三十七歲，風韻猶存。他，四十一歲，雄姿英發。

蘭剛坐完月子，就開始以首長夫人的身分出席各種場合。那天晚上，她陪友義招待回國僑領，直到十點多鐘，他們才回到家。她直奔嬰兒室，他卻逕去了書房。

小鈴已由奶媽餵飽，安祥地在小床上睡熟了。蘭怕吵醒她，只彎腰親吻了一下女兒的臉，和奶媽說了聲晚安，便回自己的臥房。

洗完浴，穿了件睡袍，她走出了浴室，不期被友義攬腰抱住。

「好香。」他吻著她的脖子。

「咦，你今天怎麼這麼早就收工了。」她驚奇地說。原以為他會像平日一樣在書房批閱公文，直到午夜後才進臥房。

「剛才林志明從廣州打電話來，問一件事。」

「什麼事？」

「他問妳是否有一位相好的女友，名叫蘇秀玉。」

「蘇秀玉？不認識，沒有印象。」

「好極了。明日，我就這樣回覆他。」

他情慾高漲，將她抱上了床。她卻忍不住好奇心，問：「這蘇秀玉究竟是何人？志明為何要問我呢？」

「只不過有人想攀關係。妳不認識她，就不必管了。」他一面說，一面脫衣。

此刻似乎不容有第三者介入，她只得將那個女人的名字拋到腦後，住口不說了。

他愛夠，滿足了，就想睡覺。

她推著他，追問：「別睡，你先告訴我真相，志明打電話來詢問，一定是有緣故的，你為什麼要隱瞞我呢？」

「唉，妳非打破砂鍋問到底嗎？好吧，我告訴妳，有一個女人和兩個男人企圖偷渡入境，在海上被捕了。男的已招認是國民黨特務，女的卻頑強不招。她自稱名叫蘇秀玉，來找尋他的丈夫康子昂。說康子昂在此地的人民報社工作，結果查無此人。她又謊言與妳是好友，要求妳去認她。審判員認為她是個狡猾的特務，將她判了死刑。決案須經志明批准，他為了謹慎起見，才特地打電話來詢問。」

「這麼說，我若不認蘇秀玉，她就要被槍決了。」

「妳既然不認識她，當然不能冒認她。」

「為何她不提別的朋友，單說我是她的好友呢？」

「也許她猜到妳是世界上最好管閑事的人。不要再想她了，睡覺吧。」他翻了個身，背向她，閉上了眼，不久鼾聲大作。

她睡不著，腦海裏直轉著蘇秀玉和康子昂這兩個名字。

忽然，她大喊一聲：「我明白了。」又回頭推他，說：「友義，醒醒。」

他被她驚醒，睡眼模糊，說：「怎麼啦，妳做惡夢了嗎？」

「我猜到了蘇秀玉和康子昂是誰。他們不但是我的好朋友，而且你也認識。」

「妳說什麼？」

「蘇秀玉原是高琇瑩的化名，她是來找尋蘇文康的。」

友義沒了睡意，坐了起來，半信半疑地問：「何以見得？」

「因為文康字子昂，是人民報社的主編，琇瑩的名字中本含著秀玉兩字，她用了夫姓。若不是她，那會有這麼多的巧合。」

「不對。如果高琇瑩要見蘇文康，儘可尋正當的途徑的回國，何必冒險偷渡？」

「琇瑩的父親是國軍將領，或許她在辦簽證時遭受了阻礙，所以出此下策。」

「文康和妳說過要接妻子回國嗎？」

「我最後一次見到他，大約是半年前的事了。當時，他的確盼望妻兒返國和他團聚。大家都忙，平日難得見面也不奇怪，但是，這回我生產，他居然連個祝賀的電話也沒打來，真不知他在忙什麼。」

友義突然記起了，兩個月前，他的秘書曾向他匯報過，蘇文康因反韓戰社論而被停職審查。當時，他正忙得不可開交，無暇理會這件事，過後就忘了。如今，他才想起，但不願讓妻子知道文康的下落，更不願意讓她捲入有關特務的案子，因此決定隱瞞。

「妳的想像力太過於豐富了，蘇秀玉不可能是文康的妻子。」他說。

「我求你，先不要回覆志明。等我去找蘇文康，問明白這件事再說，好嗎？」

他知道她不會輕易罷休，便敷衍地說：「好吧，一切等明日再說，妳睡吧。」

「謝謝你。晚安。」她放心，睡下了。

這回卻輪到友義失眠了。等她睡著了，他下床，點了支煙，坐到牆角，一面抽著，一面思計。

次日早晨，蘭騎了部腳踏車到報社去。

「我想見你們的總編輯，蘇文康。他在嗎？」她問一個職員。

「他已經辭職，離開這裏了。」

「啊，他為什麼辭職？他到哪裏去了，你知道嗎？」她追問。

「聽說他搬家到外地去了，但我們沒有他的新地址。」

她走出了報社，心中鬱悶，文康下落不明，還有誰能去救琇瑩呢？看來，她只有親自走一遭了。打定了主意，她騎車先去火車站拿了到廣州的時間表，才轉往友義的辦公廳，他們已約好中午十二點見面。

來到辦公室外，見一個警衛員站在門邊，她上前問：「黃浩，他現在有空嗎？我能否進去？」

「進來吧。妳已遲到五分鐘了。」友義在裏面說。

「對不起，我遲到了。」她進入辦公室，抱歉地說。

「妳吃了午飯嗎？」他問。

「還沒有，你呢？」

「我等著妳，我們一同去食堂吃吧。」他站起來說。

「不，我現在吃不下，急著想和你私下談談。」

「叫我也不吃飯嗎？我下午一點鐘還要開會呢。」

「可不可以請黃浩去取兩盒快餐來。」

「好吧。黃浩，請你去食堂要兩份蛋炒飯，兩碗菠菜豬肝湯。」

「是。」黃浩答應，走了。

友義和她一起坐下了，即先發制人，說：「我已決定派人去調查蘇秀玉的案子，所以妳不用理會她了。」

「但我有了新發現，原來蘇文康已離開了人民報社，下落不明。我想，目前除了我，沒人能幫助蘇秀玉了。」

「妳可能愈幫愈忙，蘇秀玉不一定是蘇文康的妻子。」

「如果她是呢？」

「那妳更不能管。如果蘇秀玉真是將門千金高琇瑩的化身，那麼她的特務罪名就是鐵證如山了，所以妳最好置身事外，裝做什麼都不知道。」

「正因如此，她才改名換姓，無法為自己分辯。我們不幫她，她就死定了。」

「妳一心想幫蘇文康夫婦，只不過是因為難忘對蘇文傑的舊情。」

「哈！原來，你直到現在還在吃文傑的醋。」

「我為何要吃醋？他早就是我手下的敗將，如今更淪為敗賊了。」

兩人爭吵起來，她被他激怒了，說：「無論如何，我一定要去探蘇秀玉的監，幫志明調查事情的真相。」

「我不許妳去。」他也惱怒了。

「我好歹也是個幹部，出門用不著你批給通行證。」她傲然反抗。

他吃驚地望著她，想起她有倔強的一面，轉用好言相勸：「請冷靜點，這不是兒戲，我們今晚再商量吧。」

她知道他用的是緩兵計，暗思，若此刻無法說服他，那她就絕對走不成了。她不願上當。

「其實，我來見你前，已打定了主意，準備乘坐下午兩點鐘的火車去廣州，時間不多，我要回家去取行李了，再見。」她站起來，就要走。

他急忙拉住她，說：「我不讓妳去，其實是為妳好。」

「難道，你對一個死囚竟無一點惻隱之心嗎？蘇秀玉舉目無親，至少應讓她和朋友見最後一面吧。」

他終於讓步了，嘆了口氣，說：「唉，妳下去一趟也好，至少能查知她的身分。」

「你答應了。謝謝你。」她轉怒為喜。

黃浩推開門走進來，手中端了一個大托盤，上面放了三道菜，清蒸魚，宮保雞丁和芹菜炒牛肉，還有飯和湯盅。

「黃浩，這是怎麼回事？」友義詫異問。

「食堂的大師傅聽說蘭姐來了，非要做這些菜請她吃。我說什麼他也不肯做蛋炒飯，我只好由他了。」

「難得大師傅一片盛情，可是我沒時間吃。」王蘭抱歉地說。

「不成。既是為妳做的，妳就得吃完了才能走。」友義幸災樂禍似地，巴不得她誤了火車時間。

她看了手錶，才十二點半，料想吃了飯還趕得及，便說：「好吧，我每樣菜都吃點就是了。」

她幫黃浩把菜飯都放到一張圓桌上，就和友義一同坐下，開始吃飯。

「這麼多菜，我們吃不完，浪費了可惜。黃浩，你也來一塊兒吃吧。」蘭說。

黃浩侍立一旁，說：「不。請妳和首長先吃，你們吃剩的，我全包辦就是了。」

蘭不再說話，只顧吃飯。黃浩見她狼吞虎嚥，覺得奇怪，又說：「蘭姐，妳今天餓壞了嗎？」

她滿口菜飯，答不上話來。

友義覺得又好笑又好氣，替她回答：「她要乘兩點鐘的火車去廣州辦件事，因怕誤時，就想學牛，先吞下食物，後反芻。」

「蘭姐要去廣州？首長，你放心讓她獨自一人作長途旅行嗎？」

「實在不放心。我勸她不要去，但她不聽話，非要去不可。」

「要不要讓我護衛她去呢？這樣，你就可以放心了。」黃浩自告奮勇，說。

「這倒是個好主意。對，你陪她去，時時替我提醒她，要守黨紀，不可輕舉妄動。」

「黃浩，你若要隨我去，就快來吃飯吧。火車和我都不能等你。」蘭說。

「好，那我就吃了。」黃浩坐到飯桌旁，盛了碗飯，夾滿了菜，三口兩口便吃完了。他摸摸肚子，站起來說：「我飽了。」

「哈，你也像我一樣有了反芻胃。」蘭笑道，又轉首說：「友義，我也吃飽了。剩下的菜只有請你包辦了。」說完，準備離去。

友義內心矛盾，還想阻止她去，說：「請妳再考慮一下。難道妳真放心離開小鈴嗎？她剛滿月不久。」

「我知道奶媽會細心照顧她的，所以放心。倒是有點不放心你，我不在時，你可別通宵熬夜，也別抽太多煙，要好好保重身體。」

「我做不到。妳不在時，我會抽煙、酗酒，整夜失眠，如果妳關心我的話，還是別走吧。」他愁眉苦臉地說。

她忍不住笑了，說：「別裝模作樣了，我只不過離開兩、三天。」

「儘快回來。記得，凡事要小心。」他一再叮囑。

「知道了。再見。」她由黃浩陪伴著，走了。

他目送他們出門，回頭望著剩菜殘羹，已沒有一點胃口，便令人收了去。

王蘭和黃浩乘火車來到廣州，林志明夫婦親自到火車站迎接。

回到家裏，志明便說：「友義打電話通知我，說妳趕來探蘇秀玉，真令我吃了一驚，妳和秀玉真有這麼深厚的交情嗎？」

在沒確定蘇秀玉就是高琇瑩之前，蘭不願承認和她有深交，故意輕描淡寫地說：「其實，我和她並不很熟，但我相信她會對我說實話，特來幫你查明案子的真相，另外，我也想乘機來看看你們。」

「王蘭，聽說妳女兒剛滿月不久。妳肯撇下嬰兒，前來救助朋友，真有義氣。但是，志明和我都為妳擔心，怕妳受牽連，因為蘇秀玉的案子和國特有關。」林夫人說。

「除了秀玉和特務同舟，想偷渡之外，還有什麼罪證使她被判了死刑呢？」蘭問。

「沒有。審判員根據她要求見妳一事，判斷她有企圖接近高幹，乘機偷竊情報和謀刺的陰謀，因而判了死刑。」志明說。

「你是說她想求救，反而獲罪嗎？」

「我也認為審判員太武斷了，已將死刑判決書駁回，要求重新調查。但是，現有的旁證已令蘇秀玉活罪難逃。」志明說。

「不知她目前的情況如何？」

「兩天前，我得知她病倒了，就令人將她送往醫院治療。目前，她正在復原中。」

正說著，電話鈴響了。

志明拿起話筒聽了，笑道：「友義，我已猜到是你。王蘭已經到了，在我這裏，你要和她說話嗎？請等等，她來了。」

「喂，友義，是我，你好嗎？」蘭接過話筒，親切地說。

不料，聽友義以命令的口氣，說：「王蘭，妳聽清楚，不許探監了。我要妳儘快乘飛機回來。」

「你這是什麼意思。我乘了一天的火車，剛才到這裏，怎麼就叫我回去呢？」

「不必多問，這是命令，妳必須服從。」他說完，即掛斷了電話。

王蘭放下電話筒，便氣憤地向志明夫婦抱怨：「友義出爾反爾，竟臨時改變主意，不准我探秀玉的監了，還命令我立刻乘飛機回家。真豈有此理！」

「老實說，我也不贊同妳去見蘇秀玉。這件案子，我會審慎處理，請妳不要管它了吧。」志明說。

「聽你這麼說，是在下逐客令了。」

「不、不，請別誤會。我也覺得友義太急了點，妳長途旅行一定很勞累，還是在我們這裏過一夜再回去吧。」志明連忙改口說。

「好吧。我明天早晨就搭飛機回去吧。」蘭嘆氣，說。

「好極了。」志明夫婦都放心了。

不料，她又說：「但我有一個條件，你們得先讓我去醫院看蘇秀玉。」

「咦，友義不是不准妳見她嗎？他以上級的權力，對妳下了命令，妳可不能不服從呀！」志明驚問。

「他只說不准探監，可沒說不准我去醫院看病人。」

「唉，妳又為什麼一定要見秀玉呢？如今，杯弓蛇影，誰都怕被牽連到特務的案子，避之不及呢！」林夫人說。

「我想知道那個女犯為何指名道姓地要求見我。或許她真是個狡猾的特務，故意假冒我的朋友來陷害我，所以我必須澄清這件事。」

「妳說的也是。我一直在懷疑她的意圖。」志明開始讓步。

「志明，請你幫個忙。我這次下來不易，請別讓我白跑一趟吧。你不是也想早點破案嗎？」

她終於說服了志明。

半夜裏，高琇瑩躺在病床上，輾轉難眠，心中好不淒慘。兩年內，這已是第二次她差點入了鬼門關。上一回，她自殺未遂。這一回，是求生不得。

一個月的囚禁和審訊令她身心憔悴，她開始發高燒，半昏迷。有人將她扶出牢房，她還以為將被押赴刑場槍決，企圖掙扎，使勁喊著：「我冤枉，我不想死。」但力不從心，聲音微弱得連她自己都聽不清。出乎意料，她被送到了醫院，經過兩天的療養，她已退了燒，神智也清醒了些，但災難未消，她心中仍充滿了恐懼。

忽然，房內的燈亮了，她瞥見三個人走進來，以為是來審問她的，連忙閉目裝睡，卻聽見一個女人驚呼：「天呀，她怎麼變得如此憔悴，我幾乎認不出了。」

她張眼，瞧見來人，不由得悲喜交集，猛坐起，喊道：「孟玉蘭，果真是妳嗎？我沒作夢吧。」

「不，蘇秀玉，妳沒作夢。我是孟玉蘭，但現在大家都改叫我王蘭。我一猜到是妳，就立即趕來了。」蘭握住了她的手，說。

琇瑩聽她叫自己的假名，幫自己隱瞞身分，更加感激。望著她身邊的兩個陌生男人，也有了警戒心，問：「他們是誰？」

「他們是我的同志。妳不用害怕，僅管說出實話，我們都會幫助妳的。」

黃浩挪來了兩張椅子，讓蘭和志明坐了，他站在一旁戒備。

「蘇秀玉，妳若肯坦白招供妳偷渡入境的企圖，就可獲得從輕判決。」志明說。

「請你們相信，我真的不是特務，上了偷渡船純屬意外。那一夜，我睡不著，到海邊散步，撞著一隻停泊在海灘上的漁船，因我一心一意想回國找尋丈夫，就糊里糊塗地上了船。」

「秀玉，妳若想要和子昂團聚，可以正當地回國，為何要坐偷渡船呢？」蘭不等志明開口，就搶先發問。

「蘭，若不是妳問起，我是羞於啟口的。子昂，他、他移情別戀，寫信來要和我離婚。我就是在收到信那個夜裏出事的。」琇瑩說著，悲從中來，掩面痛哭。

「啊，是這樣嗎？半年前，我還聽他說要接妳和孩子回國，竟不知他這麼快就變心了。」蘭驚訝地說。

「子昂太狠心。我曾請求審案員去尋他，希望他接到信息就來救我，但他卻故意迴避，至今也不來。」琇瑩說。

「不，子昂已經離開報社了，還搬了家。他一定還不知道妳被捕的消息。」

「真的嗎？原來他不是故意置我於不顧。蘭，快告訴我，他現在哪裏？」

「目前我也不知道，但我會幫妳去打聽他的下落。」

「啊，子昂，我只求能再見你一面，死也無怨。」琇瑩仰天禱告。

「我一定會幫助你們重逢的。我要走了。秀玉，請妳保重。」王蘭站起來說。

琇瑩見她要走，慌張起來，竟跳下床，一把抓住她的手臂，說：「不，請妳不要捨下我。」

「妳快放手。」黃浩上前喝道。

「黃浩，別嚇她。」蘭說。又好言勸慰：「秀玉，妳別擔心。我會儘快替妳找到康子昂，叫他來為妳作證。」

「蘭，求求妳，帶我一起去找子昂，我一刻也不能等了。」琇瑩哭求。

「帶妳走？對不起，我愛莫能助啊！」蘭驚異，暗想琇瑩提出如此無理的請求，是否神經失常。

「我曾為子昂自殺過一次。妳瞧，這手腕上的傷痕猶新，我控制不了自己，也許等不到子昂，就會尋短見了。」

志明站在一旁，不耐煩了，叱道：「蘇秀玉，看來妳真的不可理喻，得寸進尺。快放手，否則我要對妳不客氣了。」

琇瑩跪下了，說：「我知道這是個不情之請。但請你們念我冒死來尋夫的份上，答應我吧。我見到康子昂後，就任憑你們處置。」

蘭心軟了，問：「志明，我能帶她走嗎？」

不料，志明大怒，罵道：「荒唐，絕對不行。黃浩，快拉開這女犯。」

「孟玉蘭，救救我，帶我一起走。」琇瑩哭喊。

隨即進來兩個看守她的警衛，代替黃浩執住了她。其中一人用手摀住了她的嘴，她拼命掙扎，只能發出嗚嗚聲。

蘭駐足，不忍離去，但被黃浩和志明挾著走了。

在返回林府的途中，蘭心亂如麻，琇瑩絕望的哀泣聲不斷在她耳邊縈繞。想到友義急急召她回去，顯然是不願插手管這件事。她回到家後，受他牽制，未必能有機會去找蘇文康，她將無法履行對琇瑩的承諾。看來，還得請志明幫個忙。

然而，志明餘怒未息，一回到家，便說：「蘇秀玉詭計多端，妳不要再理她了。」

「志明，你不了解她。因她一向任性，所以才會誤上賊船。她要求我帶她走，聽起來似乎不合理，卻符合她一貫的作風。」蘭說。

「總之，那是個荒唐的要求，我真後悔帶妳去見她。妳趁早走吧，以免節外生枝。」

「我不走了。決定留下陪秀玉，直到他夫妻相會為止。」

「妳說什麼？妳不回去，我怎能向友義交代呢？」

「你不用操心，我自會向友義解釋。我不在你家過夜了，去住旅館。」蘭說，即去取出行李箱，要出門。

「黃浩，快阻止她。」志明說。

黃浩急忙勸說：「蘭姐，臨行前，首長一再囑咐我，要提醒妳遵守黨紀，別輕舉妄動。妳若停留不回去，不但令林書記為難，連我也要受首長責備呀！」

「你先回去吧。請報告友義，我不是故意抗命，實在是因蘇秀玉處境可憐，我放心不下。請他幫忙將秀玉的丈夫找來，我才回去。」

「不。若妳不回去，我也不回，因為我有責任保衛妳的安全。」

「那麼，你也快去拿了行李，跟我走吧。」

「好吧。」黃浩無可奈何地說。

志明驚道：「黃浩，連你也敢叛變嗎？」

「我不是叛變。首長令我保護蘭姐，所以無論她走到哪裏，我都得跟隨。」

志明見狀，只得改變了語氣，說：「王蘭，我請求妳，還是留在舍下過夜，等明日妳回家後，再和友義商議吧。」

「要我乘早上的飛機回去，除非你答應讓我保釋秀玉，帶她一起走。」

「荒唐！妳是高幹的夫人，不能保釋罪犯。」

「那麼，可不可讓黃浩押解她，去和她的丈夫對質呢？」

「唉，我真奈何不了妳。」志明十分煩惱，轉向黃浩抱怨：「你瞧她，真是難纏。如果友義遇到這種情況，他會怎麼處理呢？」

「這個嘛，」黃浩歪頭想了一會，說：「我聽首長說，他原先並不贊成蘭姐下來，但勸不住她，只好同意了。」

「豈有此理。」志明頓足，生氣說：「難道你不怕女特務會謀害首長嗎？」

「像蘇秀玉那樣弱不禁風的女子，來一百個我也對付得了。若她有同黨，我也能將他們全一網打盡。」黃浩誇口說。

志明聽得目瞪口呆，又搖頭嘆氣，不知如何是好。

「志明，我只要求帶走蘇秀玉三天，若能令她和她丈夫當面對質最好，即使找不到康子昂，我也一定會派人將她押回來。請你答應我吧。」

「即使我答應，友義也絕對不會同意的。」

「不錯，他令我立刻回去，就是叫我不要管這件事。但蘇秀玉和康子昂都是我的至交好友，我不能不管。我情願承擔一切的後果，即使接受處分。」

志明被她對朋友的義氣感動了，勉強說：「好吧。只要妳擔保三天期限一到，即派人將蘇秀玉押回，我就答應妳。」

「志明，謝謝你。我保證一定遵守諾言。」王蘭大喜。

「妳不用謝我，只要友義不罵我就行了。」志明苦笑說。

友義從辦公室趕回家，一進門，就大發雷霆。

他先罵黃浩：「你瘋了。我令你看管王蘭，不讓她胡作亂為，你卻和她一起把個犯人帶回家了，簡直把我的命令當兒戲。」

「友義，請你別責怪他，帶秀玉回來完全是我一個人的主意。」蘭說。

他立刻轉移了目標，繼續罵：「妳好大的膽子。不事先徵求我的同意就妄自做主，簡直目無法紀。」

「請息怒。我只不過是幫助志明查案，保釋她三天，讓她來和丈夫對質。」

「我不許妳干涉此案，我要立刻派人押送她回廣州。」友義繼續咆哮。

忽然，聽見一聲驚呼，他回頭看，只見躲在廳外的一個女子，墜倒在地上。

「秀玉。」蘭連忙跑過去，抱住她。

「蘭，我錯了，不該連累妳。就讓他將我送回監獄去吧。」秀玉有氣無力地說。

蘭抬頭責備友義，說：「你對一個有冤難申的女人，難道沒一點惻隱之心嗎？你要趕她走，我就和她一起走。」

友義瞧了好一會，才辨認出眼前憔悴的女人確實是高琇瑩。想起她從前明媚動人的模樣，不禁產生同情。於是，曲一膝跪下，溫和地說：「秀玉，原來蘭沒猜錯，妳果真是我們的老朋友。如果妳這次非法入境有難言之衷，我可以設法幫助妳。」

秀玉哽咽難言，蘭代為解說：「她是因收到子昂的離婚書，心懷憂傷，半夜失眠，到海邊漫步，誤上了偷渡船。她不知船上載有特務，被捕後，百口難辯。」

「我什麼也不求，只想見子昂一面。我不相信他真的要和我離婚。」秀玉泣道。

「原來如此。」友義明白文康為何要和琇瑩離婚，所以更加同情，說：「秀玉，妳就留在這兒休息兩天吧，我答應替妳去找尋子昂，助你們夫妻相會。」

「審案員判我以企圖謀殺你的罪名，難道你不怕我在你家裏行刺嗎？」

「我不怕，除非妳的武器是眼淚，我最怕女人的眼淚。」

一句話，說得秀玉破涕為笑。

王蘭鬆了口氣，笑道：「秀玉，妳瞧，他是面惡心善，妳就放心留下吧。」

「謝謝你們。」秀玉說，由蘭和友義一同扶持著，站起來了。

「蘭，妳照顧秀玉。我這就去派人尋找子昂的下落。」友義說。

他隨即帶著黃浩走了。

友義回到辦公室，即令黃浩去請陸榮夫婦來見。

當年在延安，陸榮和沈瑛是由王蘭做媒而結婚的，他們一直和蘭保持著深厚的友誼。

陸榮已任公安局長。沈瑛在地方黨部當一名小組長，精明能幹，待人熱心公正，被同事們尊稱為沈大姐。她中年身體發胖，個子又高，看起來比她丈夫還神氣。

友義請他們坐下了，說：「我特地請你們來，是想知道蘇文康的下落。」

「蘇文康發表反韓戰的社論，觸怒了中央，已被拘捕，關在監獄。」陸榮說。

「你們將他的案子審理得如何了？」

「他被提訴的的罪名不少，包括國特、美帝間諜。但蘇文康不認罪，我們也調查不到證據，所以十分為難。」陸榮說。

友義暗想，如今出現了個蘇秀玉，使得案子變得更複雜了。文康的處境也更險惡。眼下只有趁蘇秀玉的身分尚未對外洩露前，迅速結案。

「我有辦法讓文康認罪，因為他的妻子現在正在我家裏。」他說。接著，他簡訴了王蘭將高琇瑩帶回家的經過，把陸榮夫婦都嚇了一跳。

「真不可思議。這回，王蘭未免做得太過份了。」陸榮說。

「其實，蘭還不知道文康被捕的事，我也不想讓她知道。」友義說。

「好極了，我們就把兩件案子一同送上法庭。國軍將領的女兒帶領特務來營救她的丈夫，被捕了，這將是個轟動的大案。」沈瑛興奮地說。

「沈瑛，妳可是想破案想急了，編出個這樣的故事來。」友義笑道。

「有什麼不對嗎？」沈瑛不服氣地說。

「有三件事可推翻妳的指控。首先，因文康叛變，助我們打勝仗，國民黨，尤其是他岳父，恨他入骨，絕不會和他合作。其次，高將軍不會允許女兒冒險加入特務的行動。第三，據林志明說，被捕的特務否認蘇秀玉是他的同黨。」友義像個辯護律師似地說。

「那麼，高琇瑩的動機是什麼呢？」陸榮問。

「據她說，文康要和她離婚，她因憂憤失眠，夜半到海灘漫步，誤上了載有特務的偷渡船。」

「好一個愛情故事，只是她誤上賊船之事，真令人難以相信。」沈瑛說。

「無論如何，我憐她一片癡情，有意網開一面，就讓她的愛人為她頂罪吧。」

「我不明白。」陸榮露出困惑的表情，搖著頭說。

「我可明白了。首長是說，文康若肯認罪，就可救他妻子。」

「沈瑛，妳真聰明。」友義讚道。

「可是，你準備怎麼救蘇秀玉呢？」

「我自有法子釋放她出境，請妳先去說服蘇文康吧。若他不同意，三日後，蘇秀玉就將被押回監獄接受判刑。」

「好。我這就去。」沈瑛說。

沈瑛走進了文康的牢房，說：「文康，你猜我今天來的目的是什麼？」

「你們已查明我的罪名都是莫須有的，所以來釋放我吧。」文康懷著一線希望說。

「不，我們不能釋放你。但是只要你肯合作，我們可以設法解救你的妻子高琇瑩。」

「妳說什麼？難道你們誘捕了我的妻子。」文康驚道。

「應該說是她自投羅網。她收到你的離婚書，即企圖偷渡入境，同船還有兩個特務，結果他們在海上被捕了。」

「我不相信。一定是你們截獲了我寫給她的信，所以編這套謊言來逼我認罪。」

「如此說，高琇瑩沒說謊，你的確曾寫信給她要求離婚，是嗎？」

「是的。我不願她為我守活寡，所以在被捕的前一天，給她寄了一封離婚書。」

「你想保護她，她卻不惜冒生命危險來尋你，你們夫妻的愛情真令人感動。」

「妳說，她現在究竟在哪裏？」

「你別急。請聽我慢慢道來。她被捕後，化名蘇秀玉，聲稱來尋夫康子昂。但辦案人查訪不到康子昂，否定了她的口供，她便要求見孟玉蘭，幸而，蘭猜出她的身分，將她保釋三日，帶回了家裏。」

「啊，她住在程家？程友義和王蘭知道我被捕的事嗎？」

「王蘭至今不知，但程友義是知道的。首長救不了你，但他願意給你一個為妻子抵罪的機會。換言之，若你肯認罪，他就會設法放蘇秀玉出境。」

「這話可真？我要求先見我的妻子一面。」

「首長已答應讓你們見一面，但你絕不能讓琇瑩知道你的境況。」

「我自然不會說的，我仍然要和她離婚。」文康悲哀地說。

「時間不多，如果你答應認罪，我就開始去安排你們夫妻相會的事。」

「我答應。另外，我要求見程友義，要他當面答應遵守釋放琇瑩的承諾。」

「我替你傳達就是了，但不能保證他肯見你。」

次日黃昏，友義回到家，高興地向琇瑩說：「恭喜妳。我們查知康子昂在上海，我已派人去將他帶回來了，並安排你們在一所別墅會面。現在，我就親自送妳去和他相會，你們夫妻可在別墅過一夜。」

「真的嗎？友義，我太感激你了，真不知如何報答才好。」琇瑩喜出望外地說。

「不，妳無須報答我。只要妳和子昂能和好如初，我就滿意了。」

「友義，我能同去看他們團圓嗎？」王蘭急切地問。

「還少得了妳嗎？當然是一起去囉。」友義揶揄地說。

蘇文康已事先被安排在別墅裏等候。他穿了西裝，面容蒼白，一見愛妻出現在門口，忍不住淚水盈眶。因過分激動，全身微顫，雙腿發軟，竟無法上前擁抱她。

琇瑩日夜盼望和丈夫重逢，見了面卻只覺心碎，也踟躕不前。

兩人相對無言，只淚眼相望。

友義上前與文康握手，說：「子昂，好久不見了，別來無恙。」

「我還好，謝謝你。」文康吞淚，困難地說。

蘭責備他說：「子昂，你可知道，秀玉為你受了多少苦難。如今，你還不向她乞求原諒嗎？」

文康聞言，再也忍不住，上前抱住了妻子，痛哭懺悔：「我對不起妳，求妳原諒。」

夫妻倆哭聲斷腸，蘭聽了都忍不住落淚。

友義勸說：「我和蘭為安排你們相會，可是費盡苦心，你們可別辜負良宵。」

文康拭淚，說：「聽說秀玉仍將被押回監獄，我如何才能救得她呢？」

「請你放心吧，我會設法網開一面，令她獲得釋放。」友義說。

「大恩不言謝，我願捨命報答你。」文康說。

「言重了，只要你知過能改就好了。」友義說。

王蘭不知他們的話中有絃外之音，猶高興地說：「好極了。秀玉、子昂，你們一家人很快能團圓了。」

文康望著她，感激地說：「我們能有妳這樣真誠的朋友，三生有幸。」

「蘭，我們走吧，別耽誤他們的時間。」友義催促道。

「對，我們該走了。秀玉、子昂，再見。明天早上，我再來看你們。」蘭說完，即和友義一同走了。

文康扶著琇瑩同在長沙發上坐下了，一面用手為她拭淚，一面憐恤地說：「妳實在太痴心了，我是個不值得妳愛的人。」

「你真的要和我離婚嗎？」

「只怪我一時脆弱，鑄成大錯，作了對不起妳的事，無顏面對妳，只有自請離婚。」

「兩次死裏逃生，我已明白人生短暫，不必事事計較。如果你能懸崖勒馬，可以破鏡重圓。」

他感動地說：「妳美麗、堅貞，我不知前世積了什麼德，才有福分娶得妳。」

她苦笑說：「你何曾積德，你是來討債的。無論我前世欠了你多少，這回總該還清了吧。」

「不但還清，我倒欠妳了，讓我下輩子再還妳吧。」

「好呀，如此，我們生生世世都做夫妻。」

驀然，聽得有人乾咳一聲，他們回頭看，只見一個別墅管理員出現在廳口。

「晚飯已準備好了，請你們到餐廳用吧。」老管理員說。

餐桌上擺了豐盛美味的四菜一湯，還有一瓶酒。

「來，我們乾杯，慶祝團圓。」文康舉杯說。

「好。」琇瑩喝了一大口。文康又為她夾菜。

「你自己多吃點吧。奇怪，你好像也瘦了不少。」

「近來受良心譴責，食不知味。今天可要敞懷大吃一頓，補回兩磅。」

他倆，一個是死裏逃生，一個正準備付出生命的代價，都不願談過去和未來，只盡情享受眼前的美酒佳餚。

文康吃飽了，拍著肚子，笑道：「這頓飯使腰圍回復了原狀，再不怕褲腰太鬆，褲子掉下來了。」

「文康，你還記得，我們第一次約會時，跳的舞嗎？」

「記得。那是在戲院外的涼亭內，我哼著曲子跳的。我再請妳跳一次，好嗎？」

「好。」

於是，他走到她面前，彬彬有禮地鞠了一躬，拉了她的手，開始跳舞。

這回，他沒哼曲，但兩人步伐諧和，美妙地迴舞著。可是，文康酒喝多了，開始頭暈，琇瑩身體羸弱，舞了一會，兩人竟一起摔倒了。

「對不起。」他掙扎著爬起來，又扶起她。

「我累了，我們不跳了吧。」她依靠在他懷裏說。

「不跳了。上床去。」他抱起她，走向臥房。

他們相惜相愛，暫時忘卻了一切哀怨，沈浸在柔情中。

夜深沉，琇瑩安祥地睡熟了。文康卻一直不曾合眼，珍惜著和妻子最後一次同床的分分秒秒。月光從窗簾的縫中射進來，如一把利劍，刺在他心頭，他知道，在天亮前，他就會像鬼魂一般消失了。

聽見幾下輕微的叩門聲，他知道時辰到了。下了床，換好衣服，他走到書桌旁，從抽屜裏拿出一封事先寫好的信，壓在一本書下，故意露出一角。他又回頭瞧了妻子最後一眼，即向門外走去。

管理員已在廳上等著他，見他出來，便說：「時候到了，走吧。」

文康默然無語，跟他走了出去。

屋外，有四個持著步槍的士兵，將他押上了一輛囚車。

管理員眼看著囚車開走了，返身進屋，又關上了大門。

琇瑩一覺睡到日上三竿才醒來，身邊已不見了文康，她並沒起疑，下床先到洗手間去梳洗完畢，穿好衣服，才走出房間。

來到餐廳裏，只見管理員獨自坐著抽煙，她開始緊張，問：「我先生到哪裡去了？」

管理員熄煙，站起來回答：「噢，他一早起身，出去散步了，大概就快回來了。妳請坐，我替妳去端早餐。」

「不急。我等他回來一起吃吧。」

「不必等了，現在已經十點鐘了，先生是吃過早餐才出去的。」

「啊，好吧。」

琇瑩剛吃完早餐，就聽見有人走進屋來，她以為是文康回來了，連忙走到客廳裏，卻見是王蘭和一個高大的女人，不禁有點失望。

「秀玉，早安。咦，妳好像有點不高興見到我。是否有了老公，就不想朋友了？」蘭開玩笑說。

「不，謝謝妳一大早來看我。這位是？」琇瑩瞧著陌生女人，說。

「讓我來介紹，她叫沈瑛，友義就是託她把子昂找回來的。」蘭說。

「沈瑛，謝謝妳。」

「不客氣，我已經知道了妳和子昂的故事，你們昨夜已經和解了吧？」沈瑛說。

「我們和好了，但今天早上我還沒見過他，因為我睡醒時，他已獨自出去散步了。」

「他也真是的，好不容易在一起，何不等妳起身，再一起去散步呢。」蘭說。

「我剛才起身不久，他大概等得不耐煩了。也難怪，窗外景色優美，想是他被吸引了。」

「秀玉，很抱歉，我答應過林書記，三日後即將妳送回廣州。所以，我不得不請妳乘坐今天下午的火車走。」蘭說。

「啊，要我回監獄嗎？友義不是答應過釋放我的嗎？」秀玉驚慌地說。

「請不用害怕，友義一定會設法解救妳的，但妳必須先回去，請忍耐一段日子吧。」

「唉，時間不多了，可是子昂怎麼還不回來，不會在山上迷路了吧？」

忽然，沈瑛驚呼：「啊，糟了，或許他一去不回了。」

「妳說什麼，一去不回？」秀玉吃驚，問。

「不瞞妳說，子昂和一位女同志已經同居，是我用友義的命令逼他來的。」沈瑛說。

「啊。」秀玉掩面奔進了臥房，倒在床上哭泣。

王蘭和沈瑛跟入，蘭安慰她：「秀玉，別難過，我不相信子昂會是這種無情無義的人，我們再去把他找回來。」

沈瑛走到書桌旁，拿起信，故作驚訝地說：「啊，你們看，這是什麼？」

「一封信！」秀玉取過信，拆開看了，見信上寫著短短的幾行字：

秀玉，

昨夜一聚，我倆姻緣已盡，我走了。

我已和一位女同志結了婚，今若悔婚，將遭受嚴重的懲罰。我自身難保，更無能力保護妳，所以除了和妳離婚，別無他策。欠妳的情債，請容我來生再還吧。

請妳珍重，另外找尋幸福吧。

負心人 康子昂

秀玉看完信，突然狂笑，說：「原來我冒死前來和他相會，只得一夜之歡，了斷孽緣。傻，傻，傻！」

「豈有此理，世上竟有如此無情無義的人。」沈瑛氣憤地說。

「我真看錯他了。我們還是快回去告訴友義吧。」蘭也說。

友義聽了報告，又看了信，同情地說：「想不到康子昂竟學了陳其美，為了攀龍附鳳，不惜拋棄髮妻。秀玉，妳別難過。宋朝有包青天，如今我們有人民法庭，可治他的重婚罪，為妳爭取公道。」

「不，我不想告狀。離婚也罷，我再也不想見到他。我要回到孩子的身邊，不能讓他們成為孤兒。友義，求求你，放我回去吧。」

「康子昂不肯為妳作證，妳那個有關特務的案子可真難翻呀！也罷，就由我出面說情了結此案。」友義說。轉身叫他的衛士，吩咐：「黃浩，我令你押送秀玉回廣州，去見林書記，傳我的話：蘇秀玉實屬無辜，她為愛情而冒險前來尋夫，不料，她丈夫已經重婚，不肯為她作證，她的處境十分可憐，因此我請求他網開一面，將秀玉判為一個瘋婦，誤闖國境，立刻將她遣回香港。」

「遵命。」黃浩立正說，又猶疑地問：「要是林書記不答應放人呢？」

「讓我陪你們去吧，我可以作證，秀玉確實是為尋夫而來的。」沈瑛自告奮勇說。

「好極了，我相信沈瑛一定能說服林書記的。秀玉，妳不久就可回家了。」蘭說。

琇瑩感動得涕淚縱橫，說：「你們這份恩情，我將終身銘感。」

「不必道謝。只要妳平安回到家，我們就放心了。」友義說。

琇瑩見他如此親切，又想起文康的冷酷，不由得更加心酸。

「時間不早了，我們快走吧。」沈瑛說。

「秀玉，再見。」蘭依依不捨地說。

「再見。」琇瑩含淚離去。

高琇瑩大難不死，終於被遣返了香港。

孟紹卿接到海關的電話，將她認領回家。然而，她彷彿失神落魄，關於失蹤一個半月的經歷，始終一句話都不肯說。不久，她帶了孩子遷居台北。

【第十九章】
新官上任　冤家路窄

程友義採取了先斬後奏的手法，擅自下令放走了高琇瑩，才打算向中央領導呈報。他正在辦公室傷腦筋，不知如何下筆，卻來了一個不速之客，言得軍。

「友義，總理派我南下調查一件重大的事件，因牽涉到了王蘭，所以我特地先來見你。」得軍開門見山地說。

友義大驚，心想已被人告發了，便說：「請先聽我解釋。雖然是王蘭犯了紀律，但是我作主放人的。」於是，毫不隱瞞，坦白把私下放了高琇瑩的前因後果都說出來了。

得軍聽得目瞪口呆，用不敢置信的語氣問：「你是說，高將軍的女兒和特務一塊偷渡回國，被捕了，而你私自釋放了她？」

「我相信她是純粹為尋夫而來，卻落到了百口莫辯的境地，所以決定網開一面。」

「你做得對。蘇文康曾供給我方情報，助我們打勝戰。如今他不幸因反韓戰而獲罪，你愛莫能助，放了他妻子也可算是補償。」

「我正在給總理寫信，報告此事，但願他能原諒我。」

「不，不要寫了，別讓總理為難。這件事就到此為止，你們不可再對任何人提了。」

「但你是如何得知的？是林志明告了我的狀嗎？」

「程友義，你真是不打自招，其實，我來找你跟本就不是為了這件事。」得軍說。

「那是為了什麼？你剛才不是說和王蘭有關嗎？」友義怔道。

「我們剛收到報告，王蘭的家鄉發生暴亂，她的爺爺和奶奶已死，她父親也因領導暴動而被捕入獄。」

「嗄，怎麼可能？半個月前，他們剛到過我家，都表示擁護新中國。再說，我岳父在上海開工廠，怎會去浙江的農村領導暴動呢？」友義驚駭，提出了一連串的疑問。

新縣委書記胡勝一上任就在會議上大發雷霆，說：「怎麼經過清算鬥爭的地主還保留著他們的房子，這是誰的主意？」

「解放後，這裏實行軍管，由于帆團長領導。」副縣長張九平說。

「哼，拿槍桿的人對搞政治運動，真是一竅不通呀。」胡勝說。

「可是，在于帆同志的管治下，民心順服，土地改革也順利進行了。」九平說。

「你叫什麼名字，是不是黨員？出身是什麼階級？」胡勝厲聲問。

九平悚然，預感要遭殃。他父親張儉是個小地主，被劃為富農。抗日時期，他逃到重慶，上了大學。勝利還鄉後，一直在縣政府工作。于帆接管後，保留了不少原來的公務員，還升他為副縣長。

「我叫張九平，已申請入黨，目前是預備黨員。我家被劃為富農，其實我父親一直是自耕農。土改開始時，我就說服父親，帶頭將多餘的土地平分給了其他的農民。」

儘管九平小心翼翼地回答，仍逃不過惡運。胡勝當場解了他的職：「你不是正式黨員，還是地主階級，居然當上了副縣長。快給我出去。從今起，你和你父親一起耕田吧。」

九平敢怒不敢言，默默地走出了縣府。

不久，胡勝就將縣政府上上下下的舊人都撤換了。他重新發動清算鬥爭，將尤金滿一家大小全掃地出門。尤家大宅變成了他的私人住所。

村民來向王竹清訴苦，說新來的縣長飛揚跋扈，但他也沒辦法。「我們的部隊奉命前往朝鮮作戰，不久就要離開了。縣政府施行的事，于團長和我都管不著了。」

然而，當竹清聽說胡勝要開一個鬥爭大會，對象是李勇，他就覺得不能袖手旁觀了。一天，下大雨，他穿了件雨衣，去李家探訪。

李勇已受過好幾次審查，預料自己隨時會被捕，正在家發愁，忽見竹清推門進來，不由得喜出望外。

「竹清，原來是你。我還以為有人要來捉我了。」

「這場雨可真大呢。」竹清說。脫了雨衣，掛在門邊。

李勇的女兒婷婷，三歲了，一見他就撒嬌，說：「叔叔抱。」

「好。」竹清坐了，將小女孩抱到了膝上。

勤姐給他倒了茶，也坐下了，悲傷地說：「竹清，我命運多舛，從小被賣了當奴婢。幸而嫁了李勇，但好景不常。日本人來了，我坐牢，兒子被燒死了，李勇也失了條腿。如今，我們好不容易夫妻團圓又有了個女兒，只想平平安安地過日子。可是，自從來了個胡勝，我們家被抄了。兩個被李勇視為兄弟般的長工，魯冬和李柏，被當作國特抓走了。這幾日，我們家門口早晚都有人監視著，這可怎麼是好？」

「不瞞你們說，胡勝要把李大哥定為反革命份子，還強迫我作證人。昨日，我和他吵了一架。他居然威脅我，說要連我也審查。」竹清說。

「竹清，別讓我拖累你。你不要再管我了，即刻和我劃清界線吧。」李勇氣餒地說。

「不。李大哥，請你放心。在鬥爭會上，我一定會證明你是個好人。」竹清說。

突然，門被人踢開，胡勝帶了一批武警走進了屋裏。

「好哇。王竹清，你竟敢私下串通反革命份子，可被我當場抓到了。」胡勝說。

「你少血口噴人。」竹清怒道。

「我已經查明了，當年槍殺劉大成的正是李勇。」

「當時，劉大成要殺滅孟崇漢祖孫三代，我為救人才不得已殺了他。」李勇辯說。

「總之，你殺了共產黨人。如今還養了兩個國民黨軍人在家裏，準備造反。」

「你編造是非。魯冬和李柏都是抗日戰士，戰後無家可歸，就來幫我種田，已經在這裏住了五年了。」

「少廢話。你的罪證已足夠了。」

「胡勝，請你不要冤枉李勇。當年他是民兵團團長，幫助我們許多同志逃脫了國軍的追捕，包括程友義，還有我。」竹清說。

「王竹清，我警告你。你一再違背黨令，若不悔改，你也會被捕的。」

「你憑什麼說我違背黨令？」

「劉大成令你謀殺孟紹卿，你不但抗命，還出賣了他。」

「你、你怎麼知道劉大成令我殺孟紹卿，莫非當時你是幕後指使人？」

「不錯。換言之，你曾破壞我的計劃。」

「原來你就是捏造黨令的人。」竹清憤怒，一拳向他打去。

「你敢打我。」胡勝大驚，喊道：「王竹清幫李勇造反了。快捉住他們。」

他的手下一擁而上，把李勇和王竹清都捉走了。

于帆聞訊，連忙去向胡勝交涉：「王竹清是軍人，他若犯了錯，應交給我處分。」

「他竟敢阻礙我逮捕李勇，還打了我一拳，真是造反了。我要在公審大會上，叫他作證，讓他露出本相。」

「竹清只是義氣用事。在戰場上，他曾救過不少同志的命，我請求你放過他吧。」于帆求情。

豈知，胡勝非但不給他面子，還說：「哼，于帆，連你也同情反革命份子了。」

于團長被激怒，變得強硬了，說：「李勇的事，我可以不管。但無論如何，你得把王竹清交出來。」

「明天公審會後，我再把他交給你不遲。」胡勝說。

公審那日，紹鵬正好下鄉來探望父母，聽見他們抱怨：「胡勝實在欺人太盛。」

「胡勝是誰？」紹鵬問。

「說來話長。當年，他曾在北京認識了紹卿。後來，到我們家來借住了一陣子，把家裏弄得烏煙瘴氣，幸虧友義把他趕走了。誰料到，今日他會被派到這裏來當縣長呢。才來了三個月，已弄得人心不安，雞犬不寧。」慧娘說。

「最可惡的是他誣控李勇為反革命份子，今日要進行公審。李勇救過我們一家人的性命，我和你母親正準備去為他辯護。」崇漢說。

紹鵬聽說，也決定去為李勇作證，但勸父母說：「爸媽，你們年紀大了，不要去吧。讓我代你們去就行了。」

「不行。我和李勇父子有兩代的交情，非得自己去不成。」崇漢固執地說。

紹鵬只得陪父母一同到大會場去。

他們來晚了，大會台前早已站滿了人，但民眾一聽說孟家人來作證，紛紛讓出一條走道。因此，他們通行無阻，很快來到台前。

台上一邊，坐著胡勝和陪審的于帆。

台中央，李勇和他的兩個工人被五花大綁，面向群眾跪著。王竹清垂頭喪氣地站在一旁，雖沒被綁住，但身旁有警員看管。

胡勝宣讀了一連串李勇的罪名，不給他有辯護的機會，就宣佈：「我們已經調查清楚，李勇和他的黨徒魯冬、李柏，造反罪名成立。判處死刑。」

王竹清立刻大叫：「罪名不能成立。他們是冤枉的。」

「竹清，住嘴。」于帆喝道。

「團長，請你救救他們吧。」竹清衝到他面前，含淚懇求。

「你犯了紀律。來人，快把他押回軍營去，聽候處分。」于帆令道。

兩個軍人立即上前拉住了竹清，拖他下台，帶走了。

胡勝想阻攔已來不及，只得恨恨地向于帆說：「好哇，你可是先下手為強，把王竹清給搶走了。也罷，這就算是我給你的人情，你可別再干涉我的判決。」

「好。我走。」于帆生氣，走下台，帶著士兵們走了。

胡勝隨即又下令：「將李勇等三個犯人就地執行槍斃。」

三個武警拔出腰間的手槍，各對準了一個犯人，就要執刑。

「且慢。槍下留人。我要作證他們無罪。」

胡勝驚奇地回頭看，笑道：「哈，原來是孟老爺，好呀，請你上台來吧。我們可以重新再審過。」

「爸爸，你千萬別上去。一切已太遲了。」紹鵬勸道。

「別阻止我。快扶我上去。」崇漢喘著氣說。他畢竟老了，上台階需要人扶持。

紹鵬只得扶他上台。慧娘也跟著上去了。

「大家看，大地主孟崇漢，還有大資本家孟紹鵬，都上台來為反革命罪犯說話了。我們能容許他們說話嗎？」胡勝大聲說，又向台下一個心腹使個眼色。

那人立刻高舉拳頭，喊道：「打倒大地主孟崇漢。打倒大資本家孟紹鵬。」

部分群眾盲目地跟著叫喊。然而，大多數村民敬愛李勇和孟家父子，有些人鼓起勇氣吶喊：「孟崇漢父子都是慈善家。」「李勇是冤枉的。」台下開始混亂了。

胡勝見狀，急忙下令：「行刑。」

不料，李勇突然單腿一躍而起，喊道：「胡勝，你殺我不要緊。李柏、魯冬是無辜的。」然而，他的語聲未了，槍聲已起。

他的兩個同伴腦部中彈，當場斃命。他卻因躍起，腰部中彈，摔倒在紹鵬的腳跟前，痛苦萬狀。

紹鵬忍不住俯身去扶他。豈料，胡勝瘋狂地喊道：「李勇還沒死。再開槍殺了他。」

慧娘大驚，叫道：「紹鵬，快避開。」因怕他走避不及，竟撲上去掩護他。

兩聲槍響，一顆子彈擊斃了李勇，另一顆打中慧娘。

這一切都發生在瞬時裏，崇漢魂飛魄散，想要去救妻兒，忽覺心肌一緊，眼前一黑，當場栽倒，氣絕。

紹鵬被慧娘的身子壓倒，等爬起來時，驚駭地發現父母雙亡。他撫屍大慟。

民眾見了這觸目驚心的一幕，都嚇呆了。等回過神來，有人氣憤難忍，開始鼓噪，「打倒胡勝。」「為李勇和孟老爺報仇。」

站在後頭的人們向前推擠，台下的警衛已抵擋不住人潮。

胡勝害怕憤怒的人群會衝上台來，即刻下令：「有人造反了，快開槍鎮壓。」

軍隊已撤走，但會場上還有兩百多名警員，開始鎮壓民眾，一下子打死了好幾個人，群眾驚慌逃散，老弱被推倒踐踏。有些強壯的村民和警員打起來。

江進田見情急，趁對面的警員還來不及開槍，先發制人，踢掉他的槍，和他毆打起來。張九平早已痛恨胡勝作威作福，又見他如此殘暴，頓覺忍無可忍，撿起警員掉落在地上的手槍，便一躍上台，用槍頂住了胡勝的頭，喝道：「快下令停止鎮壓，否則我殺了你。」

胡勝嚇得發抖，只得喊停：「聽他的。別開槍了。」

槍聲漸停。勤姐奔上台抱了李勇的屍體痛哭，阿蓮和進田則跪倒在崇漢夫婦的身邊悲泣。

忽然，有人喊道：「解放軍來了。」

胡勝抬頭看，果然見于帆帶著軍隊迅速地包圍了會場。他立刻又變得神氣起來，乘張九平分心，奪了他的手槍，下令警員：「快把這些造反者都給我抓起來。」

警員們不由分說，把在台上的紹鵬、九平、進田、阿蓮和勤姐全都抓了起來。

于帆帶著一隊人上來了，看見崇漢夫婦的屍體，驚道：「胡勝，你處死了李勇不說，為何連孟崇漢夫婦也殺了？難怪引起眾怒，造成動亂。」

「這全是孟紹鵬造成的。他在我下令執行槍決犯人時，去掩護李勇，結果他母親為救他而誤中了槍，他父親驚死了。他藉此領導造反。」

「你血口噴人。」紹鵬氣得大罵。

「孟紹鵬，你為何掩護李勇，妨礙行刑？」于帆問。

「不，他歪曲事實。家父想為李勇辯護，我和母親陪他一起上了台。豈知，胡勝不給我們說話的機會，立即下令執刑。當時李勇中槍倒在我的腳跟前，胡勝立刻又下令開槍，若非母親掩護我，被槍殺的就是我，這簡直是謀殺。」紹鵬悲憤地說。

「你少廢話了。來人，把他們都押到監獄去。」胡勝說。

紹鵬掙扎，說：「且慢，我要求先埋葬父母。」

阿蓮也叫道：「冤枉。我只在父母身邊哭了一場，為什麼要坐牢？」

因于帆說情，胡勝同意釋放阿蓮和勤姐，但不許紹鵬埋葬父母，硬是將他和其他被捕的人一起帶走了。

事後，胡勝和于帆互相譴責，告狀書傳到中央，總理特派言得軍前來調查。

程友義聽說胡勝是引發暴動的禍首之一，驚駭道：「這人當初是親蘇派，曾想在地方上奪我的權。」

「不錯。他的後台是狄橋，他們失意了一陣子，但在延安整風時繳了功，因而又獲得重用。友義，我勸你和王蘭都不要過問此事。」言得軍說。

「我可以不過問。但是，王蘭若知道她的爺爺奶奶在鬥爭會上死亡，父親入獄，一定不會坐視不顧的。」友義憂愁地說。

「我想，就以蘇秀玉的事件，將她軟禁，與外界隔離一陣子。等此案審結後，再放她吧。」得軍建議。

「這是個好辦法。我立刻回去作安排。」友義同意。

友義回到家，愁眉苦臉地說：「蘭，我們放走高琇瑩的事，言總已經知道了。」

「哎，他這麼快就知道了，他生我們的氣了嗎？」

「當然生氣。尤其是妳保釋蘇秀玉的大膽作為，令他震怒。他認為必須懲戒妳，防止妳再犯同樣的錯誤。」

「啊，我將受什處罰呢？」王蘭驚慌，說。

「瞧妳，嚇得發抖了。妳現在才知道害怕了吧。」

「快告訴我。我會被開除黨籍嗎？」

「不。他念妳初犯，決定只給於薄懲，令我將妳隔離監禁六個月。」

「啊，要我坐半年的牢。」

「妳後悔救蘇秀玉了？」

「不，不後悔。能救秀玉一命，我甘願坐牢。只是，話雖這麼說，我還是害怕坐監獄。」

「妳放心吧。」他安慰她，說：「妳的牢房是在一個幹部學校。妳將在那裏學習服從紀律。如果表現良好，還可能獲得提前釋放。」

「好吧。我服從判決就是了。但是你下令遞解秀玉出境，又將受什麼懲罰呢？」

「言總知道，把妳從我身邊隔離，對我已經是一個大懲罰了，所以不另處罰我。」

「你沒事，我就放心了。我幾時去幹校報到呢？」

「妳馬上就得走，有兩個警衛員將護送妳去，他們已在門外等候了。」

王蘭只得遵從，入內吩咐奶媽好好照顧嬰兒，便向丈夫告別。

「友義，我不在時，你要自己保重。」

「請放心吧。這回，我一定會聽妳的話，注意身體。」

「再見。」她說，堅毅地轉身走出了門外。

他目送她乘車離去後，轉回屋內，坐下來吸煙，心中十分沮喪。

忽然，一個門衛來報告：「有個叫秦叔的，說有緊要的事，求見你和夫人。」

「噢，請他進來吧。」友義說。暗自慶幸，已早一步將妻子遣走了。

秦叔走進了大廳，一見友義，便淒惶地說：「姑爺，不好了。出了大禍了。」

他已六十五歲了，頭髮灰白，看來又疲憊又憂傷。

「秦叔，出了什麼事？你先別急，坐下慢慢說吧。」友義說。

秦叔坐下了，轉首四顧，問：「玉蘭在家嗎？有件重大的事，我想親口告訴她。」

「真不巧。她剛才出差到外地去了。你有什麼重要的事，儘管對我說就是了。」

「她的爺爺奶奶都暴亡了，她父親也被捕入獄了。」

「嗄。」友義佯驚，明知故問：「快說，這是怎麼發生的？」

「那一日，你岳父來訪，正巧碰上鬥爭李勇的大會，他和老太爺夫人都去為李勇辯護。也不知怎地，在槍決李勇時，老夫人中彈身亡，老太爺驚嚇過度也當場死了。胡勝下令開槍鎮壓抗議的群眾，激起暴亂，事後卻誣賴是紹鵬領導造反，將他逮捕入獄。姑爺，你一定要為你岳父申冤，救他出獄呀。」秦叔一邊說，一邊擦淚。

「豈有此理，胡勝真是太狠了。」友義咬牙切齒罵道。又問：「秦叔，當時的情形，是你親眼看見的嗎？」

「不，因我要看家和照顧阿蓮的孩子，所以沒能去。當時的情況，我是聽阿蓮說的。她的丈夫江進田也被抓起來了，她要我代她求你救救她的丈夫。」

「老實說，我無權過問此案，但是請你們放心。我想黨部一定會派人去調查的。」

「姑爺，你能不能早點把姑娘找回來，請她去探父並祭拜她爺爺奶奶的墳。」

「爺爺奶奶已經下葬了嗎？」

「胡勝不許你岳父為父母料理後事。幸而，老太爺和夫人一早已準備好了自己的棺木。我和阿蓮合力將他們埋葬了。」

「我明白了。秦叔，我替孟家人謝謝你的忠心。這件事一定會令蘭十分傷心，我必須找適當的時機和她說。我得出門開會去了，你可以休息一會再走。」友義說完，走了。

秦叔大失所望，獨自呆坐了一會，只得垂頭喪氣地走了。

紹鵬在獄中，日日夜夜盼望女兒和女婿來解救他，呼叫他們的名字。然而，既不見女婿的影子，連女兒也不來探獄。他由絕望而轉為懷恨。

整個村裏，人心惶惶，慘霧濛濛。暴動中傷亡者不說，被捕者大多被胡勝加上造反的罪名，判了死刑。張九平首先就被判死刑，只待次年春天處決。他的老父親張儉聞訊，每日依門而哭。

一日，張儉坐在門前自言自語：「想我，四十歲那年已生了六兒三女，村裏人都羨慕我好福氣。豈知，遭了惡神妒，一個個孩兒死於非命。長男一富被軍閥殘殺。三榮當了兵，一去不返。二貴和四華雙雙死在日軍的刺刀下。好不容易，有個兒子做了官，但好景不長，內戰起，五福只得逃亡。六妹出嫁，隨夫到南洋。七妹病亡，還帶走了她的娘。八妹跟隨她五哥，不知去向。身邊只剩一個最小的兒子九平，原指望他養老送終，哪想到，到頭來我反得為他收屍埋葬。唉，我原來是個苦命人呀。」他說著，不禁放聲大哭。

忽聽得身邊有人說：「老伯為何悲傷？」

張儉抬頭看，見一身材魁梧的男人，穿著灰色便服。他連忙用衣袖擦乾淚，站起來說：「沒什麼。我只是思念我的兒子。請問你是路過，還是來這裏有事？」

「我想找一位張大叔。他以前好像是住這家的。」

「我叫張儉，以前人人都叫我張大叔，現在他們改叫我張老頭了。請問你是誰？」

「啊，張大叔，我幾乎認不出你了，你大概也忘了我了吧。我是當年和三榮一起去廣州從軍的阿輝呀。」

「阿輝！啊，你還活著。那麼我的三榮呢？」張儉又驚又喜。

「三榮也參加了共產黨。不幸，他早已英勇犧牲了。」

「你說他死了？唉，可惜，若他還活著，今日也可設法救他小弟的命。」

「大叔，不必悲哀。三榮雖死，還有我呢。何況，你是烈士親屬，無論你有什麼困難，我們都可以幫助你解決。」

「我最小的兒子，被控造反，今已被判死刑。你有法子救他嗎？」

「若你把他的狀情告訴我，也許我能設法。」

「那太好了。請到屋裏坐，我再和你說吧。」

張儉邀請阿輝進屋坐下了。九平的妻子給客人倒了茶，站在一旁。

張儉詳細講訴了暴動發生的經過，又說：「胡勝下令鎮壓民眾。九平氣憤不過，想阻止槍殺，才挾持了胡勝。他雖犯了錯，但不曾殺人，希望政府能饒他一命。」

「我明白了。九平只是一時衝動，我會為他上訴，請求減刑的。」阿輝說。

「阿輝，真謝謝你啊。」張儉大喜。

「我告辭了。再見。」阿輝說，大步走出去了。

張儉追他不及，只見他坐上門外停著的一輛車，車旋即開走了。

「原來阿輝有侍衛，又有車子坐，看來他一定做大官了。」張儉驚奇說。

他媳婦責怪他，說：「他做了大官，你怎麼還叫他的小名阿輝呢。」

「啊呀，我真糊塗，但是我記不得他的姓名。對了，他是秦叔的外甥，讓我去問問秦叔就是了。」

張儉匆匆地來找秦叔，說：「快告訴我，你的外甥叫什麼名字？」

「他叫謝德輝。他和你的兒子三榮都已失蹤多年了。你問他作啥？」秦叔說。

「他還活著。我剛才見到他了。」

「真的。在哪裏見的?快帶我去找他。」秦叔驚喜，拉住了張儉，要他帶路。

「等一等，你先聽我說完。剛才他到我家，自稱是阿輝，又告訴我，三榮死了，我成了烈士親屬。他聽我說了暴動發生的經過，答應為九平上訴。然後，馬上就走了。我追到門口，見他上了一部汽車，猜想他當了大官。」

秦叔想了一下，搖頭說：「你上當了。這人不可能是我的外甥。」

「為什麼?」

「你想，阿輝若做了大官，怎麼會不讓我知道?再說，他下鄉來了，哪有不來看我，倒先去看你的道理。當年，他去投考軍校，孟老爺和大爺都曾幫助過他。如今，孟家有難，紹鵬入獄了，他豈能不聞不問，卻去替九平申冤。」

「唉，糟了。照你這麼說，那人一定是冒充阿輝來套我的口供的。我對他說了許多胡勝的壞話，這可怎麼是好。」張儉大急說。

「既已說了，也沒法子收回了。你就聽天由命吧。」秦叔說。

張儉乘興而來，敗興而歸。開始，他仍抱著希望，但日子一天天過去，毫無阿輝的音訊，他不得不相信是受騙了。

眼看兒子被處死的日期就快到，張儉絕望了。不料，他家門前忽然來了一大群人。有的吹吹打打，有的拿了紅紙和標語貼在大門上。

張儉和他媳婦連忙從屋裏走出來看，只見門上貼著「烈士之家」。

一個幹部上前向他們道賀：「恭喜你們。張三榮為保護總理，英勇犧牲的故事已經被登上報紙了。你們是烈士的親屬，從此將受政府的照顧。」

「那麼，我的小兒子張九平可以不死了嗎？」張儉問。

「他已被改判了十五年徒刑。」

「他還有回家的一日，謝天謝地。」九平的妻子喜極而泣，說。

「一定是謝德輝救了九平，我要去向他道謝。長官，你知道他住在哪裡嗎？」張儉說。

「謝德輝？從沒聽說過這個人。我們是在調查張九平的家庭背景時，發現了他三哥的事蹟，才替他上訴的。」幹部說。

「我還是不明白，那天來訪問我的人究竟是誰呢？」

「張老伯，你不必去想他了。以後你有什麼事，直接找我好了。我叫李溫，是新任縣長。」

「哎呀，原來你是新任縣長，我有眼不識泰山，失敬，失敬。可是，胡書記呢？」

「他已被調走了。」李溫說。

婉珍本來準備年底回國和丈夫團聚的。不料，曾在紹鵬開的錦布莊當店員的安德逃到香港來報訊，說出了禍事。

「天呀，怎會發生這樣的事呢？我剛收到紹鵬的信，催我回家，他不可能去領導暴亂。你說他被捕入獄了，真冤枉呀。」婉珍驚駭，哭道。

紹卿立即去領事館請求調查父母暴亡的真相，非但不得要領，連他的回鄉證都被吊銷了。他寄出了好幾封信給玉蘭和友義，都如石沈大海，令他一籌莫展。

【第二十章】
萍水相逢　異鄉情緣

高琇瑩遷居台北後，在一所大學當教授。除了上班，深居簡出。平靜地過了三年，兒子已上中學，女兒也滿十歲了。儘管她不願回想過去，但蘇文康的影子仍不斷纏繞著她，常令她內心隱隱作痛。

下班後，她常在校門口乘三輪車，到市場買了菜才回家，因而結識了一個名叫田宗保的車夫。他約莫三十歲，為人熱心，主動為她提重的物品上車，還替她搬進屋裏。他心情開朗時，愛說愛笑，但有些時候卻顯得鬱鬱寡歡，琇瑩感覺到他隱藏著一股心事。然而，他們畢竟只是車夫和乘客的關係，她不便過問他的私事。

一日，她下課後走出校門口，發現他愁眉不展，站在車邊猛抽煙。她走到他身邊時，他尚未發覺。她忍不住問：「宗保，你在想什麼？」

「啊，高小姐，對不起，我沒看見妳出來。沒什麼事，請上車吧。」他連忙熄煙說。

途中，琇瑩和他講話，他心不在焉似的，答非所問。送她回到家，他幫她將一袋米抬進廚房，臨走時，黯然地說：「高小姐，今後我恐怕不能再為妳拉車了。」

「為什麼？你好像心事重重。我們相識一年多了，也算是個朋友，你若遇到困難，不妨說給我聽聽，或許我能幫你解決。」

「一言難盡呀。」宗保忽然哭了。

琇瑩感到驚異，連忙說：「別難過。請坐下，喝杯茶，慢慢說吧。」

「我就要被抓去坐牢，甚至槍斃了。」

「你犯了什麼法？」

「逃兵。」

「啊，你真是逃兵嗎？」

「不，其實我原本不是當兵的。」宗保悲憤地說出了一個淒慘的故事。

他的家鄉在舟山群島，父親務農。十四歲那年，他由一位表親帶到上海一個汽車修理行做學徒。出師後，他仍舊留在車行做修車工人。正當他雄心勃勃地準備自己開業時，內戰再度爆發，天下大亂，為逃避戰禍，他只得回家鄉。

一個深夜，萬籟俱寂。驟然間，有人沿家叫門，宗保的父親去開門，見幾個士兵，通知他：「每家派一個壯丁，立刻到村公所去開會。」

「半夜三更，開什麼會呀？」

「少廢話，走吧。」士兵揮著槍催促。

宗保的父親只得走出門外。他赤身露膊，只穿了條短褲和一雙草鞋，再看鄰居們，也和他一樣，衣冠不整。反正是夜晚，又都是鄉親，大家都無所謂穿著，只吵吵嚷嚷跟著士兵來到村公所。

大會堂內，燈火通明，士兵令大家席地而坐，不一會便坐滿了人。

忽然，一個軍人大喊一聲：「肅靜。」接著，進來一個軍官，只見他滿面含笑，樣子十分和藹，農民們都放心不少，安靜地等他說話。

「同胞們，我們的國家已到了存亡的關頭，你們愛國嗎？」軍官大聲說。

農民們面面相覷，若回答說不愛國，怕被槍斃。若說愛國，又怕徵糧或被徵去當兵，結果竟是一片沈寂。半晌，有一人站起來說：「我們都愛國。上個月，每家都把存糧上繳給軍隊了。若還要我們捐糧，我們都要餓死了。」

「請你們放心，這回我們不是來徵糧的，只是想請你們支持政府，凡是忠心愛國的，都可以得到一套衣服作為獎賞。」軍官說。

老實的農民們一聽，紛紛舉手，說：「我愛國。」「我願意支持政府。」

「好極了。」軍官笑道，便轉首叫士兵把一捆捆的衣服拿進來，分發給大家。

「嗄！是軍衣，原來是要我們當兵呀。」眾人大驚，紛紛站起來，準備逃走。但大門已被關閉，門邊站了一排士兵，舉槍對準了想逃的人。

「都給我站住，不許動。誰想逃走，格殺勿論。」軍官變了臉色，嚴厲地說。

有幾個壯漢不聽話，硬想衝出去。不料，士兵開槍，當場打死五人，其餘的人都嚇呆了，不敢動。

「限你們在五分鐘內將衣服換好。到時，沒穿軍衣的，一律槍斃。」軍官說完，轉身走出了大廳。

膽小的人哭哭啼啼地開始穿衣。膽大的內心惶惶，仍持觀望態度，準備堅持到最後一分鐘。

眷屬們聽見槍聲，紛紛跑到村公所門外來看究竟。但士兵已設了封鎖線，持槍守著，不許人近前。

有人看見了宗保，便對他說：「宗保，你是城裏人，會說道理。你去問問他們，為何抓了我們的人呀。」

宗保也擔心他的父親，見一個軍官自屋內走出來，便高聲喊道：「長官，請你告訴我們，屋內發生了什麼事，是誰開槍呀？」

軍官轉首看見一個壯年人，穿了件白襯衫，灰色長褲，不像鄉下人。便走過來問：「你是這村子裏的人嗎？」

「是村裏人，但我一直在上海工作，最近因逃難才回來的。我爸爸也在屋裏，我能進去看他嗎？」軍官露出了狡譎的笑容，暗想這小子真是自投羅網，便說：「可以。我帶你進去看他。」當下，令士兵讓宗保通過封鎖線。

宗保跟著軍官來到大會堂。一進門，就見地上躺著好幾具死屍，他大驚失色，急忙返身想逃，但大門已又被關閉，兩個士兵持住了他。

宗保的父親尚未穿上軍服，只低頭流淚，忽聽邊上的人說：「宗保也被抓來了。」他抬頭看，果然是他兒子，立即衝上前，吃驚地問：「阿保，你怎麼也來了？」

「阿爸。」宗保傷心地叫了一聲，轉首向軍官抗議：「你們軍隊就不講理嗎？」

「有理可以講，但軍令不可違。每家得出一個壯丁，為國抗敵，這是軍令。」軍官冷冷地說。

「既然每家得出一個壯丁，你們抓了我，就該放了我的父親。」

「說的好。我們是講理的。來人，將他的父親帶出去。」

「不，是我先來的，請你放了我的兒子，我立刻就穿上軍衣。」作父親的哀求軍官。

「阿爸，還是你留下陪伴媽媽吧。我年輕，一定會活著回來的。」宗保說。

「不成。我只有你一條命根子，不能讓你去送死呀。」他父親抱著他大哭。

軍官不耐煩了，下令：「快把老的拉出去。」

「阿保，阿保。」宗保的父親哭喊著，被拖出門外。

「還有半分鐘。你們還沒穿好衣服的，快穿。違令的，一律槍斃。」軍官面對廳內的人，大聲說。

眾人不敢再抗命，紛紛換上軍服。宗保也拿了那套發給他父親的軍衣穿上了。

這群人就被押在正規軍中帶走了。

村公所外面的婦女老幼，只見一隊隊士兵走出來，沒看清其中有他們的親人。等部隊都走完了，他們才衝進公所裏去查看。

只見宗保的父親被綑綁在走廊上，哭道：「他們都被迫穿上軍衣，帶走了。」

民眾大驚，即刻去追。這時天已破曉，他們一面呼喚親人的名字，一面在行軍隊伍的邊上，來回尋找。士兵開槍驅人，村民驚慌逃避，遠遠地叫喊，哭聲震天。

宗保瞥見他父母也夾在人群中，哭喊他的小名。他故意低下頭，不讓他們認出，淚水卻忍不住沿頰滾滾而下。

宗保和他的鄉親們旋即被迫上船，載到了台灣北部的一個軍營，當了工兵。不久，就有人建議逃亡。

宗保勸大家忍耐：「眼下戒備森嚴。何況，我們剛到這裏，人地生疏，就算逃得出去，也會被抓回來，還是等上一年半載再說吧。」

但是，眾人不同意，都說：「俗話說打鐵乘熱。要逃就得快，若等上一年半載，早被他們折磨得沒勇氣逃了。」

一個深夜，約有兩百多人，打倒了哨兵，集體逃亡。他們原來的計劃是奪了漁民的船隻逃回家鄉，但是不久追兵來了，槍聲大作。有的逃兵跑到海邊，無處可退，只有跳海自殺。有的因地方不熟，竟跑到了其他的兵營，遭兩面夾攻，不是被殺就是被捕。還有些人跑進了民家，乞求匿藏，但與當地人言語不通，況且沒有居民敢收留逃兵，反將他們綑綁了交給軍方。結果，無一人成功逃脫。

宗保沒參加集體逃亡，他除了有深謀遠慮，還有兩樣有利的條件，一是他在上海領取的身分證，另一是他的姐夫是公務員，早先已攜眷隨政府撤退到台灣。就在田家村遭難的前一天，他收到姐姐一封信，帶在身上，信封上有地址。

兩年後，海峽兩岸局勢漸趨穩定，逃兵事件也少了，軍營中的警戒鬆懈了許多。這期間，宗保已打聽得他的姐夫家其實距軍營不遠，他開始計劃逃亡。

一天，他偷跑出軍營，脫去軍服，換上平民裝，跑到姐姐家。

他姐姐開門見了他，十分驚訝，聽說他是逃兵，連忙將他藏到屋裏。因怕軍方來追捕，便將他裝扮成一個女人，穿了衣裙，包了頭巾。

不久，就有憲兵隊沿家來搜查。宗保蹲在院子裏，低頭搓煤球，還在臉上塗了些煤灰，他姐姐謊稱他是女佣人，居然瞞過了憲兵。

晚上，姐夫下班回來，得知家中藏了逃兵，嚇得魂飛魄散，立刻就要報警。然而，他雖怕事，但更怕老婆，經不起她一陣哭鬧，只得勉強答應收留內弟，從此日夜提心吊膽。

幸而，不久，宗保的姐夫獲准調職，搬家到台北，遠離了軍營，一家人才稍微放心。

一到台北，宗保立即打聽舟山同鄉會的所在。

中國人最重鄉誼，會長范先生聽說了他的遭遇，十分同情，答應從同鄉會基金裏貸款給他買部三輪車，好讓他自立更生。

「首先，你得去區公所，領取一張新的身分證。」

「可是，我怕軍方還在通緝我，不敢親自去區公所，可否請人代辦呢？」

「嗯，為謹慎起見，你最好請律師為你辦理。」

「請律師一定很貴吧，我現在身上一文錢也沒有。」

「同鄉中有一位當律師的，名叫宋為善。我可以替你介紹，請他義務為你辦理。」

「太好了，謝謝你。」

宋為善，年齡五十中旬，身體肥胖。他的律師事務所在城中區一棟房子的二樓。

范會長上門，介紹說：「這位是田宗保，想請你代他申請一張身分證。他目前沒錢，你看在同鄉份上，義務替他辦了吧。」

「沒問題，這事我可以免費替他辦。」宋律師一口答應。

范會長時常替他介紹顧客，他不好意思不給人情，而且他知道開始給新移民一點小惠，將來這人就可能成為他的永久顧客。

「謝謝你。那麼你們談吧，我先走了。」范會長說，轉身離去了。

宋律師請宗保坐下了，問：「你有以前的身分證嗎？在此地可有親戚？」

「我有張上海發的身分證，還有姐姐和姐夫在台北。」

宋律師看了他的身分證，便替他填好一份申請表，叫他簽了名，說：「大概一個星期就可辦好了，到時你來拿吧。」

宗保見他如此慷慨相助，心中充滿感激，覺得不好隱瞞有關逃兵的事。於是，自供說：「我是被強迫抓到台灣當兵的，三個月前才從軍營逃出來。」

宋律師聞言大驚，說：「你是逃兵，我不能替你辦身分證。」

「宋律師，請你設法救救我吧。」

「唉，我的時間寶貴，你先回去吧，讓我考慮幾天再說。」宋律師不耐煩地揮手，下了逐客令。

宗保離去後，宋律師便將他的申請表擱置一邊，不準備理會了。豈知，一個傳送文件的工人，見了那份填好的表格，便和其他的申請表一同裝入大袋中送往區公所去了。

出乎意料之外，才過了三天，宗保的身分證就發下來了。但是，宋律師起了貪心，想乘機敲詐。於是，藏起了那張新身分證，卻對宗保說：「我決定幫助你申請身分證了。可是這件事我要冒風險，還要花錢託人情，不能免費替你辦。」

「謝謝你。雖然我現在沒錢，但我拉三輪車賺錢，每個月除了還貸款，大概還能剩點錢。你的費用我將來一定會付還的。」

「啊，你拉三輪車。這樣吧，我不收你手續費，只要你答應，在我為你辦事期間，你每天為我免費拉車就行了。」

宗保覺得這樣很公道，便同意說：「好的。但不知手續要辦多久呢？」

「我保證，一年內，一定替你辦成就是了。」

「好。一言為定，今後每天早晚，我拉車接送你上下班吧。」

宗保原以為宋為善只要乘坐他的車上下班，沒想到，宋的要求越來越多，不時要求他拉車去會見顧客，甚至連妻子兒女去看病、看戲、購物，也要他免費服務，簡直將宗保當成了私家車夫。

宗保每日早出晚歸，辛勤地拉車，幾乎有一半勞力是無酬的，因此一個月所得仍不夠還債。宋為善聽了他訴苦，並不減輕對他的要求，只幫他修改了貸款條約，延長貸款期，減少每月的分期付款。

他無法賺夠生活費，只得仍然寄住在姐夫家。不說他姐夫不高興，就連他姐姐也開始不耐煩了。

「已經過了十個月，宋律師每天白坐你的車，到底有沒有替你去辦身分證呀？」他姐姐說。

「我前幾天剛問過他，他說軍方仍在通緝我，現在還不能辦理。」

事實上，每次宗保問起此事，宋為善總是藉故拖延。

「依我看，他是存心拖延，想把你當一輩子的奴工。」他姐夫說。

宗保也覺得忍無可忍了。

次日下午，他乘空去宋律師的事務所，準備討個明確的答復。辦公室內靜悄悄的，他推開門，見宋律師坐在椅子上睡著了，還打著鼾。

他走近，站立等候，忽然眼前一亮，瞧見宋律師的半透明港衫口袋中有一張證件，證上的照片像是自己。他不由得好奇，躡足走到宋的身邊，用兩隻手指頭將那證件夾出來。仔細一看，果然是他的新身分證，而發照的日子竟是十個月前。

他正覺得驚奇，宋律師突然醒來，見狀大怒，罵道：「你作賊。」

「這是我的身分證，十個月前就發下來了，你為什麼還騙我說沒有辦？你分明是想詐取我的勞力。」宗保怒道。

宋為善後悔自己粗心大意。正因宗保催討得緊，他開始擔心將這張身分證留在辦公室裏不安全，想帶回家去收藏，就將它塞到口袋裏了。沒想到，神差鬼使，宗保會在他打瞌睡著時偷了去。

被拆穿了謊，宋為善惱羞成怒，說：「你是逃兵。我冒險替你辦證件，你至少得為我服務一年，你當初也同意的。」

「你這樣欺騙同鄉，太卑鄙了。過去十個月，我白白為你和你的家人拉車，難道還不足抵償你的手續費嗎？今後，你休想再白乘我的車。」宗保說完，轉身就走。

宗保有了新身分證，十分高興，不想再計較宋律師欺詐他了。不料，兩日後，他收到宋律師寄來的一張帳單，上面列了不少項目，總計六百元。

「豈有此哩，我已為他免費拉了十個月的車，他還要收我兩百元辦理身分證的手續費。修改貸款合同，原本是他自願為我辦的，居然也要收費三百元。我替他拉車時，和他聊天，隨便問的法律問題，他竟然也都列了諮詢費。總共要我付他六百元，我拉一年車也存不了這麼多錢呀。」宗保氣憤地說。

「這個宋律師，真欺人太甚了。走，我和你一起找他理論去。」他姐姐說。

「不，你不用去，讓宗保自己去吧。」他姐夫阻止他姐姐。

於是，宗保匆匆地踏了他的三輪車來到宋為善的家，敲了門。

一個老僕人開門，見了他就說：「老爺早已關照過了，他不要你拉車了，也不想見你。」說完即關上了門。

宗保忿忿不平，決定不理會這帳單。豈知，一個月後，他又收到一張新的帳單，加了十厘利息，他還是置之不理。半年下來，利上加利，竟達一千多元。最後一張帳單上還附了一封信，說若再不還債就要到法院告他。

他又驚又恨，不知如何是好，便去請求同鄉會的范先生主持公道。

范先生表示愛莫能助，說：「無論如何，他是律師，你是逃兵，你和他打官司，還是你吃虧。我勸你與他和解了吧。」

宗保沒法子，只得低聲下氣地去見宋為善，說：「我願意再為你免費拉車兩個月，請你註銷你的帳單，可不可以？」

「如今你已欠了我一千多元，想替我拉兩個月車就償還，真是作夢。」

「我沒欠你的，你實在欺人太甚了。」

「少廢話。除非你答應再為我免費服務一年，我就饒了你，否則我們法庭上見面。」

「你分明是敲詐。我不願做你的奴隸。」宗保氣極了，轉身就走。

「站住。」宋為善叫住他，威脅說：「你若不付帳，我就告發你是逃兵。」

「告就告。我要在法庭上拆穿你的真面目。」

「你敢。告訴你，我的女婿是陸軍上校，隨時都可抓你去槍斃。」

「我有新身分證，不怕你們。」宗保氣憤地走了。

沒想到宋律師真的會去告他，法院傳票來了，他才開始焦急。他的姐夫更是驚慌。

「你快答應再替宋律師服務一年，請他撤銷告訴吧。」怕事的姐夫說。

「我不願意一輩子受他威脅和敲詐，寧可和他打官司。」

「你這闖禍精，不要連累我們，你滾吧。」

姐夫將他趕出家門，他只得在三輪車上過夜。

琇瑩耐心地聽完宗保的故事，先是為田家村的悲劇而熱血沸騰，後又為他受宋為善的欺詐而義憤填胸，當下說：「你不用害怕。幾時開庭，我陪你去，為你辯護。」

「明天早上十點開庭。妳不是要教書嗎？怎麼好麻煩妳呢。」宗保很感激，連他的親姐姐也怕受牽連，而這位只是和他萍水相逢的女乘客卻肯挺身相助。

「正好，我明天的課是在下午，早上有空。」

「那麼，明天早上九點半，我來接妳同去，好嗎？」宗保說。他並不期望她幫忙，只是獨自上法庭實在有點害怕，希望身邊有個人為他壯壯膽。

「好的，明天見。你放心，這場官司，你一定打贏。」琇瑩說。

「謝謝妳。但願我能有妳一樣的信心，再見。」他苦笑說。

次日，琇瑩和宗保在開庭前十分鐘趕到法院，宋為善和他的女婿已站在走廊上等候了。宗保見了一個穿制服的軍官站在宋律師身邊，不免心中惶恐。

其實，宋為善內心也一樣慌張。他原以為控告可以威脅宗保屈服，沒想到弄得騎虎難下。這時，一見宗保進來，他就上前說：「唉呀，你這麼遲才來。我看在你是同鄉份上，還想給你最後一次機會，只要你在這文件上簽了名，同意再為我服務一年，我就立刻撤銷控告。」

宗保心想，若再不同意，就要被軍官抓去槍斃了，事到如今，不得不妥協。他剛要伸手去拿宋為善遞上的筆，卻被琇瑩阻止了。

「宗保，別上他的圈套。是他心虛，才要求和解。」

宋為善驚奇地轉望她。起初，他以為她只是莫不相干的人，因此沒理會，這時才知她是陪伴宗保來的，便含怒問：「妳是誰？為何管我們的閑事？」

「你不認識我。我卻已知道你叫宋偽善，虛偽的偽。」

宋為善頓時面紅耳赤。

他的女婿兇巴巴地向琇瑩瞪眼，怒道：「妳敢侮辱我的岳父。」

琇瑩不慌不忙，伸手拍拍他的肩章，笑道：「你是陸軍上校，叫什麼名字？在那個部隊？我有不少熟人也是陸軍軍官，或許你和他們相識哩。」

上校一聽，氣焰就消了大半，心想，這女人風姿綽約，莫非是某個將官的妻妾。他不敢報名，先問她：「妳先告訴我，妳的熟人是誰？」

琇瑩含笑望著他，故意賣關子，說：「我認識的人，若說出來，怕嚇壞你，還是暫時不說吧。」

上校變得像鬥敗的公雞，垂頭喪氣，一句話也不敢說了。

這時，法庭的門開了，琇瑩不再理會上校，回頭挽了宗保，說：「我們進去吧。」

上校著急地說：「這女人看來不簡單，田宗保有後台，你還是不要告他了。」

「已經太遲了，只有看著辦吧。」宋為善說。

法庭內冷冷清清，只有被告和原告雙方四人，法官和一個書記，兩個警衛，沒有旁聽的人。

開庭了，法官翻了翻狀紙，問被告：「田宗保，你欠了宋為善一千多元，為何拒絕償還？」

宗保感到驚奇，他原以為宋為善告發他是逃兵，沒想到只告他欠債，頓時心情輕鬆不少。他站起來，回答：「法官大人，我沒欠他的，這些帳單都是他偽造的。」

「帳目中，有他為你辦身分證和貸款合同的費用，難道沒這些事嗎？」

「有。他只為我辦過這兩個手續，其他的，只是我和他聊天時，隨便談到的法律問題，他也全列了諮詢費。」

「你至少應該付他這兩筆手續費。」法官說。

「我是三輪車夫，剛開業，沒錢付手續費，所以和他說好以勞力支付。我每日除了接送他上下班外，還為他的妻兒拉車去會客、看病、購物、看戲。總共為他作了十個月的車夫，不曾收他一分錢。可是他還不滿足，因我不肯再繼續為他拉車，而給我下了一張六百元的帳單，每月加十厘利息，過了六個月，我收到的最後一張帳單，竟有一千多元。他真是太不講理了。」宗保說著，委曲地哭了。

法官轉向原告，說：「宋為善，你只為辦了他兩件簡單的手續，為何役用了他十個月，還要收他六百元？」

「法官，只因田宗保的背景複雜，我為他辦身分證，得花不少時間，還得為他找保人，所以他答應為我拉車服務一年。豈知，他只做了十個月，就毀約了。」宋為善回答。

驀然，琇瑩站起來，說：「法官，我可以為田宗保說話嗎？」

「妳叫什麼名字？和被告是什麼關係？」

「我叫高琇瑩，只是常乘坐他的三輪車，因路見不平，想拔刀相助。」

「嗨，法庭裏不許拔刀，但我可以允許妳說話，妳說吧。」法官幽默地說。

「田宗保原在上海當汽車修理工人，因戰禍而逃離家鄉。他流浪到台北，委託宋律師為他辦理新身分證。這原是舉手之勞，豈知，身為律師的宋為善，欺他人地生疏，為詐取他的勞力而隱藏了他的證件，達十個月之久，終於被宗保發現。宋為善不但不認錯，反而以帳單作為威脅，想繼續奴役宗保。因宗保不從他所願，故進行誣告。我請法庭主持公道。」

他剛要說出「逃兵」兩字，卻被琇瑩打斷。

琇瑩義正詞嚴，法官聽罷大為驚異，轉首問：「宋為善，她所說的，可是實情？你有欺詐的行為嗎？」

宋為善嚇得冷汗淋漓，一邊擦汗，一邊說：「不，沒有。田宗保是自願為我免費拉車的，因為他是。」

她指著他，大聲說：「宋為善，你要三思，不要因貪小利而誣告別人，以免害人害己。」

法官拍案，警告她：「嗨，法庭上不許大呼小叫，搗亂秩序，打斷證人的供詞。」

「對不起。下次不敢。」琇瑩連忙道歉，乖乖地坐下了。

法官轉向宋為善，說：「你繼續說，田宗保為何甘心情願地為你免費拉車，難道他犯了罪，有把柄落在你手中嗎？」

宋為善突然覺悟，他若說出宗保是逃兵，自己就會落得個敲詐之罪，而且，他知情不報，為逃兵辦身分證，更是罪加一等。

他的女婿，也心慌，暗中拉了他的袖管一把，輕聲警告：「千萬不要節外生枝。」

「你為何不說話了？」法官催道。

「我、我、宗保、他、他。」宋為善緊張得語無倫次。

「什麼我我他他。快說，田宗保有什麼不可告人的背景？」法官不耐煩地逼問。

「沒有。他是個老實人。」宋為善終於氣餒地說。

法官拍案大怒，責道：「宋為善，原來你欺負田宗保老實，故意欺詐他，還敢誣告到法庭，該當何罪？」

「都怪我一時糊塗。這是我初次犯錯，我一定悔改，請你原諒。」

「你身為律師，卻知法犯法，行騙顧客。我本當吊銷你的業務執照，但念你是初犯，故從輕判決。你的帳單不實，被告無須付款，我令你勾銷這筆帳外，另賠償田宗保六百元，並向法院繳一千元罰款，此外，你得繳兩百元開庭費。你服不服？」

「我服從判決。」

「你必須繳付罰款和費用後，才能離開法院。」法官宣判完畢，起身走了。

宋為善偷雞不著蝕把米，反賠了一千八百元，當庭開了三張支票，一張六百元的給田宗保，另兩張給法院。他女婿，害怕面對琇瑩，一退堂就先溜走了。

這一天，真是宗保一生最高興的日子。事前，他完全沒想到他會勝訴，而且獲得賠償，他像中了彩票似地手舞足蹈。

「高小姐，真謝謝妳。今後，妳坐我的車，我全不收妳錢。」他感激地說。

「那不行。今天是例外，我就白乘你的車。從明天起，我一定要照常付車費的。」

宗保不和她爭執，送她去上班後，即去買了一大堆禮品，又去市場買菜，還買了隻活雞，然後到校門口等她下班。

琇瑩出來了，瞧見車上堆滿了東西，驚奇道：「你買這麼多的東西，把早上獲得的賠款都花完了嗎？」

「不多、不多。這些都是送給妳的，我已替妳買好菜，這就送妳回家。」他咧嘴笑道。

「我不收禮，尤其是這隻活雞，我不會殺。」

「今天妳幫我打贏官司，我好感激，這些禮物只是我想表達的一點心意，求妳收下吧。等會到妳家，我幫妳殺雞，燙好了，才走。」

「好吧。我們一起慶祝，你就留在我家吃了晚飯再走吧。」

黃昏，君安和君怡放學回到家，見客廳裏放了許多禮物，又聽見廚房裏傳來母親和一個男人的笑語聲，都感到十分詫異。

「咦，媽媽有男朋友了嗎？」君怡問她哥哥。

「可能是吧。自從爸爸出走後，還沒聽見過媽媽笑得這樣開心呢。」君安說。

「好香，好像是雞湯，我餓了，我們快去廚房看看。」君怡說。

琇瑩一見兩個孩子，便高興地說：「今天，來了個大廚師，你們有得打牙祭了。」

「啊，原來你請了個廚師呀？」君安問。

「不敢當。我叫田宗保，只是個三輪車夫。」宗保一邊炒菜，一邊轉首自我介紹。

「他們是我的兒女，君安和君怡。」琇瑩為他介紹，又說：「晚飯快準備好了，我們上桌再談吧。」

晚餐豐富又美味，他們邊吃邊談，都很開心。

宗保講訴上法庭的事，一再稱讚琇瑩如何偉大，三言兩語就壓倒了一位陸軍上校，又替他打贏官司，使得想欺詐他的宋律師反賠了他六百元。

琇瑩樂得大笑，他倆彼此舉杯祝賀。君安和君怡也跟著歡呼。

吃完晚飯，宗保還堅持替琇瑩洗完碗筷，方才告辭。

琇瑩送他走出門外，說：「宗保，謝謝你，這頓晚餐我們都吃得很開心。」

「不客氣。我能請問妳的先生在哪裏嗎？」

平日，她聽見這類的問話，就會感到心煩，故意避而不答。然而，這天她特別高興，毫不介意地說：「他留在大陸。我們已經離婚了。」

「原來如此。我不打攪妳了，晚安。」

「晚安。」

次日早晨，琇瑩一出門就意外地瞧見宗保在她家門前等著她。

「高小姐，早安。我送妳去上班。」他熱心地說。

「早安。不用你送。我通常是走路上班的。」她轉身想走。

「請上車吧，我免費載妳。」他攔住她。

「你把我當成了宋為善嗎？」她有點生氣了。

「不。我把妳當成了一顆星，是救星。」他笑道。

「宗保，請不要再提昨日的事了，否則今後我不再乘坐你的車。」

「對不起，我答應不再提了。我可以把妳當朋友嗎？」

「可以。但我有一個原則，君子之交淡如水。」

「妳想說，淑女和三輪車夫之交淡如水。是嗎？」

「我真拿你沒辦法。」她笑了，又看了下手錶，說：「啊，我快遲到了。好吧，這次讓你送，但下不為例。」她上了車。

自從見了琇瑩在法庭上的風采後，宗保對她著了迷。有時，他送她回家後，留戀不去，她便請他進屋喝杯茶，聊會兒天。

不久，她發現他原來是個直爽而有趣的人。他沒有正式的學歷文憑，但喜歡看書報雜誌，見識廣博，話題也多，和他聊天一點也不枯燥，因此她樂意有他作伴。

有一次，他們一起聊天時，她望著他，說：「宗保，自從打贏官司後，你好像變了一個人似地，也許你應該感謝宋為善。」

「不，我不用感謝他，過去一年，是他害我變得憂愁的。現在，我只是恢復了原來的我。可是，高小姐，妳好像還沒恢復原來的妳。」

「你說什麼？你知道我原來是怎麼樣的？」

「我在法庭上看到的妳，容光煥發，充滿自信。可是一出了法庭，妳好像就被一種陰影罩住了，變得怯弱和消沉。我想，在法庭上的妳，才是原來的妳。」

他的話一針見血，令她感到心頭震憾，她不禁流下淚來。

「高小姐，妳怎麼哭了。對不起，一定是我說錯話，令妳生氣了。」他慌張地道歉。

「不，你說的對。我也應該努力使自己復原了。」

她說出了這句話，就像剛放了血的人，突然覺得心頭輕鬆多了。雖然病根未除，但獲得暫時的舒緩。

「那麼，今天晚上，我請妳去看場電影，好嗎？」他乘機說。

她應允了。自從她與文康分手後，這是第一次和一個單身男人約會。

晚餐後，她坐在梳妝台前準備化妝，忽然間，猶豫了，想起她與宗保的年齡差異，她剛過了四十歲生日，而他只有三十出頭。

「天呀。妳瘋了嗎？怎能和一個比妳小將近十歲的男人約會？」她對鏡自問。一下子，變得沮喪了，甚至想取消約會。

晚上八點，他如約到她家，按了門鈴。

她去開門，準備告訴他，不想去看電影了。出乎意外地，見他穿了一套新西裝，頭髮梳理得黑亮，竟是一付紳士派頭。

「咦，你這身打扮，今天不拉車了嗎？」她驚奇地問。

他聽她這樣問，也覺得驚奇，說：「咦，妳已忘了我們的約會嗎？今晚我給自己放了假，乘了別人的三輪車來接妳的。妳準備好了嗎？」

她發覺自己失言，不忍心讓他掃興，便又改變主意，說：「我沒什麼準備。這付樣子出門，行嗎？」

「行。妳不打扮都很美。」

他的讚美，反令她警惕，心想，必須讓他明白，一起看電影並不表示和他談戀愛。

到了電影院門口，下了車，她便說：「不用你請客，我們各買各的票吧。」

「瞧，我一早已買好了兩張票。」他取出電影票給她看。

「我還是得付你錢。」她掏著錢包說。

「不用了。等看完電影，妳請我去吃宵夜吧。」

「你可真會得寸進尺。」她嗔道，但還是同意了。

電影開場了，那是部悲劇片，她驚異地發現身邊的他唏唏噓噓地在流淚。

劇終散場時，她瞧見他眼濕鼻紅，便笑道：「原來你感情脆弱，也愛哭。」

他難為情地咧嘴笑道：「電影很好看，但故事太悲慘了。下次，我們選部喜劇片吧。」

「不，我不能再和你看電影了。剛才已說好吃宵夜，你選家館子吧。」

他們到了一家餐館，一面吃宵夜，一面聊天。

「高小姐，今後我可以稱呼妳的名字嗎？」

不料，她說：「男女之間，還是保持點禮貌比較好。我知道，高小姐這個稱呼，並不適合我，以後你就叫我蘇太太吧。」

「妳不是離婚了嗎，為何還叫蘇太太呢？」

「唉，一日為人妻，終生和他家的人脫離不了關係了。離了婚的女人，延用夫姓，並不足為奇。」

忽然，宗保靈機一動，瞇著眼笑道：「我們做車夫的，稱呼像妳這樣的女客人，常叫太太。以後，我就改叫妳太太吧。」

琇瑩覺得他的笑容有點不正經，像在調戲她。她生氣了，不理他。

「對不起，是我說錯了，以後我還是叫妳高小姐。」他連忙道歉。

「其實，你叫我琇瑩，也無所謂。」她終於又讓步了。

回到家，已經凌晨一點了，琇瑩進門，開了燈，赫然發現一對兒女睡在客廳的長沙發椅上。

她推醒了孩子，問：「你們怎麼睡在這裏呢？」

「等妳呀。妳到哪裏去了，怎麼這麼晚才回來?害我和妹妹都快急死了。」君安不悅地說，就像一個家長在責問晚歸的孩子似地。

「媽，剛才我們真的很擔心，以為妳又失蹤了。」君怡也說。

「對不起，我太晚回來了。下次，我一定會注意時間。」琇瑩抱歉地說。

「下回，妳還要跟那個三輪車夫出去約會嗎？」君安不滿地問。

「你不應該瞧不起三輪車夫，那是個正當的職業。」

「但是，田宗保比妳小很多，你們根本不相配。」

「你。」琇瑩大怒，差點要摑打兒子，但她即時控制了自己，說：「我是成年人，有權利選擇自己的朋友。現在，我以家長的身分，令你們立刻回房間去睡覺。」

君安和君怡都不服氣，但不敢違抗母親，只得忿忿地走了。

琇瑩頹喪地坐下了，心想，還是趁早和宗保分手的好。

次日下午，她下班時，宗保照常在校門口等她。

等她走近，他含笑輕呼她的名字，說：「琇瑩，我等妳好久了，請上車。」

「我有些話想和你說，我們到一個安靜的地方去談，好嗎？」

「好啊。」他欣然同意了。

他載她到淡水河邊，選了一處安靜的地方停了車，扶她下了車，問：「琇瑩，妳有什麼話和我說？」

「宗保，從今起，我不能再和你約會了。」她直截了當地說。

「為什麼？妳嫌我是三輪車夫嗎？」他的自尊心受傷，黯然地問。

「不，我是為你好。你年輕，而我老了。你應該找個和你年齡相近的女伴。」

「但是，妳在我眼裏，永遠會是年輕美麗，就像不會凋謝的花。」

「不會凋謝的，是朵假花，即使能保持美麗，卻了無生氣，你遲早會看厭的。」

「不，不是假花，是一盆花，開完一朵，又會開一朵，永遠開不完，令人百看不厭。」

「你還真會說話。但你要的不是一盆花，而是一個家庭，你可曾想過，不孝有三，無後為大。我老實告訴你，我不會再生育。」

他一時裏怔住了。他迷戀她已久，但從沒想過傳宗接代的問題。然而，他是獨子，這實在是個值得考慮的問題。

她見他沉默，又繼續說：「你明白了吧。既然不會有結果，還是不要起開端，免得後悔。」

忽然，他下了決心，真摯地說：「琇瑩，我已愛上了妳，決不後悔。如果我能得到妳的愛，沒有親生的孩子也無所謂，因為妳已經有了兩個孩子，我可以把他們當成自己親生的一樣。」

她被他的熱情感動了，身子微顫，眼中含淚望著他，不知再說什麼才好。

他雙手扶住她的肩膀，懇求說：「琇瑩，請妳給我一個機會，好嗎？如果，我們繼續交往一段日子後，妳還是不願接受我的愛，到時再分手不遲。」

她點了點頭。

從那日起，他倆開始戀愛了。為避人耳目，琇瑩下班時不再乘坐宗保的車，他也不到校門口來兜生意了。然而，他們經常約會，難免有人說閑話。

不久，謠言蜚語滿天飛，琇瑩一概不理會。

琇瑩雖聲稱已離婚，但仍和公婆和姻兄嫂保持密切聯係。她交男朋友的消息很快由她的孩子們傳到了蘇家，不僅蘇錦山夫婦不贊成，文傑和蕙英也都不以為然。

「琇瑩，我們都不反對妳再婚，但是妳和田宗保在學歷和家庭背景上的差異實在太大了，妳得三思呀。」文傑說。他故意不提年齡的差異，以免琇瑩尷尬。

「文傑，原來你也這麼保守。門當戶對的時代早已過去了，只要我們兩情相悅，干他人何事。」琇瑩抗議。

「但妳也得考慮孩子們能不能接受這樣一個後父。」蕙英說。

「我相信，他們慢慢地會接受的。」

「我們都是為妳的幸福著想。也許，妳可以把田宗保帶來給我們看看，讓我們知道他為人如何。」錦山說。

「對。明天晚上，請他過來吃頓便飯吧。」蘇老太太附合說。

琇瑩欣然同意了。

第二天晚上，她就帶了宗保一起來到蘇家。

見面後，蘇家人很快就摒除了成見，開始對宗保產生好感。

文傑首先說：「宗保，謝謝你，令琇瑩恢復了燦爛的笑容。你們看起來就像一對幸福的情侶，我們實在沒有理由反對你們的交往。」

「你們打算結婚嗎？」蘇老太太問。

「那要看君安和君怡同不同意。」琇瑩回頭望著兒女，說。

「我和妹妹都不反對，但是你還沒取得外公的同意。」君安說。

「我們不需要徵求他的意見。」琇瑩說。

「我想高將軍遲早總會知道的，你們還是親自告訴他的好。」錦山說。

「高將軍？琇瑩，妳爸爸是將軍嗎，妳怎麼從沒告訴過我？」宗保驚道。

「我不是說過，我有熟人是陸軍軍官嗎？」

「呀，我以為，那是妳編造出來嚇唬宋律師的女婿的。」

「琇瑩，無論如何，妳應該帶宗保去見妳爸爸一面。也許他會像我們一樣，贊同你們的婚事。」蕙英說。

「好吧。我接受你們的建議，但我不期望他會為我們祝福。」琇瑩嘆了口氣。

高將軍聽說女兒和一個三輪車夫談戀愛，大發雷霆，立即派人去調查田宗保的背景。不料，調查尚未有結果，女兒卻先帶了男朋友來求見。

他令衛士：「把那個男的擋在門外，只把我女兒給帶進來。」

琇瑩一進入廳裏，就遭父親迎面痛罵：「妳昏了頭嗎？堂堂一個大學教授，去和一個三輪車車夫談戀愛，聽說他還比妳小十歲，這像什麼話，妳不害羞，可把我的顏面都丟盡了。」

「爸爸，你何必生這麼大的氣呢。當年，你自己不也娶了個丫鬟作姨太太，年齡只比我大三歲。」琇瑩不服氣，反駁說。

高將軍一怔，怒氣稍歇，說：「我是男人，妳是女人，妳怎能學我樣？」

「為何不能？有其父必有其女，我向你看齊。」琇瑩調皮地說。

高將軍啼笑皆非，拉了女兒坐下，改為諄諄勸導：「琇瑩，我一向最疼愛妳。因妳前次婚姻的不幸，我希望妳能另找一位理想的終身伴侶，過去兩年，我曾為妳物色了不少傑出的人選呀，可是妳都不屑一顧，為什麼偏偏選上一個和妳完全不相配的人呢？也許，妳當初不急著找伴，現在卻覺得寂寞難忍了。妳別急，先和那個車夫斷了交，爸爸再為妳作媒。」

「太遲了。昨天，我和田宗保當著蘇文傑一家人的面，已宣佈訂婚了。」

「什麼，訂婚？妳真要和他結婚，我就和妳斷絕父女關係。」

「那也好。我們婚後可以少一件煩惱。」

「妳，妳真不顧惜父女之情嗎？」

「我可沒提議斷絕父女關係。高將軍，再見了。」琇瑩說，趁她爸還來不及有反應時，立即起身溜走了。

一出門，她就說：「快逃。」隨即拉了宗保就跑。

「這是怎麼回事，為什麼要逃跑？妳爸爸要捉拿我嗎？」宗保焦急，問。

「我怕他會，因為他反對我們結婚，還威脅我，要和我斷絕父女關係。」

「那怎麼辦？」

「我們只有馬上去法院公證結婚。宗保，你有勇氣和我結婚嗎？」

「能和妳結婚，我什麼都不怕。」

「好。我們立刻去打電話給文傑，請他和蕙英趕到法院，作我們的證人。」

當天，他們就公證結婚了，還去報社登了結婚啟事。

次日，高將軍在報上看見這項啟事，氣得發昏，立刻要他秘書也去登一則「斷絕父女關係」的啟事。

婚後不久，田宗保鴻運高照，一天晚上，他在戲院外兜乘客時，遇見了從前在上海車行的老板。

故人重逢，相見甚歡，一起去茶館聊天。原來，那位老板已在美軍顧問團的車輛維修部當了個小主管，他答應介紹宗保去該部門找工作。

隔了兩日，宗保去面試，當場就被雇用為汽車修護工人，從此有了一份穩定的職業。他賣了三輪車，還清了債務，真是喜上加喜。

他的技能很快受到主管的賞識。他又奮發圖強，晚上去補習英文，以便和美國籍的主管和同事們溝通。一年後，他被升為技術員。

剛獲得升級和加薪，他即高興地給妻子買了一條金鍊子，還給兩個孩子各買了一部嶄新的腳踏車作禮物。君安和君怡早已消除了對他的偏見，變得和他很親熱。但是他們都無法開口叫他「爸爸」，只肯叫他「叔叔」，他也不在乎。

每逢放假日，他們一家人騎車去郊遊，其樂融融。

怎奈，好景不長。一日，來了個不速之客，改變了一切。

訪客叫鄧立德，原是文康和紹卿的高中同學，後來他赴美國學醫，他們又相聚，因此感情甚篤。乍見故友，琇瑩感到意外驚喜，立刻請他進門坐了。

「立德，好久不見了，你是幾時到台灣的？」

「說來話長，我一家人剛從大陸逃出來，目前住在香港我父母的家裏。我是從孟紹卿那裏知道了妳的地址，特來拜訪妳的。」

「啊，原來你一直留在大陸。你是外科醫生，為什麼要逃亡？」

「我的父母和兄弟都已在國外，固然是原因之一，但最後促使我帶妻兒逃亡的還是蘇文康。」

琇瑩驚詫，問：「你最近見過文康？」

「是的，他因反韓戰而被捕，供認自己是美帝的間諜，被判了無期徒刑。去年秋天，他在田裏勞動時，用鐮刀割脖子，企圖自殺，被送到我的醫院急救。幸而，他傷口不深，沒割斷喉管，被救活了。」

「不、不可能，他怎會是美帝的間諜呢？」

「他說是為了救一個心愛的人而屈招，但不肯說出那人是誰。」

「啊！」琇瑩突然大叫一聲，掩面大哭。

「琇瑩，妳怎麼啦？」立德驚駭問。

「文康是為了救我，才假裝要和我離婚的。天呀，我怎麼會相信他的謊言呢。」琇瑩悲痛欲絕。

「真對不起，也許我不該告訴妳這件事。」

「不，謝謝你，你使我明白了。現在，我一切都明白了。啊，可憐的文康。」

立德勸慰了她一陣子，告辭了。她沒挽留，呆望著他離去。

當晚，宗保下班回到家，就覺得氣氛不對，琇瑩和兩個孩子都在流淚。

他吃驚，問：「是誰欺負你們啦？我去找他算帳。」

「沒人欺負我們，只是我們知道父親的下落了。他被關在監獄裏，企圖自殺，差點死了。」君安說。

「哦。原來是這樣，你們別難過了，我會代他照顧你們的。」

不料，琇瑩說：「宗保，對不起。我要求和你離婚。」

「什麼！真豈有此理，我決不同意。」宗保生氣地說。

「叔叔，請你不要和媽媽計較。她現在很傷心，過幾天你們再談吧。」君安勸說。

宗保原以為過幾天琇瑩就會回心轉意，不再鬧離婚了。豈知，她竟是打定了主意，不許他碰她。兩人開始吵架，孩子們無法安靜地讀書作功課。

君安終於忍無可忍了，說：「媽、叔叔，你們一見面就吵個不停，叫人怎麼作功課呀。你們再吵，我和妹妹就要離家出走了。」

「對不起，全是我的錯。但是，你們搬到伯父家住一陣子也好。」琇瑩說。

於是，她幫孩子們收拾了一些衣物，打發他們走了，回頭便到臥房去收拾自己的東西，準備搬到君怡的房間裏去睡。

不料，宗保忽然從她身後將她一把抱起，放到床上，壓著她狂吻，還要扯她衣服。她使盡力氣都推不開他，便說：「別急，你自己先脫。」

他依了她，下床脫衣，她卻乘機翻身想逃出房去，但剛到門邊，就被他捉住。

「放開我。你想強姦嗎？」她用力掙扎，拳打腳踢。

「妳是我老婆，就該和我作愛。」他說，又要將她抱上床，卻被她在手臂上猛咬了一口，他痛得放開了她，發怒，一拳向她揮去。

她踉蹌倒地，半邊臉青腫，口鼻流血。

宗保見狀，跪倒在她跟前求恕：「我真該死，下次再不敢動粗了，請妳原諒我吧。」

她沒發怒，也沒責備他，只平靜地說：「我們離婚吧。」

他洩氣了，沉默了一會，說：「請妳再考慮一個月，可以嗎？到時，如果妳還是要離婚，就離吧。」

琇瑩答應延遲一個月再離婚。

自從公開與女兒斷絕關係後，高將軍深深地後悔了。他想與女兒和好，但寫信沒回音，派人去勸說也無效，琇瑩狠了心不認他為父了。他百般無奈，最後想到請求他的親家來調解。

見高將軍來訪，蘇家人都感到十分驚奇。

「啊，高將軍大駕光臨，實在難得。好久不見，近來可好。」蘇錦山說。

「好。你們也都好吧。」高將軍坐下了，說：「無事不登三寶殿，我今日來，是有一事相求。」

「高將軍不必客氣，有什麼事我們可以效勞的，請你儘管吩咐吧。」文傑說。

「還不是為了琇瑩。我想和她恢復關係，也願意認宗保為女婿了，她卻無情地拒絕。我只好請求你們幫忙說服她。」

「唉。」錦山長嘆一聲，說：「高將軍，你想恢復父女關係，我十分贊成。但是，要認女婿，就不必多此一舉了。」

「為什麼？難道，田宗保不配作我的女婿嗎？」

「實不相瞞，琇瑩和宗保馬上就要離婚了。」文傑說。

「豈有此理。田宗保竟敢欺負我女兒，我饒不了他。」高將軍拍案大怒。

「高將軍，請息怒，實在不能怪宗保呀。」錦山說。

正說著，君安和君怡一起跑出來，哭喊：「外公。」

高將軍驚起，張開雙臂，一邊一個，把他們攬入懷裏，說：「君安、君怡，你們怎麼在這裏？是被後父趕出來的嗎？」

「不是後父，是媽媽鬧離婚。」君怡說。

「究竟是怎麼回事呢？你們快告訴我。」

高將軍聽說了琇瑩要離婚的原因，氣急敗壞地說：「荒唐。唉，你們的母親實在太胡鬧了。」

「田宗保對我們很好，雖然我們還不習慣叫他爸爸，只叫他叔叔，但心裏都接受他為繼父了。沒想到，媽媽要和他離婚，我們又快沒有父親了。」君怡傷心地說。

「你們別難過。外公去向你媽媽和後父說，不許他們離婚。」高將軍說。

「上次你不許他們結婚，他們還是結了。這次他們會聽你的嗎？」君安懷疑地說。

「你放心。上次我還沒有完全的情報，就被他們先發制人了。這回，我一定能說服他們。」高將軍頗有自信地說，即告辭，離開蘇家，往女兒的家去。

那天晚上，宗保和琇瑩相對隔著一張大桌子坐著，各看各的書。

宗保翻開一本英文的修車手冊，但不能集中精神閱讀，因為這是他們最後一天在一起，明日就要去法庭辦離婚了。他不時望她一眼，希望她能在最後一分鐘改變主意，但她專心整理她的教材，並不回望他。

聽見有人敲門，宗保去開門，見一位年長的紳士，穿西裝，戴寬邊呢帽，站在門外。

「請問你找誰？」

「我找高琇瑩，她在家嗎？」

「在。請進。」

豈知，琇瑩一見來人就指著他喊道：「出去、出去。」

「唉，妳對生身之父，竟這麼沒禮貌嗎？」

「你早已登報和我斷絕關係，不再是我的父親了。」

「一篇啟事，改變不了妳是我骨肉的事實。我此刻就宣佈和妳恢復父女關係，妳能拒絕嗎？」高將軍從容不迫地說。

琇瑩不回答，低頭看書，不再理會她爸。

高將軍轉望宗保，見他目瞪口呆，站得筆直，便笑道：「傻小子，我今天是來探親，不是來閱兵的，你儘管放輕鬆點吧。」

宗保如夢初醒，連忙說：「高將軍，請坐。我馬上給你沖茶。」

高將軍走到桌邊坐下了，脫了帽子放在桌上，順手拿起修車手冊翻了翻。

宗保端了茶來，恭敬地說：「高將軍，請用茶。」

高將軍拿起茶盅喝了一口，一邊打量他，一邊問：「聽說你在美軍顧問團工作，是嗎？」

「是的。但我只是名修車工人。」

「一名普通的工人能看得懂這英文手冊嗎。我聽說，你已升為技術員了。」

「啊，那是三個月前的事，原來你已經知道了。」

「我還知道你不嫖不賭，品行端正，愛護妻子和兒女，所以我決定認你為女婿了。」

「可是，琇瑩就要和我離婚了。」

「她胡鬧。你是男子漢大丈夫，要有主見。你若不想離婚，就不許她離，懂嗎？」

宗保聽他岳父如此說，正中下懷，咧嘴露出了憨笑。

不料，琇瑩冷冷地向她父親說：「用不著你多管閑事。他已經同意，明日我們就去辦離婚手續。」

「我為女婿打抱不平。從古至今，男人休妻都要有七出的條件，妳想休夫為那般？」

「我不是休夫，我是替宗保休妻，好讓他另娶。」

「妳離了婚，對自己有什麼好處？妳還想再嫁嗎？」

「不，我不會再嫁，寧可獨身過下半輩子。」

「妳想為那個負心的叛徒守寡，真是愚不可及。」高將軍開始發怒了，罵道。

「人各有志，不可勉強。」琇瑩毫不示弱。

高將軍轉向宗保下令：「你告訴她。你決定不離婚了。」

「不，我不想強迫她。」宗保搖頭說。

高將軍聞言大怒，喪失了紳士風度，站起來，以威脅的口氣說：「我為挽救你們的婚姻，苦口婆心地勸導，你們卻只當耳邊風。也罷，敬酒不吃，吃罰酒，我命令你們，不許離婚。」

「你沒有干涉婚姻的權力。」琇瑩說。

「妳說我沒有干涉婚姻的權力，可知我有制裁逃兵的權力。」高將軍出其不意地說。

琇瑩大吃一驚，站起來，顫聲問：「你說什麼？」

宗保更是驚駭得目瞪口呆。

高將軍見狀，得意洋洋地走到女兒身邊，又說：「只要你們一日是夫妻，他便是我的女婿，可以高枕無憂。一旦離了婚，他就成了被通緝的逃兵，後果如何，你們自己去衡量罷。」

雖然高將軍這番話是向著女兒說的，但宗保聽來卻覺得句句是對他的威脅。他起初對岳父的好感完全消失了，繼之而起的只有憤恨，敢怒而不敢言。

琇瑩也變得臉色蒼白，噤若寒蟬。

高將軍見他們都沉默了，以為達到目的，便戴上帽子走了。

驀然，宗保變得激動起來，一手掃落了桌上的茶杯，噹啷一聲，杯子摔破，茶水濺了一地，接著，他一屁股坐下，掩面啜泣。

琇瑩深感內疚，悔不該與父親當面衝突，逼他使出秘密武器。她應該想到，父親若無把握說服他們，是不會輕易上門的。她雖沒被威脅嚇倒，但她知道這一招對宗保的傷害極大。

她走到他的身邊，用手搭了他的肩膀，說：「宗保，你別害怕，我決不會讓我父親傷害你的。」

宗保摔開她的手臂，暴跳起來，喊道：「妳不必可憐我。離婚，我們立刻離婚。」接著，他衝出了大門。

「宗保，不要走。」她追出去，但他很快跑得無影無蹤了。

她的神智突然清醒了。過去一個多月裏，她的心中只有文康。這一刻，她看到自己的自私，在提出離婚的要求時，她從沒考慮過宗保的感情。她感到愧咎，盼望他回來，願意與他重作夫妻。

然而，跑到酒吧去買醉的宗保，卻有了完全不同的想法。原先，幸福的家庭幾乎令他忘記了自己的身分，一旦被高將軍點破，他發現自己與琇瑩竟有天差地別。他真不明白當初自己怎麼會有勇氣向她求婚的，一定是被愛情沖昏了頭。

他又想到，他為她，寧可不要生育孩子，她卻因知道了前夫的下落而要和他離婚。還有一些生活上的小摩擦，在以前似乎都無關緊要，如今想起卻都成了大大小小的疙瘩，收集起來竟有滿筐籮，足以壓碎他的自尊心。

他愈想愈有氣，忽然一拳捶在桌上，喊道：「他媽的，槍斃就槍斃吧，我非要和她離婚不可。」周圍的人，只抬頭冷冷地望了他一眼，醉漢的怪誕言行在酒吧裏早已司空見慣，誰也沒興趣理會。他走出了酒吧，決定先搬到旅館裏住幾天，再去租房子。

琇瑩一夜無眠，見他回來，即喜出望外地迎上前去，叫道：「宗保，你回來了。」想擁抱他。豈知，他身子一閃，與她擦肩而過，逕往臥房走去。他在房內找出一個箱子，開始把衣服放進去。

「你在幹什麼？」琇瑩跟進來，問。

「收拾我的東西，搬出去。妳不是要離婚嗎？」

「我改變主意了。宗保，我知道自己錯了，過去一個多月，我失去理智，讓你受了不少委屈。你能原諒我嗎？」

「妳是怕我被槍斃，憐憫我。對不起，我不想領妳的情。」

「不，不是的。我爸爸只想恐嚇我們，他絕不會告發你是逃兵。」

「何以見得？他不是曾和妳斷絕父女關係嗎。我看他，說得出，做得出。」

「他愛面子，既然他已有意要認你為女婿，一定不願讓人知道你曾是逃兵。我相信，他早已把你在軍中的檔案銷毀了，所以你跟本不用擔心。」

宗保想了一會，覺得她的話有理，頓時心情輕鬆了不少。

她繼續說：「宗保，當你走後，我才發現自己仍深愛你，所以決定放棄離婚的念頭，與你和好如初，你願意嗎？」

他聽她這麼說，回心轉意，將她摟入他的懷裏說：「和好。」

次日，他們一同去文傑家接回了君安和君怡。

表面上，他們又是一家人了，然而，這個家已不像從前一樣溫馨。

宗保變了。他變得敏感多疑，窺視妻子的一舉一動，即使她暗自嘆息一聲，也逃不過他的耳目。易怒，一言不合，就大發脾氣。挑剔，時常為細小的事情與家人爭執不休。更糟的是，他的吸煙量大增，使得屋內煙霧瀰漫。

君安和君怡向他抱怨，他置之不理，他們開始對他起反感。

琇瑩也變了。以前，她心情暢快，容光煥發，猶可冒充年輕。如今，她變得神態疲憊，已掩飾不了中年婦女的痕跡。本來她個性強，很少向人低頭，但近來已變得逆來順受，只要宗保一發怒，她就不敢出聲，像被馴服了似的。

有一天，吃過晚飯，琇瑩心情煩悶，獨自去找蕙英聊天解悶。

她剛出門，宗保便拿出一瓶酒來喝，又一支連一支不停地抽煙。

君怡在房裏受不了煙味，便走到廳裏，說：「叔叔，我被煙嗆得不能讀書了。請你到屋外去抽煙，行嗎？」

宗保瞪她一眼，說：「老子愛在家抽煙，就在家裏抽。妳管不著。」

「你作父親的，能這樣對待孩子嗎？」

「你們幾時叫過我爸爸呢。不高興，找你們的親爸爸去。」

君怡氣憤得哭了。

君安走出來，說：「妹妹，別理他。我們走，到伯父家去。」

宗保拍桌子發怒，罵道：「去吧。反正你們的伯父好，你們三天兩日往他那兒跑，這次去了，乾脆就不要回來了。」

兄妹倆聽他這樣說，都傷透了心。當下，拿了書包便出門，騎車往伯父家去。

琇瑩正在和蕙英談話，忽見一對兒女哭著跑進來，她吃驚地問：「你們怎麼啦，家裏出了什麼事？」

「我發誓，只要他在，我絕不回家。」君安大聲說。

「叔叔抽煙又喝酒，弄得滿屋子難聞的氣味，我和哥哥都受不了。我請他到屋外去抽煙，他反而趕我們出門。」君怡哭訴。

「豈有此理。」琇瑩大怒，當即回家去找宗保評理。

進了家門，見他喝醉躺在長椅上，她便走過去推醒他，說：「你太過分了，為什麼把孩子趕出門？」

他睜開眼，躺著不動，說：「他們自己要走的。還不是老套，過兩天就回來了，妳急什麼？」

「你，」琇瑩忍無可忍，氣憤道：「你是在逼我和你離婚嗎？」

不料，宗保霍然躍起，雙手掐住了她的脖子，凶惡地說：「妳又想離婚，是嗎？不行，我不准。妳不聽話，我就動手制服妳，這是妳爸教我的。」

她怕他行兇，連忙改用溫和的語氣說：「宗保，你醉了。我只是說氣話，不是真要離婚，請你放手，我們明天再談好嗎？」

他瞪了她好一會，見她有畏懼的神色，滿足地放了手，說：「妳怕了吧。以後最好別惹我生氣，妳是金枝玉葉，我只是賤命一條，妳犯不著和我同歸於盡。」

琇瑩忍氣吞聲，等他安靜了，悄悄地躲進君怡的房間，自內鎖了房門。

次日，宗保酒醒，後悔了。他向琇瑩道歉，答應減少吸煙，也不再酗酒。他又到蘇府去請回孩子，但他們都躲起來不見他，也拒絕回家。

琇瑩不再提離婚的事，並非被他嚇怕了，而是缺乏鬥志。就像習於宿命的傳統婦女一般，不在乎維繫愛情已冷卻的婚姻，與丈夫貌合神離，過一日，算一日。

文傑夫婦都為琇瑩和她的兩個孩子感到憂愁，覺得這樣拖下去不是辦法。

「唉，一個家庭已破碎得無法修補，真不知如何了結。」蕙英嘆氣說。

「依我看，如今只有一個人能勸導琇瑩。」文傑說。

「你說的是誰？」

「孟紹卿。」文傑說。當下，給紹卿寫了封信。

孟紹卿收到蘇文傑的來信，說有件困難的事想請他來幫忙解決，希望他能盡快到台北一趟。正好，那個周末他有空，於是，星期六早晨，他便乘船從香港到台灣，在基隆登陸，轉乘火車到台北，去蘇家探訪。

文傑開門見了他，驚訝地說：「咦，我的信才寄出三天。沒想到你這麼快就來了。」

「我昨天收到你的信，正好今天有空，就乘船過來了。你們遇到了什麼困難事？」

「其實，是有關琇瑩的婚事，請先進來休息，再慢慢談吧。」

晚上，琇瑩獨自在家，聽見有人敲門，她打開門，一見來客即驚呼：「孟紹卿，你是自天而降嗎？」

「不，我是飄洋過來的。」他笑道。

「我太高興了，快進來。」她像怕他會消失似地，一把挽了他的手臂，拖往屋內。

紹卿舉目四望，問：「宗保呢？他不在家嗎？」

「他出去了。」她漫應著，走開去沖茶。不一會，端了兩杯茶來，說：「來，坐下喝茶，快告訴我，你幾時到的？來幹什麼？準備幾時回去？」

紹卿大笑，說：「琇瑩，妳一點都沒變，還是個急性子。」又戲弄她，說：「如果我告訴妳，因我想念妳，特地乘船來看妳一眼就走，妳會相信嗎？」

「我只能說，你來得正好，因為我快愁死了。」

「愁什麼？半年前我來過，那時你們的新家庭不是很幸福嗎？」

她不回答他，反問：「紹卿，你見過鄧立德，不是嗎？他是否告訴了你有關文康的消息？」

「是的。鄧醫師告訴我，文康在獄中自殺未遂，我難過了好一陣子。我還聽說，文康是為一個心愛的人才認罪的，我猜想那個人一定是妳，但不明白究竟是怎麼回事。」

琇瑩變得異常激動，一邊流淚，一邊說：「玉蘭和友義都欺騙了我，他們安排我和文康相會一夜。次日，文康就失蹤了。當時，我還以為文康負心。豈知，他們設了騙局，逼文康屈招，騙我離開他。」她說著，泣不成聲。

紹卿還是第一次聽她說出這件事，驚訝地說：「原來妳偷渡回國後，不但見到了文康，還見過玉蘭和友義。我想，玉蘭不至於故意欺騙妳，這可能是友義的計謀。」

「可恨，我過去一直把程友義當成救命恩人，今日才知道他原是陷害文康的罪人。」琇瑩恨道。

「我打算今夏回大陸一趟。屆時，我會設法去探文康的獄，為他申冤。」紹卿說。

「如果你能見到文康，可以為我傳一句話嗎？」

「當然可以，妳說吧。」

「就說，我欠他的情債尚未還清，但願今生還能重逢，到時我再償還他。」

紹卿沈吟了片刻，說：「這句話似乎不大妥當，我想應該更改一下。」

「怎麼改法？」

「我想對文康說，妳和孩子們已有了一個幸福的新家，妳願意來世再續與他的不了緣。我猜想，這才是他想聽的話。」

「你不知道，我和宗保的感情已經破裂，我們都在等待對方先提出離婚。」

「起因是妳忘不了文康，對吧？琇瑩，請聽我說，以眼下的形勢看，即使我為文康提出申訴，未必能成功地救他出獄。我衷心希望你們今生還能重逢，只是不能預測要等到那年那月這個願望才能實現。妳既然有了一個新家庭，就不要再眷戀他吧。」

「可是，要我忘掉文康，無異於要我去做一次大腦手術。」

「在我心目中，妳是世界上最勇敢的女人。只要妳下決心，一定會自已醫好病的，不是嗎？」

她沉默不語，低頭飲泣。

紹卿見她悲傷，又想起好友的不幸遭遇，心中難過，竟大聲哭出來。

「咦，你哭什麼？」琇瑩驚異地抬頭，問。

紹卿取出手帕，擰著涕淚，說：「我為你們恩愛夫妻被迫分離而感傷，愛莫能助，只能陪妳痛哭一聲，發洩心中的憂悶。」

琇瑩嘆氣，說：「唉，也許正如你說的，我和文康恐怕只能來世再重逢了，既然我和宗保有緣，也應該珍惜。好吧，我答應你，再嘗試一次。」

正說著，宗保回來了。

「宗保，你瞧，誰來了？」琇瑩向他招呼。

宗保覺得驚奇，因為琇瑩已有好一陣子不和他說話了。等見了紹卿，他高興地說：「原來是孟博士，去年你來過一次，你還住在香港嗎？」

紹卿站起來，握住他的手，說：「是的，我今天剛從香港到此，特來探訪蘇文傑和你們一家人，明天就得回去了。」

「這麼急，為何不多住幾天呢？」

「因為我沒假期，星期一還要回大學執教。」

「你們聊吧，我去弄點宵夜。」琇瑩說，轉身去了廚房。

紹卿和宗保聊了一會兒，傾身湊近他，輕聲說：「我聽文傑說，你們夫妻倆最近有點誤會，鬧得很不愉快。剛才我勸了琇瑩，她答應再嘗試與你和好如初，如果你仍愛她，就得把握這個機會。」

「真的嗎？我已花了不少心機，都無法使她回心轉意，你是用什麼方法說服她的？」

「其實不難。要知道，每個女人心上都有把鎖，你想打開她的心扉，就得先尋求開鎖的密碼。當初你能求得她的愛，不也是先打動了她的心嗎？」

「可是，當初我沒並沒去想密碼，只憑我對她的愛情就打動了她。如今，只說我愛她，已不成了。」宗保嘆氣說。

「你不必氣餒，其實她只不過換了把鎖。我可以給你一個暗示，開鎖的密碼是個人名。」

「人名？你是說，她的前夫蘇文康。」

「不錯。你真聰明，一猜就著。」

「算了。她還愛著前夫，我也不想要得到她的心了。」宗保含忿說。

「你有所不不知。琇瑩原先以為蘇文康拋棄了她，因此恨他入骨。直到最近，她才獲知他實有不得已的苦衷，她明白錯怪了他，難免內心自責，結果影響了你們的婚姻。」

「原來如此。我只道她有了前夫的下落，就要和我離婚，所以對她不滿。其實，我應該同情她、安慰她，減輕她心中的痛苦才是。」

「對了，你若能安慰她，就已掌握打開她心鎖的密碼了。」

「我明白你的意思了，真感謝你的指教。」

「不客氣，祝你成功。」

琇瑩端了一大碟炒麵走出來，見他們似乎談得很投機，便問：「你們在談些什麼？」

「沒什麼，只談把鎖。」紹卿若無其事地說。

宗保仰頭大笑，琇瑩覺得莫名其妙。

直到午夜，紹卿才向琇瑩告辭，由宗保駕摩托車送他回到文傑家。

文傑開門，請他進了屋，問：「如何？」

「總算不辱使命，他倆都有了重修舊好的誠意。」紹卿笑道。

「好極了，看來你不虛此行。剛才，來了個不速之客，他也有一事想請求你幫忙，還在客廳裏等著你呢。」

「哦，這個客人是誰？」紹卿一面跟著他走進客廳，一面問。

忽見一人上前，說：「是我。」

「啊，蔣先生。」紹卿吃了一驚，叫道。

「孟博士，我們很敬佩你在物理學上的傑出成就，想懇請你來台擔任科學院的院長，不知你是否願意應聘？」訪客開門見山地說。

「啊，我非常感激你的抬舉，但是實在抱歉，請恕我不能從命。」

「莫非你仍然在持觀望態度，或有意回大陸？」

「不瞞你說，我有件私事，今年暑假必須回去一趟。」

「紹卿，我勸你不要回去，文康是前車之鑑，我已失去一個手足，不願見你重蹈他的覆轍。」文傑說。

「請你放心，我至多只回去一個月，不會羈留不歸的。」紹卿說。

「他們的統戰手法高明，只怕你一去不回。」

「我保證，祭了父母的墳，探訪了哥哥後，一定返回香港。」

「好吧，我們不阻止你。但是，如果你忘了今日的承諾，我們會派胡先生去提醒你。」

「那位胡先生？」

「胡不歸先生耶。」蔣先生神秘地笑道。

「哈，哈，原來是你開玩笑。請你們放心，我絕對不會勞駕胡不歸先生的。」紹卿大笑說。

「情如浪」完。

請繼續欣賞「一寸丹心萬縷情」

上集：「情如虹」

下集：「情如熾」

國家圖書館出版品預行編目

一寸丹心萬縷情. 中, 情如浪 / 摯摯著. -- 一版.
-- 臺北市 : 秀威資訊科技, 2010.05
面; 公分. -- (語言文學類 ; PG0345)
BOD版
ISBN 978-986-221-425-1 (平裝)

857.7 99004081

語言文學類 PG0345

一寸丹心萬縷情（中）
情如浪

作　　者 / 摯　摯
發 行 人 / 宋政坤
執行編輯 / 胡珮蘭
圖文排版 / 郭靖汶
封面設計 / 蕭玉蘋
數位轉譯 / 徐真玉　沈裕閔
圖書銷售 / 林怡君
法律顧問 / 毛國樑　律師
出版印製 / 秀威資訊科技股份有限公司
台北市內湖區瑞光路583巷25號1樓
電話：02-2657-9211　傳真：02-2657-9106
E-mail：service@showwe.com.tw
經 銷 商 / 紅螞蟻圖書有限公司
台北市內湖區舊宗路二段121巷28、32號4樓
電話：02-2795-3656　傳真：02-2795-4100
http://www.e-redant.com

2010 年 5 月　BOD 一版
定價：370 元

讀　者　回　函　卡

感謝您購買本書，為提升服務品質，煩請填寫以下問卷，收到您的寶貴意見後，我們會仔細收藏記錄並回贈紀念品，謝謝！

1.您購買的書名：________________

2.您從何得知本書的消息？

□網路書店　□部落格　□資料庫搜尋　□書訊　□電子報　□書店

□平面媒體　□　朋友推薦　□網站推薦　□其他________

3.您對本書的評價：(請填代號　1.非常滿意 2.滿意 3.尚可 4.再改進)

封面設計____　版面編排____　內容____　文/譯筆____　價格____

4.讀完書後您覺得：

□很有收穫　□有收穫　□收穫不多　□沒收穫

5.您會推薦本書給朋友嗎？

□會　□不會，為什麼？________________

6.其他寶貴的意見：________________

____

____

____

讀者基本資料

姓名：________________　年齡：______　性別：□女　□男

聯絡電話：________________　E-mail：________________

地址：________________

學歷：□高中(含)以下　□高中　□專科學校　□大學

□研究所(含)以上　□其他________

職業：□製造業　□金融業　□資訊業　□軍警　□傳播業　□自由業

□服務業　□公務員　□教職　□學生　□其他________

請貼
郵票

To：114

台北市內湖區瑞光路 583 巷 25 號 1 樓

秀威資訊科技股份有限公司　　　收

寄件人姓名：

寄件人地址：□□□

- -

(請沿線對摺寄回,謝謝!)